徳間文庫

月のない夜に

岸田るり子

徳間書店

contents

第一章　月光と冬花　005
第二章　再会　037
第三章　母娘　067
第四章　帰郷　115
第五章　見えない脅迫者　157
第六章　真夏の夜のパーティー　193
第七章　深まる謎　237
第八章　収獲の時期　287
第九章　失踪、そして逆転劇　319
最終章　犯人の素顔　359
解説　千街晶之　404

登場人物

樋口月光　夫の勇太と息子の幸太郎、娘の恵子と東京で暮らしている。

西山冬花　月光の二卵性の双子。離婚して、娘の雪子と京都で暮らす。

川井喜代　冬花の高校の同級生。京都で不動産業や画廊など、手広く事業をしている。

川井亜由美　喜代の姉。離婚して、息子の卓隆と暮らす。

片川孝治　喜代の婚約者。

添田太郎　建築デザイン会社社長。

左田雅太　内装業者。

高田ミカ　冬花の中学・高校時代の同級生。

寺嶋直次　冬花の元夫。

杉田基晴　電子部品メーカーの営業。冬花のことを思っている。

本文デザイン：bookwall

第一章

月光と冬花

二〇一五年四月三十日

月光《つきみ》は、久しぶりに、幼い頃に亡くなった母の夢を見た。

連日の寝不足で、ひどく疲れていたのだろう。キーボードを打ちながら、うたた寝してしまったのだ。

夢の中の母は、黙って悲しそうな目でこちらをじっと見ているだけだった。ほっそりしていて色白の寂しげな母の顔を思い出すと、月光はいつも後ろめたくなるのだ。月光が冬《ふゆ》花《か》のことをお荷物で面倒くさく感じる時、母はよくこんな表情をしたからだった。

——お母さん、そんな悲しい顔せんといて。私、ちゃんと冬花の面倒見るさかいに。いいお姉ちゃんでいてるさかいに。

月光は、幼い頃のように、何度も母にそう繰り返した。母に安心してもらいたかったのだ。遠ざかっていく母を追いかけているうちに目が覚《さ》めた。

気がつくと、肩にタオルケットがかかっていた。風呂場からシャワーの流れる音が聞こえてくる。夫の勇太《ゆうた》が帰ってきたのだ。

月光はリビングのソファに座って先ほどの夢のことを考えた。母が繰り返し言っていた言葉が聞こえてくる。

四月の終わりの夜はまだまだ寒い。タオルケットをそっとかけてくれる夫の優しさがありがたかった。

「月ちゃん、冬花を守ってあげてね。あの子はとても弱い子だから。冬の夜、月のあなたが冬花を照らしてあげないと、あの子は寂しくて枯れてしまう、そんな弱い花なの。あなたのことを月光と名付けたのはそのためなのだから」

冬花は月光の双子の妹だった。双子と言っても二卵性なので、二人の容姿は全く似ていない。月光はどちらかと言うと、骨太でしっかりした体格だし、肌の色が浅黒く、顔の彫りが東洋人にしては深く目鼻が大きかった。冬花は、母親に似て、色白の上、細おもてで切れ長な目をした和風人形のような顔立ちだ。

月のきれいな冬の夜に二人は生まれた。

生まれた時、月光の体重は三千八百グラム、健康優良児でミルクを沢山飲み、大きな声で泣いた。一方、冬花は、二千グラム足《た》らず、心臓が弱く、生まれてまもなく保育器に入れられ、数週間生死をさまよった末になんとか一命を取りとめた。

冬花は、小さい頃から身体が弱く、言葉も遅かった。

母は、月光よりいつも冬花のことを気にして庇《かば》ってばかりいた。母の愛情を独り占めする冬花に激しく嫉妬《しっと》したこともある。だが小学校の三年生の時、母は他界した。その時から月光は自分が冬花の母親の役割を果たさなくてはいけないという気持ちになった。それは母親を失った喪失《そうしつ》感を埋《う》めたい、そんな思いからだったのかもしれない。

冬花は、そばにいても心が通じ合っていないような、少なくとも月光にそう思わせる危《あや》うさのある、寂しげな子だった。そんな妹を見ていると、まるで、月光が冬花の生命力を母胎にいる間に吸い取ってしまったような罪悪感に苛《さいな》まれるのだ。

その罪悪感と母の言葉が重《かさ》なって、月光はこの妹と自分は運命共同体なのだと思い込むようになった。

月光はまぶたを閉じて、冬花の儚《はかな》げな表情を思い出す。

なんとも言えない寂しさが込み上げてきて、心が掻《か》き乱された。

「どうしたんだよ、ひどく疲れた顔してるな」

風呂から上がってきた夫が、冷蔵庫からビールを出しながら言う。

「ええ、仕事が溜まってるのよ。それに幸太郎《こうたろう》は新学期が始まったばかりなのに成績が思わしくないのよね」

「そうなのか……」

「英語と数学の点数がひどいの。全く、頭が痛いわ」

「そういえば、最近、寝るの遅いもんな。仕事に子育て、よく頑張ってるよ。働く女は大変だな。今日は、早めに寝ようや」

勇太はグラスにビールを注ぎ、月光に差し出した。それから、「ひどいな。身体がガチガチだよ」と月光の背中をマッサージしてくれた。

夫に誘われて寝室へ行く。

ベッドの中で、夫の愛撫に身を任せていると、慌ただしい日常が遠くかなたへ消えてしまったような気分になった。夫の勇太は、ごく自然に愛情表現ができる人だった。

月光は、母親のスキンシップを受けた記憶が殆《ほとん》どなかったから、人に身体を触られるのが苦手だった。だが、勇太とだけは、それが自然にできるのだ。

月光は、物心ついた時、すでに、冬花の面倒に追われていた。

冬花は全てにおいて、他の子より数年は遅れていた。その分、月光は、年齢以上に、きちんとしていることを幼い頃から、母親に強要された。何一つ自分でできない冬花の代わりに、月光が、時間割の管理から宿題まで全部してやらなくてはならなかった。冬花が忘れ物をすると、「あなたがちゃんと見てやらないから悪いのよ！」と母親からこっぴどく叱《しか》られた。頼りになる立派なお姉ちゃんでなければ、母から愛されない、そう思い、幼心に必死で期待に応えようとしていた。

周囲の大人から「お姉ちゃん、偉いねぇ」と褒《ほ》められるとまんざらでもなかった。だから、冬花の面倒を見るのは嫌いではなかったが、一つだけどうしても割り切れないことがあった。

月光は、妹と双子なのに、なぜかちっとも気持ちが通じ合えなかった。冬花は、どこか情緒《じょうちょ》に欠けるところがあり、どんなに手をかけても、こちらの好意に無頓着《むとんちゃく》で、煩《わずら》わしそうな顔をされることがあった。期待通りの反応が返ってこないから、それが、なんとも表現しがたい鬱屈《うっくつ》した気持ちにさせるのだ。

それでも、母が亡くなってみると、母の言っていたことが正しかったのだと月光は思った。自分が冬花の母親の役割をしなくてはいけなくなったし、父が再婚してからも、その状況は何も変わらなかった。

長い間子どもらしい感情を抑えてきたせいで、成人しても、人に甘えることができなかった。学生時代、付き合っていた先輩から「君は一人で生きていける逞《たくま》しい人だ。僕なんか必要ないよ」と言われてふられてしまったのだ。

自分は一生恋愛はしないと頑《かたく》なに誓ったのだが、そんな時屈託《くったく》なく話しかけてくる夫のごく自然な愛情表現に救われたのだ。

しばらく夫の寝息を聞きながら天井を見つめていたが、そのうち眠りについた。今度は深い眠りで、夢を見なかった。

次に目を覚ました時、電話のベルが聞こえてきた。

半身を起こした夫が受話器を取る。

「もしもし」

何かをまくし立てる男の声が受話器から漏《も》れ聞こえてくるのを月光はぼんやりと聞いていた。夫は顔をしかめて、受話器を耳から少し離した。

「月光ですか？　ちょっと待ってください」そう言って夫は月光の方を見て、「君にだ」と受話器を渡そうとしたが、コードが届かないことに気づいて、サイドテーブルに受話器を置いた。

「私に？　誰から？」

「お義父《とう》さんからだ」

父から電話？　私たちの結婚に猛反対だった父とは、結婚以来ほとんど連絡を取り合っていない。

何かよほどのことがあったに違いない。

月光は彼の身体をまたいで、ベッドの反対側に行くと床に下りた。スマホで時間を確認する。深夜零時近かった。

「はい、もしもし」

「月光？」

「お父さん？　どうしたの、こんな時間に」

「大変や。冬花が……」

冬花。やはり冬花のことなのか。その名前を聞いただけで、母の夢を思い出し、身体が震えた。もしかして、病気で倒れたのではないだろうか。月光は黙って父の言葉を待った。

「殺人容疑で逮捕された……」

「え？」

まだ夢の中にいるのかと思い、訊《き》き返した。

「冬花が人を殺した容疑で捕まったんや！」

父が怒鳴った。本来ならその怒鳴り声で目を覚ますところだが、逆に、頭の中に白い霧《きり》が入り込んできて、思考の邪魔をした。話がよく飲み込めない。

「殺人って、どういうこと？」

殺人、と自分で言葉にしてみても全くリアリティーがない。

「夕方、警察の人が事情を説明しにきはった。冬花に会いに警察署へ行ったんやけど、どうも要領が摑《つか》めへん。警察の話やと、本人も認めてる、いうことらしい……」

殺人を認める？　やはり、意味がわからない。父もかなり混乱しているようで、うまく説明ができないようだ。

「ちゃんと説明してくれないと、わからないわよ」

「私も何が何やらようわからへんのや。明日、弁護士さんに相談しに行くことになってる」

「弁護士さんに頼んだの？」

「冬花の知り合いの杉田《すぎた》さんという人と偶然警察署で会《お》うてな。冬花の面会に来てくれはったんや。その人の友人が弁護士なんで、紹介してもらうことになったんや。杉田さんも冬花のこと心配してくれてはる」

「誰を殺したの？」

「高校の頃の同級生らしい。ええと、カワイなんとかいう人や」

月光はその名前を聞いて、眉をひそめた。

「カワイって、まさか、川井《かわい》喜代《きよ》？」

名前を口にするだけで、月光の心の中にどす黒いものが広がった。恐怖なのか怒りなのかわからない感情が押し寄せてくる。

「ああ、そう、そうや。川井喜代や。その人のこと、おまえ知ってるのか？」

やはり川井喜代なのか。全身の力が抜けていきそうだ。

「会ったことあるけど、でもどうして冬花が……」

川井喜代を殺したのか？　あの冬花が……。逆だったらありえる気がした。考えたくはないが、喜代が冬花を殺したというのだったらわかる気がするのだ。いったい何がどうなっているのだ。

妹はどうして、川井喜代とまた付き合ったりしているのか。月光があれほど注意しておいたというのに。

「月光、京都へ帰ってきてくれるか？」

ゴールデンウィークの連休は、子どもたちと一緒に、夫の故郷の北海道へ行くことになっていた。それはやめにして自分だけ京都へ帰ろう。

「明日は仕事だから東京を離れられないわ。明後日には帰る。その前に、事件の詳細がわかったら教えて欲しいんだけど」

帰るまでにあれこれよけいな想像をしながら過ごすより、少しでも早くわかっている事実を知りたいと思った。

「わかった。弁護士さんのところへ相談しに行ってから事件のあらましを説明する」

「内容をまとめてファックスしてくれる？　電話と同じ番号。なるべく急いで」

「ああ、わかった」

受話器を置いて、しばらく息を止めて立っていた。頭の中が整理できない。

月光は封じ込めていた古い記憶を辿《たど》り始めた。

喜代は冬花の高校の同級生だった。

月光は高校から市内の私立の進学校へ通い、公立高校へ通う冬花とは別々になった。

小中学校と、月光はずっと冬花と一緒だった。冬花は、忘れ物が多く、協調性がないためいじめに遭って具合を悪くしては、保健室に行っていた。一方、活発で好奇心の強い月光はいつも友達に囲まれていた。そんな月光に妹の冬花は影のようにつきまとった。

友達と運動場でドッジボールをしている時、冬花は校庭の隅っこで一人ぽつんと月光の姿を眺めていた。

冬花を仲間に入れようにも、運動神経が鈍くゲームについてこられないので、遊びに誘うこともできなかった。

　冬花にそのつもりはなくても、まとわりつかれているような気がして、うっとうしく思うことがあった。

「退屈やったら先に帰っててな。そんなとこで待ってたって、つまらへんやろう。家でテレビでも見ててくれたらいいから」とやんわり言ってみる。それで、気を利《き》かせて先に帰ってくれればいいのだが、「いいよ、待っててあげるし」と平然と言うのだ。その恩着せがましい言い方が不愉快なのだが、追い払うこともできなかった。

「なああ、もう、終わったの？」

　遊びの途中で割って入ってきて、友達を驚かせたこともある。

「終わってへんよ」

　見ればわかるだろうと内心思いながら、キツく言う。

「同じことばっかり繰り返してるさかい、もう飽《あ》きたんかと思った。飽きひんの？」

　冬花の言動に、他の子が目配せする。なにこの子？　という白い目だ。何もできないくせに言うことが生意気で、こちらを馬鹿にしているように受け取れるのだ。

　その時は、遊びに参加できないことを恨《うら》んで、虚勢を張ってこんな憎まれ口を言っているのだと思い、妹のことを心底憎んだ。

いた。

冬花はただ弱いだけのしおらしい子ではない。何かこちらをいらだたせる要因を持っていた。

「先に帰ってて！」と大声で冬花を罵《ののし》った。だが、冬花は、なぜ月光が怒っているのかわからず、きょとんとした顔をしているのだ。その無頓着な表情が更に月光を怒らせた。

「あんたなんか邪魔なんよ！　早《は》う帰って！」怒りにまかせて言うと、やっと、こちらが腹を立てていることに気づいて、今度は、ごめんなさいを連発して、おろおろするのだ。

そんな時、母の言葉が不意に脳裏《のうり》に蘇《よみがえ》って、後ろめたさを感じた。びくびくする妹を見て、後悔して、優しくするのだが妹の態度にやっぱり腹を立ててしまうのだ。冬花といると、いつもこんな具合で、混沌《こんとん》とした感情の迷路をさまよっているようで不安になった。

冬花からどうしても解放されたいという気持ちが、月光の中で日々募《つの》っていった。だから、難関高校を受けて通ったことを口実に別の高校へ行くことにしたのだ。

冬花は中学校で美術が得意な高田《たかだ》ミカという子と親しくなり、二人は、同じ高校へ行った。ミカの存在が月光にとって免罪符になった。自分がいない方が冬花だって友達を作りやすいだろう、と。

高校で別々になった当初は、冬花には申し訳ないが、重い荷物を肩から下ろしたような、せいせいした気分になった。

だが、そんな解放感もつかの間のことだった。冬花は高校二年の時、喜代と同じクラスになってしまったのだ。

喜代は、学級委員もつとめる社交的な生徒で、成績も優秀だった。誰からも信頼される人気者だと冬花は自慢げに話した。その時の妹の表情が得意げで、なぜだか嫌な気分になった。

なぜ喜代に冬花が惹《ひ》かれたのか？　月光が別の学校へ行ってしまった寂しさを埋めるために頼れる人が必要だったのか？　ミカだけではものたりなかったのだろうか？　だが、もっと不可解なのは、そんなに人気者で、友達が一杯いる喜代がなぜ積極的に冬花と親密になろうとしたのか、だった。

いろいろ考えたが、その謎は後から苦《にが》い形で解けることになった。

冬花が喜代を家にはじめて連れて来た日のことを月光は今でも鮮明に覚えていた。友達の家へ行くことになっていた月光と玄関でばったり会ったのだ。

「こんにちは！」

月光の姿を見るなり、喜代はそう言って挨拶《あいさつ》すると、ペコリと頭を下げた。

思春期の同世代にしては愛想がいい。気を良くした月光は「こんにちは」と応じて目が合うと微笑《ほほえ》んだ。だが、一瞬目が合った時に覗《のぞ》き込んだ喜代の瞳の奥は氷のように冷たく、情らしきものが何も感じられなかった。

明るい笑顔と張りのある声の響き、その対極のような冷酷な視線のギャップに衝撃を受け、もう一度彼女の目を見返してみたが、その時、相手はすーっと不自然にならない程度に視線をそらした。喜代は、それ以降、月光と決して目を合わそうとしなかった。

彼女とすれ違った時、得《え》も言われない薄気味悪い感覚が肌を這《は》い回ったのを思い出した。

父からの電話に気を遣い部屋を出た夫が戻ってきて月光は我に返った。

「どうしたんだ？」とのんきな顔で月光の太股《ふともも》をさすりながら訊く。彼にベッドへ誘い込まれそうになったので、月光はベッドから一歩離れて、夫を睨《にら》んだ。

「どうしたんだよ？　なに怒ってるんだ？」

「怒ってるんじゃないの。妹が、冬花が……」

次の言葉が出てこなかった。今、口にすると現実になってしまいそうだ。

「冬花……。どうしてるの？　東京へ遊びに来るって？」

「そうじゃなくて……」

数秒の間を置いてから続けた。

「逮捕されたの」

「えっ、逮捕って、あの冬花が？　冗談だろう？」

「多分、何かの間違いだと思う」

月光はそう願いを込めて言ったがすぐに付け足した。

「でも、逮捕されたことは事実よ」

「どうしてまた？　だいたい何をしたっていうんだ？」

「よくわからない。とりあえず、私、京都へ帰る」

「俺も一緒に行こうか？」

明後日から北海道にある夫の実家へ行くことになっていた。

勇太の母親は月光のことをたいそう気に入ってくれていた。少し前まで二人の孫、十三歳になる息子の幸太郎と十一歳の娘の恵子《けいこ》のこともよく可愛がってくれていたが、成長するに従って、姑《しゅうとめ》と口論《こうろん》するようになっていた。ゲームやコンピューターを嫌う姑に対して、口達者な子どもたちはいちいち反発し、姑の時代遅れを非難した。思春期にさしかかった多感な時期のせいもあって、二人ともとんでもなく言葉が辛辣《しんらつ》なのだ。そんな子どもたちと比べれば、姑の田舎生活を賞賛する月光はたいそう優しい嫁に見えるのだろう。

一方で月光は、姑の情の深さに救われるのだ。

しっかり者のいいお姉ちゃんでなければ、母親に愛されなかった月光は、どこか心の奥底が空虚だった。少なくとも、自分は無条件で子どもを愛せる母親でありたいと思うのだが、そのことを意識しすぎて、自然にはできなかった。

その点、姑は違っていた。喜怒哀楽をためらいなく表に出す人なのだ。だから子どもたちには、なるべく、深く人を愛してくれる姑のそばにいて欲しいと願った。

「北海道へは子どもたちと三人で行ってくれる？　私はしばらく京都へ帰るから」

「残念だけど仕方がないな」

「お義母《かあ》さんには申し訳ないのだけれど……」

月光が妹を心配しすぎることを、夫は出会った頃から快く思っていなかった。二十歳《はたち》を過ぎた人間は、もう大人であり、過剰《かじょう》に心配するのは本人のために良くないと彼は言う。夫は、冬花が頼りないのは、月光や周囲の人間が彼女を過保護に扱ったからだと主張した。生まれながらに弱い子なのだということを夫はがんとして認めなかった。

夫とそのことで議論になる度に、月光自身、母の言葉に影響されて自分が冬花を庇いすぎていたのではないか、そう思うようになった。

自分の足でちゃんと歩かなければ前に進むことはできない。月光はその信念のもとに今日まで生きてきたが、冬花にはそれは無理だと勝手に決めつけていたのではないか。亡くなった母の言葉にマインドコントロールされていたのではないか、と。

無理なことなんてない、誰にだって自分の運命を切り開くことは可能なのだ。月光が冬花を庇護《ひご》することで、彼女の潜在能力を引き出すことを阻《はば》んでいる、そう思うようになった。

それ以来、仕事と子育てに忙しかったこともあり、妹のことは心のほんの隅っこに置いておくようにした。

「私があの子のことを気にかけてあげなかったから、こんなことになったのよ」

月光は、夫に対して非難がましい視線を送った。まるで冬花が逮捕されたのは、あなたの言うことを聞いて彼女を見捨てたからだ、と言わんばかりの。

「よせよ。そんなふうに気にしすぎるから良くないんだ。だいたい、君のその考え方は傲《ごう》慢《まん》だと思うよ」

「傲慢？」

「そこまで自分の存在が妹に影響していると思うことがだよ。君がいたっていなくたって、同じ結果だったのさ。君は、自分の影響力を過大評価しているよ」

「そんなつもりはないの。でも、こうなった以上、あの子のところへ行きたいのよ。当然のことでしょう？　もう十年以上、私、冬花のこと、ちゃんと考えていなかったのよ。今回は、京都へ帰ってとことん考えたいの」

「もちろん、行くことには賛成するよ。そうだ、いっそのことみんなで京都へ行こうか？

恵子だって、京都だったら行きたがるだろう」

「何を言ってるのよ。お義母さんが待ってるのよ。あなたたちが行かなかったらどんなにがっかりされるか」

「君だけで帰るって言うの？」

「ええ。遊びじゃないんだから」

「それにしても、あの冬花が逮捕だなんて、何かの間違いだろう」

「間違いだと思いたいけど、真相を確かめないことには、何もわからないでしょう。逮捕されたことは事実なんだから」

「いったい何の罪で逮捕されたんだ？」

「殺人……」

声がかすれた。夫は、嘘だろう、と目を見開き、それきり黙り込んだ。

「明日、詳しいことをお義父さんに聞いてから、今後のことは考えよう。もう遅いから、今夜はひとまず休もうや」

そう言うと、勇太は、布団の中に潜り込んだ。しばらくして、夫の寝息が聞こえてきたが、月光は冬花のことで頭が一杯になり、どうしても眠れなかった。

布団から抜け出してリビングへ移り、ソファに座ったまま、冬花のことを考え続けた。

妹が結婚することになったと聞いた時、ついに自分自身の人生を歩いてくれるようになったと、肩の荷が下りたのだ。やがて、雪子《ゆきこ》という娘も生まれた。

しかし離婚したと聞いて、その時もしばらく心配したが夫の手前もあり、たいしたことはしてあげられなかった。

冬花は父の再婚相手に、気が利かない上に思いやりがない、という理由で嫌われていた。離婚してしばらく実家にいたが、義母《ぎぼ》に冷たく当たられて辛《つら》かったのだろう。家を出たいからどこか他に住むところを探していると泣きそうな声で電話がかかってきた。

建築関係の会社に勤める月光は、ちょうどその頃、京都の祇園《ぎおん》に町屋を持っているフランス人のデュボワ氏と仕事の関係で知り合った。

彼は日本人の妻を亡くして、京都にいるのが辛くなり、東京で仕事をするようになっていた。祇園にある町屋をきれいに掃除して使ってくれる人を彼は探していた。家具や調度品、妻との思い出の品をいっさい動かさずに使ってくれるのだったら、月二万円の家賃でいいという。いいタイミングだと思い、その家に冬花が住めるように計らったのだ。

冬花は、そこで七歳になる娘の雪子と平穏《へいおん》に暮らしていると思っていた。

何が彼女を殺人などという大それた事件に巻き込んだのだろう。

高校時代もそうだった。喜代と付き合うようになってから学校での冬花の友達関係は、異様なねじくれ方をしてしまったのだ。

ある陰湿な事件が起こってから、月光は高校の部活を諦《あきら》めて、冬花の高校まで迎えに行くようになった。まだ火種が小さい時に、月光は消したつもりだった。

まさか、あれほど注意しておいたのに、冬花が川井喜代と再会し、また関わりを持つようになっていたとは。しかも、彼女を殺した容疑で逮捕されるとは。何が冬花をそんな行動に走らせてしまったのだろう。

孤独。

そう、きっと孤独だったのだ。

あの子は弱いから、月光が守ってあげなければいけない。誰かが照らしてあげないと枯れてしまう冬の花だから。

母は自分が背負いきれない荷物を月光に背負わせようとしていた。そんなふうに母のことを恨んだこともあった。だが、自分の死期を予測し、子を守る親の本能から月光にそう言い聞かせていたのだ。

勇太と恋に落ちた月光は、母の言いつけを守らずに、東京で仕事をすることを選んだ。冬花と別の高校へ行くことになった当初のような、いやそれ以上の解放感と救いがあった。

結婚してからは、愛に満ちた幸せな日々を送ってきたと思う。

月光がぼんやりダイニングの椅子に腰掛けて考え込んでいると、起きてきた夫がコーヒーを淹《い》れはじめた。いつの間にか朝になっていたのだ。それにあわせて、子どもたちがトーストを焼き、皿に載せて、バター、ジャムを冷蔵庫から出して朝食の用意をしてくれた。

京都へ行く予定ができたから、北海道へは行けなくなったことを子どもたちに告げた。

トーストにジャムを塗《ぬ》っていた幸太郎が、しつこく理由を訊いた。

コーヒーを飲み干した夫が息子に耳打ちする。息子の目が見開かれ、次に好奇に輝いているのが見えた。

「僕も京都へ行く」

幸太郎が言った。

「だめ。あなたはお父さんと北海道へ行くの」

「おばあちゃんのところへ行くより、京都の方がいい」

「遊びに行くわけじゃないのよ」

「遊びじゃなくって、京都の町の勉強」

「それは夏休みにしましょう。今回は、そんな余裕はないから」

「大丈夫だよ。僕、一人で行動できるから」

「余裕というのは時間のことじゃないの。精神的なことよ」

月光は重いため息をついた。

「僕、叔母《おば》さんと従妹《いとこ》の雪子に会ってみたいんだ」

「なんでまた？」

娘の恵子が皮肉な口調で言う。

「写真でしか見たことないからさ。親戚なのに」

冬花は時々、母娘《おやこ》の写真入りのメールをくれた。内容は、今日どこへ出かけたとか、京都のお寺を撮った写真とかだった。月光は、姪《めい》の雪子の成長していく写真を見て、母娘は元気でやっているのだと胸をなでおろしたものだった。

だが、よく思い出してみると、去年の冬、京都は雪が降って寒い、というメールに添付された写真に写っていた冬花は、とても儚げで寂しそうだった。娘の雪子の隣にしゃがんで肩に手をかけている着物姿の写真だった。雪子の表情もなんだか寂しげだった。

元来《がんらい》が感情表現が下手な冬花だったが、その写真を見た時、胸の中をすーっと冷たい風が吹き抜けて行くのを感じた。

文面に愛想がないのはいつものことだ。共感性に乏《とぼ》しく、喜怒哀楽をうまく表現できないのだ。元気にやっているに違いない。月光は良い方に解釈し、一瞬よぎった冬花への心配を打ち消した。

「僕、何か協力できると思うんだ」

「あなた、京都のことなーんにも知らないでしょう。役に立たない。足手まといになるだけ」

しつこく京都へ行きたがる幸太郎を月光はこんこんと諭《さと》して、諦めさせた。

月光は子どもたちを送り出し、自分も冬花を心配しながら会社へ行った。

会社から帰宅すると、父からファックスが届いていた。

翌朝東京駅まで、夫に車で送ってもらった。子どもたちも同乗していて、そのまま彼らは東北道を八戸《はちのへ》まで走りフェリーで北海道へ行くことになった。

月光は、混雑する新幹線の自由席車両内で立ったままファックスの内容を何度も読み返した。

冬花は一年前から川井喜代の経営する京都市内の画廊で働いていた。二人の交際が再び始まったのは、喜代が冬花の働く割烹《かっぽう》料理の店に偶然現れてからだった。

離婚して、頼る人のいなかった冬花は、喜代に親切にされ、彼女に誘われるまま、画廊で働くことになった。

彼女の死体を画廊の二階で発見し、警察に通報したのは冬花だった。通報した日時は、四月二十日午後十時十分頃。

犯行のあった部屋は、二十畳くらいのサロンだった。そこにはキッチンがあり、時々、絵を買ってくれる客人を招くことがあったという。ベッドのある部屋が隣にあり、人が泊まれるようになっていた。

警察が駆けつけると、喜代は、床に仰向《あおむ》けに倒れていた。頭に鈍器のようなもので殴られた痕《あと》、そして首にベルトで絞《し》められた痕があった。ガラステーブルが割れていて、血液が飛び散っていた。

部屋の真ん中あたりに、重さ二キロくらいの鉄製で中心がねじれた筒型彫刻が転がっていた。その彫刻に喜代の血痕《けっこん》が付着していたことから、それが被害者を殴る時に用いられた鈍器と判断された。また、その彫刻は、喜代がパリの蚤《のみ》の市《いち》で仕入れたもので、殺された部屋の入り口付近の棚に一年前から飾ってあった。

犯人は棚に置いてあった鉄製の彫刻で彼女を殴り、ガラステーブルの上に倒れたところをテーブルに何度も頭を打ちつけた。更《さら》にベルトのようなもので絞め殺したと警察では見ていた。

冬花が容疑者として警察に疑われたのは、彼女の額《ひたい》に打撲《だぼく》の痕があったことと手の甲と指に切り傷があったのを駆けつけた刑事が見て不審に思ったからだ。

割れたテーブルの近くの床にあった陶器の灰皿から喜代の指紋と冬花の血痕が検出された。冬花の額の傷は、被害者に灰皿で殴られて付いたものと警察では判断した。打撲の痕について、冬花は、最初は家の柱で打ったものだと言っていたが、それから自宅の階段から落ちたと言い直した。だが、手の傷については説明できなかった。

その後、証拠の灰皿を突きつけられて、警察に尋問《じんもん》された彼女は、しどろもどろになり、黙り込んでしまった。

喜代を殴ったと見られる彫刻からは、喜代の血痕と指紋、それに冬花の最近付着したらしき指紋が検出されていた。ガラステーブル付近に飛び散った血痕を調べたところ、喜代のもの以外に冬花の血痕もあることが判明した。

喜代の頭をガラステーブルに何度も打ちつけた時に、冬花も自分の手を傷つけたものと警察では見なしていた。

また、割れたテーブル、ソファ、壁などからも冬花の鮮明な指紋が発見された。

最初は自分の無実を主張していた冬花だったが、警察の取り調べを受けているうちに犯行を認めた。

冬花の自白のあらましは次のようなものだった。

最初の頃こそ冬花は、喜代に親切にされて頼るようになったが、喜代の仕事を手伝っているうちに、さんざんこき使われて、喜代に対して鬱積《うっせき》した感情を持つようになった。また、生命保険に加入させられたことから、自分の命が狙われているのではないかと疑うようになった。やらなければやられる、といった感情に支配された末の犯行だったという。

実際、喜代には黒い噂がつきまとっていた。

最初は、彼女の婚約者の片川孝治《かたかわこうじ》の父親が亡くなった時だった。不審な点があり、息子の孝治が容疑者として疑われたのだが、そんな彼のアリバイを証明したのが喜代だったのだ。結果、孝治は父親から多額の保険金と不動産を相続する。しかし、喜代の画廊の絵を買うことと彼女の仲介した不動産屋（実際には彼女が経営していた）に相場よりはるかに安い値段で売ることで、ほとんどの財産を失っていた。

次は、喜代の実の姉の川井亜由美《あゆみ》が謎の死をとげた時だった。この時の喜代のアリバイは、冬花、その他複数の人間が証明している。亜由美には死亡保険がかけられていて、七千万円を十九歳の息子の卓隆《たくたか》が受け取ることになっていたが、未成年のため、後見人となった喜代にその裁量が委《ゆだ》ねられることになったのだ。アリバイを証明した冬花が喜代の犯罪に手を貸していた可能性があると警察では見ていたが、結局、確固たる証拠がないため、喜代が罪に問われることはなかった。

事件の日、喜代と冬花はなんらかの理由で口論となり摑み合いの喧嘩《けんか》になった。喜代にテーブルの上にあった灰皿で殴られた冬花は今までずっと封印していた怒りと憎しみの感情を爆発させ、手近にあった鉄製の彫刻で喜代を殴り返した。

喜代を彫刻で殴り飛ばすと、仰向けに倒れた彼女に馬乗りになり、ガラステーブルに頭を何度も打ちつけた。それでも彼女がまだ死んでいないと知ると、今度は身に着けていた革ベルトをはずして首を絞めて殺害した。

喜代の遺体を検視した捜査官によると、死亡してから一時間半以上は経過していたと思われるとのことだった。つまり、死亡推定時刻は八時半前後。

現場には、凶器のベルトがなかった。犯人が証拠の隠蔽《いんぺい》を図ったと見て、冬花の住む祇園の町屋を家宅捜査した結果、タンスの奥から凶器と推測される女性ものの革ベルトが出てきた。ベルトからは微量に残っていた血液が検出された。ＤＮＡ鑑定をした結果、型が喜代と冬花のものと一致した上、絞めた痕とベルトの形状も一致したため、それが凶器であると断定された。

ベルトの購入先を調べたところ、それは一ヶ月ほど前に喜代がデパートで買ったものだった。新しいものであるにもかかわらず、所々に擦《す》れや薄く剝《は》げた跡があり、湿りけを帯びていた。血痕が微量しか残っていなかったことから、犯人が犯行後に洗い落としたと見られた。

ベルトについて、警察から追及されると、冬花は、犯行後、凶器のベルトを自宅まで持ち帰り、たわしと洗剤で丹念に洗って、タオルで拭《ふ》いてからタンスの奥にしまったことを認めた。

十時過ぎに現場に戻った冬花は警察に通報し、あたかも喜代の死体を発見したばかりのように装《よそお》った、というのが全容だった。


月光は、これを読んで、あまりにも証拠が揃《そろ》いすぎていると思った。

冬花は、憎しみや怒りを爆発させるような性格だっただろうか。人からどんなにひどい扱いを受けても、冬花が腹を立てたのを月光は見たことがなかった。むしろ、ひどい扱いを受けていることにさえ、気づいていないようだった。その鈍さが、彼女を冷たい人間、思いやりに欠ける人間と周囲に誤解を与えてきたのではなかったか。

いったい、どのように妹が追い詰められていったのか、月光は想像した。

冬花は、おとなしくて無口な子だったが、それは表面上のことであり、長年にわたって、心の中に憎しみをため込んでいたのだろうか。確かにそういう人間ほど、怒りが頂点に達した時、何をするかわからないと言われている。

犯行のあった日、喜代のあまりのひどい仕打ちに、抑制していた怒りが極限に達して、ついにそれが爆発したのだろうか。

しかし、それも変だと思った。怒りが爆発して、凶器で頭を殴った、そこまでならまだわかるが、その後、ベルトで首を絞めるという行為は冷静な殺意を感じさせる。

あの子にそんな残虐な一面があっただろうか。

月光は冬花のことを考えているうちに、いったい妹がどんな人間なのかわからなくなった。月光は妹の心の奥底に潜《ひそ》む悪意の存在について考えた。

確かに冬花は、ただか弱いだけではなかった。人の感情を読むのが下手で、子どもの頃は、思ったことを正直に口に出しすぎて、周りの人間をしばしば怒らせたり、傷つけたりした。

小学校の頃、近所の人の髪型が金たわしみたいだと本人に指摘したり、親戚の子の首にアザがあるのを見て、「それどうしたん?」としつこく訊いて泣かしたこともある。

月光自身、冬花の心ない言葉に悪意があるのではないかと、何度となく疑った。

妹は、人を怒らせて嫌われるということを何度も繰り返した。月光自身も傷つけられたことがあるので、同情はしなかった。自業自得だ、それで勉強になっただろうと思った。

だが、そんな痛い経験をしたからといって、それで、人とうまくやっていけるように性格が変わったわけではない。

冬花は、思春期の頃から、極端な対人恐怖症になり、自分の殻《から》に閉じこもるようになった。周囲からは、ただ大人しい人と見られるようになった。もしかしたらその過程で、最初はごく小さな芽《め》だった悪意が、どんどん大きくなっていき、妹の人格を怪物のように変えてしまったのだろうか。

それとも、喜代が冬花を変えてしまったのか。そして、皮肉にも変えた本人が殺されてしまったのだろうか。

――冬花、いったい何があったの？　私があなたのことをもっと気にかけてあげていたら、こんなことにはならなかったの？

結局のところ、自分で努力して自分の道を切り開くということ自体、強者の論理なのだと、月光は痛感した。

京都へ帰ったら、まず、この事件の真相ととことん向き合いたかった。

第二章

再会

二〇一四年四月

川井喜代《かわいきよ》は、先週、ロンドンのオークションで落札した現代アートの巨匠で、今、もっとも注目を集めているドイツ人画家の絵を画廊の中央に飾り、椅子に腰掛けて、ドットで覆い尽くされたキャンバスの中を泳ぐ深海魚をじっくり観察した。

このドイツ人画家は、「資本主義リアリズム」を立ち上げたジグマー・ポルケの再来と言われている。

この絵の中に何があるのかは別にして、この高価な一作がカワイ画廊の価値を数段高めることは間違いない。そう思い、喜代は満足した。

通りの方へ目を走らすと、片川孝治《かたかわこうじ》の姿が画廊のガラスドア越しに見えたので立ち上がった。

彼は、先日、喜代が勧《すす》めたオランダ人の絵を買ってくれたばかりだった。三百万円を現金で用意してきたものと思い、温和な微笑《ほほえ》みで迎えたが、彼の顔を見た瞬間、それとは違う、別の嫌な空気を感じた。

ひどく顔色が悪い。喜代は唇をぐっと引き締めて、無言で彼の目を見た。喜代の不機嫌な顔を見て、彼はあからさまに怯《ひる》んだが、言いにくそうに口ごもってから、案《あん》の定《じょう》、お金の工面に困っていることを告げた。彼は紳士服の輸入販売の会社を経営していたが、ここのところ大口の顧客《こきゃく》に切られて大変だと嘆いていたのをおぼろげにだが思い出した。

「それで、絵の代金は？」

喜代はまずそのことが確認したかった。

「そのことなんだけど……、払うの、もう少し待ってくれないか」

「えっ、どういうことなん？　意味がわからへん」

喜代はやや大げさに聞き返した。

「だから、会社が倒産しそうなんだよ」

「倒産って……そやけど、絵の代金は払ってもらわんとあかんえ」

喜代はもう一度繰り返す。彼の会社が倒産しそうなことと絵の代金を払ってもらえないことは、明らかに別問題だ。前者は彼の問題、後者は喜代の問題だ。

「金がないんだ。借金取りに追われているんだよ」

「家はどうしたん？」

彼は、烏丸御池《からすまおいけ》の北側にマンションを持っていた。二十畳の居間がある3LDK。はたから見れば、優雅な独身貴族だ。

「差し押さえられたんだ」

喜代は、孝治の情けない顔をはり倒したい衝動に駆られたが、こんな時こそと、ぐっとお腹に力を入れて、冷静になり、困った顔を作った。

「それで、あの絵はどうしたんえ？」

「金を貸してくれた会社の社長が持って行ってしまったんだ」

あの絵を借金の形《かた》に持って行かれてしまったというのか。開《あ》いた口がふさがらなかった。

入ってくるはずの三百万円が今すぐに入ってこない。そのことに思い至って、喜代は腸《はらわた》が煮えくり返りそうになった。

——待てよ、ここで怒りに任せて恫喝《どうかつ》しても意味がない。落ち着くんだ。どうすれば入ってくるのか、その方法をなんとか考え出さなければ。

必死で知恵を絞《しぼ》る。

「ああ、僕はこれからどうしたらいいんだ。何もかも失ってしまった」

孝治はソファに崩れるように座ると、両手で頭を抱《かか》え込んだ。

喜代にとって、こんなシチュエーションは全くもって我慢ならなかった。断じて受け入れられない。

「なあ、喜代、一緒にどこかへ逃げよう。もう僕には君しかいない。助けてくれ」

喜代はぞっとして後ずさりした。

——何を言っているのだ、この男は。助けてもらうべきは、こっちの方だ。

ソファに座ってうなだれている孝治を見下ろしているうちに、喜代は名案を思いついた。

「あの絵なんやけど、実は他のギャラリーのオーナーから預かっているもんなん。明後日には、返すことになってるんよ」

「でも、あれ、君は僕に売ってくれたじゃないか」

「そこのオーナーが、二百八十万やったら売ってもええって言うから、二十万の利益を乗せて、三百万であなたに売ることにしたんよ」

孝治はしばらく考えている様子だった。よく理解できない、という顔つきだ。

「君、あれはパリへ行った時、作者のアトリエを訪ねて、直接買い取ったものだって言ってなかった？　それに二十万って、君の利益は確か売り値の四十パーだったはず……」

「もちろん、作者から買い取ったやつもあるけど、あれは違うのよ。同じ作家のものをそこのギャラリーでたまたま見つけたから、借りてきたん。言いそびれてしもてごめんなさい」

「でも、パリのアトリエの写真が……」

パリのアトリエへ行ったことは事実だった。そこで画家と喜代と絵の写真を撮影し、彼に見せたことを思い出した。

「あれはよう似てるけど、別の絵なんよ。へえー、あなたほどの人が見抜けへんかったん？　私はてっきり別のもんとわかってると思ってたわ」

喜代は、彼のことを本物の芸術を見抜く天才だと褒《ほ》めそやしていた。いずれこの画廊の作品と彼の絵のコレクションで美術館を建てる計画を持ちかけていた。彼はそこの館長の座に収まるのだ、と。そんな夢物語を彼の耳に吹き込んでいるうちに、喜代の勧める絵だったらなんでも買ってくれるようになった。

「あ、いや、そういえば、あれはそうだったな」

「なに、その曖昧《あいまい》な返事。がっかりさせんといてな。私はあなたの見る目を見込んで、あの作品を借りてきたんよ。パリのアトリエのものより数段ようできてへんか？　あんたやったら、わざわざ言わんでも、見ればわかるって、そう思ったのに。私としてはサプライズを用意したつもりやったんえ。私、もしかしたら孝治さんの才能買いかぶってたんかしら？」

喜代の失望した顔を見て、孝治はあわてて、「確かにそうだ、あれは別格のできだな。うん、もちろんわかっていたよ」と鼻息荒く言った。

「私の愛情のこもった、大切な大切な絵を、なんで、持って行かれてしまったんえ？」

喜代は彼のことを冷たい目で見つめた。彼はみるみる青ざめていった。

「すまない。つい……、僕はどうかしてしまったんだ。どうしたらいい？」

「そこのオーナー、怒ると手がつけられへんのよ。あなた、一緒に謝りに行ってくれるか？」

「謝るって……なんて謝ればいいの？」

「今、私に言ったようなことよ。いきなり殴りかかってこられることはないと思うけど、私一人ではよう行かれへん」

孝治の顔から血の気がひいていった。ぼんぼん育ちでひ弱な彼は、暴力が苦手だった。

「謝って、許してもらえるのかな。許してくれないだろうな」

それがわかっているのなら、私にも謝って許してもらおうなどと思わなければいいのだと喜代は内心思った。そんな、厚かましいことがなぜできるのだ、とも。

「そうやわ。許してもらえへんよね。ああ、どうしたらええの。明日中に二百八十万円用意せんとあかんわ。画廊の改築費のローンでうちは火の車やし。困ったわ」

そう言うと、喜代は、自分の額に左手を当てた。自然に涙が溢《あふ》れてきた。

「わかったよ。金ならなんとかするから、泣かないでくれ」

そう言うと、彼は立ち上がって、喜代の両肩に手を載せた。

「なあ、ごめん。許してくれ」

彼は喜代を抱き寄せ、「上でゆっくり話そう」と画廊の二階へ誘った。二階は客をもてなすサロンになっていた。隣の部屋には寝室がある。寝室でことを済ませればそれで解決できると思っているのだ。ねっとりと甘えた感じが伝わってくる。喜代は彼の手をそっとふりほどいて、努めて優しい声で言った。

「今はそんな気になれへん。それより三百万円をなんとかしてくれへん？」

「えっ、二百八十万じゃあ……」

駄目なのかと言おうとしたから、喜代は彼から身体をすーっと離した。彼はもごもごと口ごもった。

「わかった。三百万なんとかするよ」

「ありがとう。助かるわ」

喜代は彼の腕にしがみついて、微笑んだ。

——いつだってかわいそうなのはこの私の方なんえ。わかってるやろう?

喜代は心の中でそう続けながら、彼の瞳の奥を覗《のぞ》き込んだ。そこには果てしない空洞が広がっていた。喜代の大好きな何もない世界だ。喜代は彼の中に、自分がエネルギーを自由に注ぎ込むことのできる空間がちゃんとあることに満足した。

「わかった。お袋に話しに行ってみるよ。借金もまとめて返済できるように頼み込みに行くよ」

そう、それがいい。喜代は彼の頰《ほお》に手を当てると優しく微笑んでから「さすが孝治やわー、ことの理解の早さと質が違う」と彼の肩に両手を回して抱きついた。彼の顔がとろけるような笑顔になった。彼の唇に接吻《せっぷん》する。

彼には、資産家の父親がいた。京都市の北区一帯にかなりの土地とマンションを持っている大地主だ。

会社を新しく始めては、潰《つぶ》してしまう息子に腹を立てて、ここ数年交流がない。

何かに失敗する度《たび》に、母親が仲介に入って、助けてもらっていたが、紳士服の事業に出資してもらった時、「これが最後だ」と念を押されていたのだ。

それも失敗したと、さすがに言いにくかったのだろう。

それでも、彼の母親が父親に頼めばなんとかなる。彼の父親は、三年前に病気になってから、すっかり弱気になり、今は妻だけが頼りなのだ。その妻は、一人息子を溺愛していた。喜代にとっては、実に好ましい家族のあり方だった。

喜代は念のために付け足した。

「私のことはお母さんには内緒にしておいてね」

「どうして、隠すのさ」

「あなたのお母さんは、年上の恋人なんて許さへんわよ」

「年上……そんなこと気にしているのか？　いずれ僕たちは結婚するんだから……」

「会社を倒産させておいて、その上、年上の女と結婚するやなんて言うたら、お母さん怒ってしまはるえ。今はそんな話を持ち出すべきやない。お金を出してもらわなあかんのやから」

喜代はもう一度彼の身体に両手を絡《から》めて、しっかりと抱き込んだ。股間の彼のものが硬く膨れ上がるのをお腹のところで感じた。男性の血液がそこに集中してカチカチに膨れ上がる感じは好きだ。なぜなら、彼の脳みその僅《わず》かな血液さえもそこへ持って行かれて、思考が完全に止まってしまうからだ。

「僕は失敗ばかりで、今度こそお袋からも見放されそうだ」

「何言うてんの。失敗の中にこそ成功の種があるのやないの。お母さんはなんにもわかったはらへんのよ」

「ああ、お袋ときたら、僕のことダメ息子みたいに言いやがってさ。ちくしょう！」

孝治は悔《くや》しそうに唇を噛《か》んだ。

「私は孝治の才能を信じてるえ。でも、種を育ててその才能を開花させるためには、今はお母さんの力が必要。そう思わへん？」

喜代は諭《さと》すように言った。

「そうだな。今はお袋に頼るしかないな」

「残念ながら、あなたのお母さんに人の才能を見抜く力はあらへん。そやけど、あなたは、今、失敗の中から大きな成功の種を収穫している最中なんよ」

「そ、そうだよな」

「何頼りない言い方してるの。なんか感じひん？　成功への道が開かれるエネルギーみたいなもん。孝治最近、すごいオーラ放ってるえ。きっとなんかの前兆や。それに気がついてへんの？」

「もちろん、気がついているさ。この失敗を僕は絶対に無駄になんかしないよ」

孝治は力を込めて言った。

「頼もしい言葉やわ。二人で夢を実現させて、お母さんを見返してあげましょう。目も覚めるような美術館を作るんよ。あなたはそこの館長になるの。カッコええ姿が目に浮かぶわ」

彼の目が、喜代の言葉にきらきらと輝いた。両親に失敗をなじられてばかりいた彼は、こういう夢のような賞賛の言葉にめっぽう弱いのだ。

喜代も、彼に才覚があるとは思っていない。彼のように自分に甘く弱い人間は、夢におぼれて、人から利用されるだけだ。

彼が失敗するたびに、喜代はそこに自分の利益を見出《みいだ》すのだった。

一番大きな獲物は、彼の父親の金だ。それをどうやって引き出すかが問題だった。

「そうだな。わかったよ。それまで、お袋に君のことは内緒にしておく」

「早く、お金を工面してちょうだいね。たったの三百万なんやから」

喜代が冷たくそう言うと彼はあわてて付け足した。

「もっとお金をいっぱい稼いで、絵を買わないとね。でないと僕たちの夢は……」

喜代は彼の言葉をさえぎって言った。

「美術館のための資金も出してって、お母さんを説得できるの？」

「あ、ああ……でも今は無理かもな」

「そうやろうね。仕方がないわ。じゃあ、とにかく、まずは三百万の件はよろしくね」

喜代は切り捨てるように言った。実際、彼との間にある、まとわりつくような湿気た空気を心の中でバッサリと切っていた。

彼は寂しそうな顔でしばらくこちらをじーっと見つめていたが、肩をすぼめてすごすごと帰って行った。

喜代は画廊を閉めると、表通りへ出た。ここ東山区中之町《ひがしやまくなかのちょう》から歩いて十分ほどのところにマンションがあった。

桜の花の咲き乱れる路地を歩きながら、孝治との会話を思い出し、目の前に舞い降りてきた花びらを思わず手で払いのけた。

――お金を払えない？　会社が倒産しそう？　そんな自分勝手な言い訳を私のところへしに来るやなんて、ありえへん！

あの売れないオランダ人画家を発掘したのは喜代だった。生活に困っているというから、全部絵を買って、彼を売り込むことにしたのだ。

〝今世紀のゴッホ〟という謳《うた》い文句で、個展を開き、気鋭の映像作家に作らせたプロモーションビデオを見せて、金をもてあましているシニア層に資金運用に最適と紹介した。イメージ戦略プラス金儲《かねもう》け、この二つをセットにすると、売れないものはない。

十年後には知名度が上がるから最低でもこの五倍か、よくすれば十倍の値段になると懇切丁寧《ていねい》に夢を語ると、彼らは競うようにして買ってくれた。

喜代はそのお金で、世間一般に名の知れた現代アートの巨匠の絵を買い集め、画廊に置いた。それで客を引き寄せては、無名の画家の絵を売った。喜代にとって絵は富を築く大事なものなのだ。それを孝治ときたら、なんて軽々しいことをしてくれたのだ。

怒りが収まらず、散った桜を踏みつけながら歩いていると、六、七歳くらいの髪の長い女の子の手を引いて歩いている着物姿の女が見えた。女の子の方を向いて話しているほっそりした横顔に見覚えがある。

あれは確か……。喜代は立ち止まり、目を細めて過去の記憶を辿《たど》っていく。

そうだ、冬花《ふゆか》だ。西山《にしやま》冬花！

冬花は、高校時代の同級生だった。

喜代は声をかけようと歩調を速めたが、不意に嫌な記憶が蘇《よみがえ》ってきた。

確か、彼女には月光《つきみ》という双子の姉がいた。

月光の彫りの深い顔と鋭い目が脳裏に蘇ってきた。目が合った時のこちらを射貫《いぬ》くような視線を思い出し、口の中に苦いものが込み上げてきた。

あの姉さえいなければ、冬花とはずっと楽しい関係でいられたのだ。

ここで再会したのは何かの縁かもしれない。彼女が今どこで何をしているのかだけ把握《はあく》しておこう。そう思い、少し間隔をおいて悟られないように冬花の後をつけた。

十分くらい歩くと、彼女は、神宮道《じんぐうみち》を南に下がっていき、そこから新門前通《しんもんぜんどおり》に出て西へ二十メートルほど歩いていったところにある古い家の前で立ち止まり、手提げ鞄の中を探り始めた。ここは彼女の家なのか。そう思っていると、案の定、鞄の中から鍵を出して、格子の戸の鍵穴に差し込んでいる。キーホルダーにつけられた鈴の音がちりんちりんと鳴るのが喜代の耳にまで聞こえてきた。格子戸を開けるとその中に娘と一緒に入っていった。

喜代は彼女たちの入っていった黒い格子戸がはめ込まれた玄関の前に立った。間口は狭いが奥行きがありそうだ。うなぎの寝床といわれる典型的な京町屋だ。格子戸の隙間《すきま》から、明かりが漏《も》れてくる。

「DUBOIS」——デュボワという名前の表札がかかっていた。ここは外国人の家なのだろうか。そう思いよく見ると、その下に西山という名前の入った小さなカードが貼ってあった。

デュボワ。名前からしておそらくフランス系だ。彼女はフランス人と家をシェアしているのか。それとも、彼女の夫がデュボワという名のフランス人なのだろうか。

先ほど一緒にいた冬花の娘の顔を思い出した。切れ長な目の日本人形のような顔だちだった。まるで冬花のコピーみたいによく似ている。

結婚しているにしては、遠慮がちに「西山」と小さなカードを貼っているだけなのが他人行儀だ。

喜代はしばらく家の前に立って考えたが、冬花がどういう生活をしているのか答えは見つからなかった。

ふと高校時代の彼女のことを思い出した。

すると、彼女は今も何か面倒に巻き込まれているかもしれないという期待に胸が膨らみ、自然と笑みがこぼれてきた。

喜代は冬花とは、とても相性がいいのだ。彼女はいわば、喜代のはみ出した中身を注ぎ込むのにちょうどよい器《うつわ》だ。見事に空《から》っぽの器なのだ。

彼女が面倒に巻き込まれていなければ、こちらで面倒を作ってあげればいいのだ。そうすれば、全てがうまくいくはずだ。

高校時代に起こったミカとのトラブルを思い出し、気持ちが高揚した。あの月光さえいなければ、冬花を巻き込んで、もっとたくさんのストーリーが描けたはずだ。もし、あの邪魔な姉が冬花を見張ってさえいなければこっちのものだったのだ。

喜代は、月光に攻撃的な言葉を浴《あ》びせられて、あっさり諦《あきら》めてしまったのだ。あの時は、同じ部活に喜代の言うことならなんでも聞く親が金持ちの後輩がいて、その後輩からお金を引き出すのに夢中だった。だから、たいしてお金にならない冬花にそれほど興味が持てず、姉の攻撃にあっさり引き下がってしまったのだ。

急に、悔しさが込み上げてきた。あの時の悔しさをなんとしてでも晴らしたい。あの姉をぎゃふんと言わせてやりたい。今度こそ、あの姉を出し抜いてやりたい、そんな闘志が喜代の胸に湧《わ》いてきた。

ここからだと、喜代のマンションまで一キロもない。

こんな目と鼻の先に、あの冬花が住んでいたとは意外だ。どうしてもっと早くに気がつかなかったのだ。風の噂では、冬花は京都にいないと聞いていた。それも、あの姉が流したデマだったのかもしれない。喜代を冬花に近づかせないための。

そう思うと、またもや悔しさが込み上げてきたが、居所《いどころ》がわかっただけでも運が良いと思い直した。

喜代は冬花の町屋を後にし、御幸町通《ごこまちどおり》にある自分の家の方へ向かった。

歩いている間も、創作意欲が止めどなく溢れ出し身体中が興奮で熱くなった。冬花という真っ白のキャンバスにめいっぱい描きなぐりたい。

そんな衝動的な欲望に酔いしれ、浮かれ気分で歩いているうちに自分のマンションを通り過ぎそうになり、立ち止まった。

ここの十階に、喜代の部屋がある。最近購入したばかりの見晴らしのいい新築マンションだ。郵便受けを開けて、広告類と手紙を取り出してから、オートロックを通り抜ける。エレベーターで十階へ上がった。エレベーターの鏡に映《うつ》った自分の顔を見て、髪をそっと掻《か》き分けて、微笑んでみる。頰の肉が少しつきすぎている上に、目尻の下がった一重瞼《ひとえまぶた》と大きすぎる鼻。お世辞にも美しいとは言えないが、喜代は、自分のこの容姿が気に入っていた。親しみのある笑みを浮かべると、一瞬にして相手は自分に好印象を持ってくれた。これは、長年、喜代が自分の不器量に悩んだ末に生み出した特技だった。この笑顔のおかげで、孝治のような無知で劣等感の強い男たちが初対面の時、警戒することなく心を開いてくれた。そして、女を武器にしているわけではないと世間に思わせることが、最大の武器になるのだ。

だが、実際には、喜代は、それとは悟られないで、女の武器を利用していた。若い頃は、エリートサラリーマンや事業家が好きで、数々の男と付き合い、金を貢がせた。海千山千の実業家であっても、金を貢がせて、親密になってから急に冷たくあしらうと、不思議なほど、かしずくから面白かった。恋愛の駆け引きで負けたことはなかった。

自分が破滅した原因が喜代にあると言って、男にしつこくつけ回されたこともあった。自分の運命に負けただけの弱い男だということをわからせてやると、その男は自殺してしまった。喜代の父親は借金まみれになっても、なかなか自殺せずにしぶとく生きていたので、まさか大の男があんなにあっさり死んでしまうとは思わなかったのだ。

その時、まだ二十歳になったばかりの喜代は、しつこい男から解放されてせいせいしたが、男の死が一円にもならなかったことが忌々《いまいま》しかった。今となっては、若い頃のつまらない思い出でしかない。

もう、あの頃のような若さは自分にはない。だが、年月を経て、若さを失った分だけ、男の肉体を摑《つか》むテクニックは上達していた。だから、孝治を思い通りにすることなど、赤子の手をひねるより簡単なことだった。

部屋に入ると、二十畳はあるリビングの窓際のローソファに腰掛け、一服しながら京都の夜景を眺めた。

孝治とのことを思い出し、姉の亜由美《あゆみ》に電話した。

「孝治が買ってくれたあのオランダ人の絵、持っていかれてしもたんやって。借金の形に」

「ええっ、卓隆《たくたか》が描いたやつ？」

そう、あれはオランダ人が描いた真作ではなく甥《おい》っ子の卓隆が模写したものだった。オランダ人の絵は全部で三十七点しかない。描くのが遅くて、いくらせかしても年に一、二作しか描けないのだ。それでは商売にならないので、贋作《がんさく》を甥っ子に描かせていた。甥っ子は、視覚的記憶力が抜群に優《すぐ》れていて、見たものをそっくりそのまま描くことができる特技を持っていた。特に油絵などは、絵の具を使う量まで記憶分析し、オリジナルにある凹凸までほぼ正確に描くことができた。おそらく真作を描いた本人でも、卓隆が描いた贋作を自分の作品だと思うだろう。

卓隆には著名な作家の作品を沢山描かせていた。コミュニケーション能力に乏《とぼ》しく、友達がいないので、人に口外《こうがい》することもない。しかも模倣《もほう》の天才だから贋作を作らせるのにはもってこいだ。卓隆の才能に喜代が気づいたのは、彼がまだ五歳くらいの時だった。大学を卒業して、日本とフランスを行き来していた喜代は、京都に帰ってきた折に、フランスで知り合った画家が岡崎《おかざき》のギャラリーで個展を開いていると聞き、姉を誘って見に行ったのだ。一緒に連れて行った卓隆は、ノートルダム寺院の絵に見入っていた。

それから、喜代のお気に入りの料亭の個室で三人で食事した時、退屈し始めた卓隆は、姉の差し出した画用紙に、クレヨンで絵を描き始めた。その絵が、昼間見たノートルダム寺院の絵に酷似《こくじ》しているのを見て、目を見張った。

姉は、卓隆の絵をただ褒めちぎっているだけだったが、喜代はもしかしたらこの子には特殊な才能があるのではないかと思った。後から、卓隆のノートルダム寺院と、画家本人の絵を見比べてみた。細部にいたってそっくりに描けているのを見て、喜代は甥の才能をなんらかの形で利用できる予感がした。

しかし、そんな彼の才能を伸ばす機会を得《え》たのは、卓隆が不登校になり、姉が離婚してからだった。

喜代は、学生時代に宅地建物取引業の免許を取得していたので、卒業してから京都に小さな事務所を置き、不動産業を開業した。その方面での人脈を利用して、素人が手を出しにくい危ない競売物件を買いあさり、物件売買で利益を上げた。

そうして蓄《たくわ》えた資金で、ヨーロッパの絵画を仕入れてきては金持ちに売った。しばらく京都とパリの二つの都市に拠点を置いていたが、二十代後半には、不動産業のためのテナントビルを中京区に構え、青蓮院門跡《しょうれんいんもんぜき》の北側に画廊をオープンした。

「同じの三点も売ってしもたしなー。誰かが売りに出して、買った人にばれたらまずいかな」

「いくらで売ったん?」

「三十万円」

姉には、いつもゼロ一つ少なく言ってあった。姉の取り分はその十パーセントの三万円だ。その中から卓隆に五千円の小遣いをやっているらしい。それで大好きなロボットの模型が買えるので甥っ子は大喜びだ。

「あの絵がそんな値段でよう売れたなあ」

姉は感心したように言った。

引きこもりの息子をかかえて、パートで働く姉にはいい小遣い稼ぎだった。喜代のことをいつもありがたがっている。

卓隆は集団生活になじめず、小学校の高学年から不登校になった。そんな息子のことを姉はずっと嘆き悲しんでいた。

卓隆の作った偽物をありがたがって買う収集家たちのことを話して聞かせると、姉は大笑いした。

「そうか。卓ちゃんの絵がそんなに評価されてるのか。みんな私のこと、節穴《ふしあな》やって言うてたけど、みんなの方が節穴やないの、なあ。あの子は頭のええ子や。頭が良すぎて、つまずいてしもたんや」

今度は受話器の向こうから姉の咽《むせ》び泣く声が聞こえてきた。姉は、息子のことが理由で、夫の家族に見放され、結局、離婚した。幼児期、卓隆は、数字や言葉を覚えるのが異様に早く、頭の良い子だったという。家族から期待されていただけに、学校での挫折《ざせつ》は、みんなの期待を裏切ることになった。

姉が、卓隆を甘やかしたから悪いのだと姑にさんざんいじめられ、いたたまれなくなり、卓隆を連れて家を飛び出した。

喜代の父親は、ずっと不動産会社の社長としてばりばり働いていたが、喜代が大学生の頃から会社の経営が悪化し、さんざん悪あがきをした末借金を苦に自殺した。母は、そのことが原因で精神を患《わずら》い入退院を繰り返していたが結局、病気で他界してしまっていた。だから、離婚しても姉は誰も頼れる人間がいなかった。卓隆と二人で細々と暮らしているのだ。せめて、卓隆が普通の子だったら、なんとか成人させれば、姉の生活ももう少し楽になるだろう。しかしコミュニケーション能力がなさすぎて、アルバイトもできないのだ。

喜代から見ると、卓隆が幼児期、そんなに頭が良かったというのは信じがたい話だった。こちらの話していることにほとんど無反応で、言葉を理解しているように見えないのだ。これでは、学校でバカにされ、いじめに遭っても仕方がない。姉はいろんな面で惨《みじ》めな思いばかりしてきたから、幼児期、卓隆は頭が良かったという作り話をしているうちに、自分で自分に暗示をかけてそう信じ込んでいるのだと喜代は思った。

むしろ、卓隆は、映像記憶に優れているので贋作を描かせてみてはどうか、と喜代は、姉に勧めた。喜代の指導で、卓隆に名画の模写をさせているうちに、本物と寸分違《たが》わないくらいうまく描けるようになった。やはり、卓隆は外で働く力はないが、贋作を描かせたら天才的な能力を発揮《はっき》するのだと、喜代は確信した。

贋作を売るようになってから、絵の売買が不動産業を上回《うわまわ》るようになった。

結果的に、息子が贋作を作って、世の中を欺《あざむ》いているというのは、姉にとっても小気味の好いことなのだ。

「あの作品が出回るって、喜代、それやばくないか？　最低でも十年は家の倉庫に寝かせておくように言うてあったんと違うの？」

「かまへんよ。贋作なんてみんなやってることやし。だいたい、一点ものとは言うてへんから、いくらでも理屈はつけられるしね」

「詐欺罪とかにならへんの？」

「なに言うてるの。現代アートそのものがまやかしみたいなもんやのに。まやかし使《つこ》うて何が悪いの！」

喜代が語調を強めて言うと姉は沈黙した。

キャンバスに絵の具をぶつけたようなしろものに、何千万も払わせることの方が喜代から見ればペテンだ。

世の中には、現代アートという無意味・無内容なものに過剰《かじょう》な価値を見出そうとする金持ちがうようよいるのだ。それを利用しない手はないと思っていた。

要はプレゼン能力だ。そのうちもっとお金を儲けたら、テレビで特集を組んでもらって、自分の発掘した画家を大々的に売り出すつもりだった。京都の財界人とのコネクションも金の力で少しずつ広げている。

喜代から見れば、アーティストと贋作売りとの間にたいした差はない。どちらも人の目をくらませるということに長《た》けているだけのことだ。

ないものの中に、あたかも何かある、と見せかけるのが現代アートだと喜代は思っていた。そして、ある時、そういうものと自分がやけに相性が良いことに気づいたのだ。

「それは、そうやけど……。卓ちゃんはどうなるの」

「卓ちゃんのことは心配せんでも大丈夫やって」

あのオランダ人の画家は、著名な政治家の息子だが、薬物依存症なので、そのうちに病院行きだ。まともに話すこともできない。日本に来ることもないだろう。おまけに父親のロベールは、不肖の息子を日本で売り出してくれる喜代のことを一目見て気に入ってくれた。ロマンスグレーのなかなかいい男なので、パリに行った時は、彼と密《ひそ》かにデートすることにしていた。

パリの高級ホテルでロベールと初めて一夜を過ごした時、日本人の女と寝るのは初めての経験だと、まるで少年のようにはしゃいでいた。東洋人の女に対する過剰な妄想《もうそう》があり、ベッドに入る度に、喜代の身体を日本の神秘だと賞賛してくれるのも悪い気はしなかった。

ロベールとの関係のおかげで、フランスでの新たなネットワーク作りに成功した。

「贋作で儲けるだけ儲けたら、発覚するまでに、金で信用を買うまでのこと」

「そんなことできるん？」

「世の中に買えへんもんなんてあらへん。権威だってなんだって金で買えるもんなんや。行動のみや」

そう、金さえあれば、コマーシャリズムで嘘も本当にしてしまうことができるのだ。そのためには、人に考える余裕を与えてはいけない。なにごともスピーディに進める必要がある。

「嘘は大きければ大きいほど効果的なんや」

「なんでやのん？」

「せこい嘘は誰でも考えることやから、すぐに見抜かれてしまうけど、誰にも想像できひん大嘘は、人の想像力を超えるから、まさか嘘やと思わへんのや」

特に、性善説を信じる日本人は、疑うことを知らないから扱いやすいのだ。

「あんたは悪の天才やな」

姉は感心したようにふふふと笑った。

もちろん、嘘をつく相手は選ばなければいけない。中には、騙《だま》されないやっかいな頭のいいヤツがいる。

幸い喜代には、会った瞬間、自分の手のひらで簡単に転がせる人間とそうでない人間を見分ける嗅覚《きゅうかく》があった。同じ空間を共有した時、それがわかるのだ。

こちらが食い物にできる人間、奪うことのできる人間。喜代は、人間関係においては、男女を問わず、ただひたすら、それだけを追求していた。もちろん、同等で、利用しあえる関係もなくはないが、より多くの利益をこちらが取れる関係が望ましかった。

喜代は、キッチンのカウンターに座ると、京都の夜景を見ながら、バーボンのロックを飲んだ。送り火の時期になると、キッチンの窓から大文字が見えるのがこのマンションの魅力だ。ふと孝治のことを思い出し、またむしゃくしゃしてきた。

孝治はお金を用意してもらうために、今頃母親に泣きついているのだろう。

彼との関係もいい加減、退屈になってきた。彼の両親が死なない限り、彼からこれ以上金を引き出すことはできない。

そうだ、交通事故にでも遭ってくれたらいいのだ。彼の両親が突然交通事故で死んだら、と想像してみる。そうしたら、彼の相続した金は喜代の思いのままになるではないか。

何かいい案はないだろうかと喜代はあれこれ考えたが、彼の両親を二人まとめて始末する方法が見つからなかった。そうだ、父親だけでも死んでくれればいいのだ。そうしたら、孝治に半分の財産がいくではないか。

そのためには、もっと親子に不仲になってもらう必要がある。そして、孝治に父親を殺させるのだ。何かいい手はないだろうか。

いろいろ考えてみたが、これは、というアイデアが今すぐにはひらめかなかった。喜代は舌打ちすると、バーボンを飲み干した。

喜代の中身が溢れそうになっている。過剰で激しいエネルギーが、新しい居心地《いごこち》のよい場所を欲しがっているのだ。

この中身を注ぎ込む器が喜代には必要だ。空想力を思い切り発揮できる器が。

喜代は、今の自分の直面している壁を越えるための新たな人間に出会いたいと切に願い始めていた。

冬花の横顔が浮かんだ。

彼女の周辺を徹底的に調べてみよう。もし、彼女に配偶者がいなければ、近づくのはたやすい。今すぐにでもアプローチしたいところだ。

あれこれ想像しているうちに、何か面白い偶然に出会えるような予感が胸底から湧いてきて小躍りしそうになった。

第三章

母娘

二〇一四年五月

西山冬花《にしやまふゆか》が高校時代の同級生、川井喜代《かわいきよ》に再会したのは、最近働き始めた西陣《にしじん》にある割烹《かっぽう》の店でだった。客として店に入ってきた時、やや大柄な体格、明るい笑顔と張りのある声を耳にしてすぐに彼女だと気づいたが、冬花は、反射的に知らない振りをした。

喜代は、小柄で瘦《や》せた女性と高校生くらいの色白で美しい顔の少年と一緒だった。

確か、彼女は超難関の東京の芸術大学へ入り、その後ヨーロッパへ渡ったと聞いていた。秀才で活発な彼女にとっては、京都のようなこぢんまりした町に一生いるのはもの足《た》りなかったのだろう。そんなことを、誰かが噂していたのを思い出す。だから、彼女が京都にいることが不思議だった。

冬花は三人がカウンターに座ってくれることを祈った。カウンターなら、板前が直接料理を出してくれるから、給仕をする必要がない。

だが、こちらの期待に反して、三人は四人がけのテーブル席の方を選んだ。

冬花は三人の腰掛けたテーブルにお茶とおしぼりを持って行った。喜代は一緒に来た女と夢中で話していて、冬花の方を見ようとはしなかった。親族であろうことを思わせる親しげな話し方だ。あれは、喜代の姉なのかもしれない。そういえば、彼女には五歳くらい上の姉がいたことを思い出した。

冬花は、お品書きを喜代の姉らしき女性に渡した。

「卓《たく》ちゃん、何食べる？　あんた、だし巻き好きやろう？」

女が少年にお品書きを見せて、だし巻きを指さした。少年は、スマホから一旦目を離すと、メニューを見ながらぼんやりと頷《うなず》いている。白いシャツにジーパンというラフなスタイルだが、切れ長で二重《ふたえ》のきれいな目の中にひときわ輝く黒い瞳があった。冬花は少年の顔があまりにも神秘的で美しいので、そこに意識が吸い寄せられた。

三人は、しばらくお品書きに目を走らせていたが、各々《おのおの》食べたいものをメニューから見つけたらしく、ぽつりぽつりと注文し始めた。

「えーと、私、お造りの盛り合わせがいいわ」

「私、はもの天ぷら食べたいわー」

喜代が言う。目を伏せ、視線を合わせないようにしながら注文に耳を傾けた。冬花は、相手が話している時、目をなるべく見ないようにした。相手の目が視野に入ると、瞳の動きに意識が奪われて、話している内容が理解できなくなるからだ。

板長に注文のメモを渡しに行く。また、一人客が入ってきた。一人なのにいつも、二人がけの隅っこのテーブル席に座る杉田《すぎた》という男だった。彼はここが気に入っているようで、二日か三日に一度は店に訪れるのだ。いつもパリッとした上等の背広にネクタイ姿だった。

「いらっしゃい」

冬花はお茶とおしぼりとお品書きを杉田のテーブルへ運んだ。

「こんばんは。いつもの冷酒と、それから、えーと、今日は何がお勧《すす》めですか?」

彼はお品書きに目を通してから冬花の方を見つめながら訊《たず》ねた。いつも思うことなのだが、彼はなぜカウンターへ座ってくれないのだろう。この店の売りは、旬の食材や新鮮な魚を板長が見事な包丁さばきで料理するのを見ながら食べられることだ。カウンターだったら、板長から旬の食材についても直接話が聞けるというのに。

こちらを見据えて話す杉田がなんとなく苦手だった。彼と視線が合うのが怖《こわ》いので、顔を見ないようにした。

「竹の子の天ぷら、鯛と湯葉のお刺身、お麩《ふ》の田楽なんかがお勧めです」

「どれもいいなあ。じゃあ、麩の田楽と竹の子の天ぷらをください」

杉田の注文を聞いてから、喜代たちのテーブルの方へ行くと、喜代が冬花の顔を見上げて突然言った。

「あれ、もしかして、冬花やないの?」

喜代の声が大きかったので、冬花ははっとして彼女の方を見た。

「あー、やっぱり冬花やわ」

喜代の屈託《くったく》のない笑顔に圧倒され、冬花は目を見開いたまま喜代の方を見た。視線ががっちり合う。こんなふうに人と視線が合うことは滅多《めった》になかったから、それだけで身体が硬くなった。

「私! 川井喜代。覚えてへん?」

昔とちっとも変わらない明るい口調だ。

「あっ、あの、そういえば、喜代……」

冬花は、今気づいたという顔を装ったが、緊張して頬が硬直した。どうしてここにいるの、という疑問が再び頭に浮かんだ。危うくその疑問を口に出しそうになって、口ごもった。そういう質問は不謹慎だと、姉に叱られたことがあるのだ。

「着物、よう似合うてるね。髪結うてるから、最初見た時、誰かわからへんかったわ」

「知り合いなん？」

　隣の女が言う。

「お姉ちゃん、彼女、高校の時の同級生なん。それにしても懐《なつ》かしいわー、冬花。二十年ぶりやね。どうしてたん？」

　冬花は口元をほころばせて「久しぶりやね」と小さな声で言った。

「この子、別嬪《べっぴん》さんやろう？　当時、密《ひそ》かに憧《あこが》れてる男子がいっぱいおったんえ。あっ、今でもかな。着物姿が色っぽいね」

　そう言って、喜代は冬花の着物の袖をちょっと摑《つか》んで「着物が身体の線にぴたっと馴染《なじ》んでるやんか。今時、こんなに着こなしの上手な子、なかなかいてへんえ」と姉の方を見ながら褒《ほ》めそやすので、「安物なんよ」と照れながら答えた。滅多に褒められないから、嬉《うれ》しかった。

「高校の時、いつもの帰り道で、他の学校の男子が、『付き合ってください』って冬花の前にあらわれた時のこと覚えてる？」

「そ、そんなことあったかな」

「ええ、忘れたん？『付き合うって、どうして、あなたと付き合わんとあかんのですか？』

とか冬花言うてたやんか。どうしても、こうしても、向こうは必死の思いで告白してんのに、気持ち察してあげんと冷たい返事するわ、と思ったんえ」

そうだったろうか。冬花はとっさに頭に浮かんだことを口に出して、場の空気を凍《こお》らせてしまうことがあった。自分ではわからないのだが、何か不適切なことを言ってしまうのだ。

冬花は、ある時から、人が感じていることを自分は感じていないことに気づいた。みんなは、言葉にしなくても、テレパシーのようなもので連絡し合っていて、暗黙のルールがわかるのに、自分のところにはそのテレパシーが届かないのだ。ぷつんと切れて、たった一人、輪の外側にいるようだった。

「その男の子、顔が硬直してたわ。振られよったーって他の男子にからかわれて、かわいそうに。なかなかのイケメンやったから、わあ、こんなええ男振るんかいなっ、もったいないことする子やって、実は私密かに思ってたんよ」

喜代の姉がそれを聞いて大笑いした。相変わらず、声に張りがあり、いささかオーバーアクションだが、話を面白おかしくするのがうまい。

喜代は、孤独な冬花の気持ちを察してくれているようだった。彼女といると、輪の外側にいた自分が、内側に入れたような気がするから不思議だ。

彼女は今、東山区で画廊をやっているのだと言って、透明のしゃれた名刺を渡してくれた。

「コンテンポラリーアート……」

アートなんて自分とは縁もゆかりもないなと思った。それでも、見たこともないデザインの名刺だったので、センスの良さに感心した。喜代は東京の芸大を卒業してから、数年間、パリで本格的に芸術の勉強をして、この道を極《きわ》めたのだという。新進気鋭のアーティストを発掘して、日本に売り込む仕事をしているのだと雄弁に話し始めた。彼女の流れるような話のリズムについていけず、冬花は、ぼーっと名刺と喜代の顔を見比べていた。ただ、彼女の言葉の中には、ゴッホ、ミレー、ピカソ、ダリなどとてつもなく著名な芸術家の名前が出てきて、また、それら著名人の親族などが身近な存在のようにさらりと話に登場するから、ふと、不思議なパラレルワールドへ迷い込んだような錯覚《さっかく》に陥《おちい》った。

「今どうしてるの？　一人なん？　まさかなあ。あんたみたいな別嬪さんやったら当然結婚してるのやろう？」

突然、自分の現実に話を振られて、曖昧《あいまい》に返事した。

「結婚はしてたけど……今は娘と二人」

冬花は、二年前に離婚していた。別れた夫との間に、雪子《ゆきこ》という娘が一人いた。

「そうなんや。今娘さんは？」

「家で猫と一緒にお留守番してる」

「一人でってそれ大丈夫？　何歳なん？」

「もう六歳になるの」

「一人でいてて心配ないの？」

「一人でも機嫌ようしてる子やから大丈夫」

そう、雪子は、一人で猫と戯《たわむ》れて、大人しく過ごしていられる子だった。だから、家に一人で留守番させているのだ。

「そうなんか。それにしてもようがんばってるなあ。あんた、昔からがんばりやさんやったもんな。そうか、離婚したんか。うちのこの亜由美《あゆみ》姉さんも離婚してるんよ」

喜代が姉の方を指差した。亜由美が「お仲間やね」と親しみを込めて微笑《ほほえ》んだ。

「うちは、夫に嫌われてたから……」

「嫌われてるって、結婚したんやから、好かれてたんと違うの？」

「結婚してから、ものすごく嫌われたん。うちがグズでアホやさかいに」

「アハハ、相変わらず、率直に言うね」

冬花は、曖昧に返事をして喜代のテーブルから引き上げ、厨房《ちゅうぼう》で洗い物をしながら自分のことを振り返った。

離婚の原因は、冬花にあったのだろう。夫に、家事、特に料理が下手なことと、気が利《き》かないことを常々非難しつづけられていた。それでも、自分の中でルールを作ってしまえば、家事はなんとかこなせた。毎日、同じ時間に掃除、洗濯、料理をするように頭の中で順番を決めればそれほど難しくはなかった。

だが、一旦、変則的なことが起きると、何もかもがダメになった。

ある日のこと、リュウマチで手が痛むと訴えていた姑《しゅうとめ》のところへ、掃除に行かないという理由で夫に叱られた。

「痛くて家事ができひんから助けて欲しいと訴えてるのに、顔も見に行ってやらへんのやってな？　おまえはなんて思いやりのない嫁なんや。お袋が怒ってた」

「でも……助けて欲しいとは言ってはりませんでした」

正直に言ったつもりだった。だが、その言葉が夫の逆鱗《げきりん》に触れた。

「なんや、その冷たい言い方は！　そういうところが思いやりがないと言うんや！　お袋がわざわざおまえに電話かけて、病状を言うたんは、助けて欲しいからやろう！」

そう言われて、はじめて、姑が近頃頻繁《ひんぱん》に電話をかけてきて、手の痛みを訴えていたことの意味を理解した。

冬花は、幼い頃からよく、「思いやりがない、自分勝手だ」と言われてきたので自覚していた。だが、相手の気持ちがわからないので、どうやったら、思いやりのある行動がとれるのかがわからないのだ。

姑のところへ行って、言われるままに掃除と洗濯をすると、今度は気持ちがこもってないと言って叱られた。

「もうええ。そんなにめんどくさそうにするんやったら、来てもらわんでもいいわ！」

来なくていいと言われたので、その通りにしていると、また、「なんで、来いひんの？」と怒られた。

そんな行き違いがあり、姑とは険悪になった。それと並行して、夫との関係も悪くなった。だが、決定的に仲が悪くなったのは、娘が通う幼稚園の友達の母親に勧められて、断りきれずに高価な化粧品セットを買ってしまってからだった。

――家事が下手な上に、浪費癖があるんやな、君は。

険《けわ》しい顔で夫にそう言われ、冬花は震え上がった。

――浪費癖……、そんな。ごめんなさい。つい断りきれへんかったん。返してくるし。

――そんなこと言うてるんと違う。このままでは、僕があまりにも可哀想やろう？　僕は哀れな夫や。そう思わへんか？

——哀れ……。

——何を言っても心ない言葉しか返ってきいひん、まずい飯しか作れへん、お袋に冷酷で、おまけに浪費癖まであったら救いようがないやろう。悪妻の条件ばっかりが揃《そろ》ってる。違うか？

夫にそうまくし立てられて、自分はダメなのだ、そう思い、この世から消えたくなった。子どもの頃から、自分はダメだったのだ。

忘れ物は多いし、先生の言っていることは殆《ほとん》ど理解できない、身体《しんたい》運動が苦手で、幼稚園の遊戯でスキップができないことから始まり、運動といわれるものは全てダメだった。それでも、性格が優しいとか思いやりがあると言われればまだ救われるのだが、人の気持ちがわからずに、傷つけてしまうので、気がつくと周囲には誰もいなくなっていた。

小学校の頃、保健室のベッドに潜り込み、消えてなくなりたいと思いながら何百回泣いたことだろう。

それからも夫に責められる日々が続き、離婚届を渡された時、一も二もなく判を押した。迷惑をかけて申し訳なかったと何度も謝った。

後から、その化粧品を売っているママ友からこんなことを言われた。

——なんでそんなに簡単に離婚に同意してしまうんよ。あんたの夫には、女がいてるんやで。

——なんでそんなことわかるん？

冬花は驚いて聞き返した。

——アパレルメーカーに勤めてる親戚から聞いたの。あんたのこと傷つけたら悪いと思って今まで黙ってたんやけど、早《はよ》うに言うてあげたらよかった。デパートのＶＩＰ向けの展示場に、あんたの夫が愛人つれて堂々と来てたらしいわ。その女と結婚したいからあんた悪者にされたんよ。

——でも、私に浪費癖があるって……。化粧品買ったから。それに料理がまずいって。

——そんな話、真に受けたんか？　まったく人を疑うことを知らん人やねー。私が売った化粧品なんてたかだか十万円のやつやろう。今更浪費癖があるなんて文句言って、単なる言いがかりやん。あんたの夫は、その愛人にブランドのバッグや靴を一杯買ってたらしいで。あんたの買った化粧品の何倍もするもん愛人にやってるんよ。料理かて下手と違うやん。雪ちゃんに綺麗なお弁当作ってあげてるやんか。

友達が目を吊《つ》り上げて話している内容を聞いているうちに、冬花の気持ちは、むしろ楽になった。自分のせいではなかったのだ。そう思い、夫に対して腹を立てるより、むしろ心の平静を取り戻した。

離婚に同意してしまったのだから、娘と二人で生きていくしかない。娘は冬花が引き取ったものの、収入が少ないため、親に頼らざるをえない状態だった。親と言っても、冬花の実の母親は、小学生の頃すでに他界し、数年後に父親は再婚した。義母とは、摩擦があり、うち解けられなかった。

離婚した夫の寺嶋直次《てらしまなおつぐ》と結婚することになったのは、義母の親戚が見合話を持ってきたからだった。相手は、年齢が一回り上の実業家で、冬花を一目見て気に入ってくれているという。冬花は短大を卒業してから京都市内のデパートの食品売り場にずっと勤めていた。寺嶋は冬花のことをそこで見かけたのだという。寺嶋の写真を見せられたが、記憶になかった。義母は寺嶋について、やり手のビジネスマンで、金持ちだということだけ何度も強調した。

「そんな、急に結婚やなんて、心の準備ができてません」

「こんないい話は断るべきやない。会うだけでも会ってみなさい」

父に強く言われ、よく考える時間もなく、会うことになった。それから、とんとん拍子で挙式の準備が進められた。

離婚して、雪子と一緒に実家に住まわせてもらうことになった時、義母は親戚の手前、自分は顔をつぶされたと冬花を責め、始終不機嫌《しじゅう》だった。

何をやっても、「え、そこの片付けは？　そんなことも言わな気づかへんの！　あんた嫁に行ってる間に、少しは家事が上達したんかと思ったけど、やっぱり、あかんねえ。そら向こうのお母さんが怒ってしまわはるの当然やわ」と家事を手伝うタイミングの悪さにいちいち目を吊り上げて怒られるので萎縮《いしゅく》してしまい、朝、起きるのも苦痛になった。雪子に義母は、「ひどいお母さんやね、あんたもあんな母親でかわいそうに」とこれ見よがしに愚痴《ぐち》をこぼしているのが、聞こえてくることがよくあった。

小学校の教師だった父は、厳格な上に世間体《せけんてい》を気にして、冬花が離婚したことを快く思っていなかった。その上、離婚の理由を元夫から聞いた義母がことあるごとに冬花の悪口を言うので父からも、「このごくつぶしが！」と罵《ののし》られるようになった。

実家に居づらくなったため、東京にいる姉の月光《つきみ》に相談の電話をした。姉は、京都の一流大学を卒業し、今は東京の建築設計の会社で働いていた。

月光は、仕事関係の仲間から情報を仕入れて、祇園《ぎおん》の近くにフランス人夫婦の住んでいた空き家《あや》があることを冬花に教えてくれた。そのフランス人は日本人の妻と猫一匹と一緒に祇園にある町屋で暮らしていたが、愛する妻を癌《がん》で失い、そのショックから、京都に一人でいることができなくなり、東京に引っ越すことにしたという。

家具をいっさい動かさずにそのまま住んでくれる人を探しているというのだ。掃除をちゃんとして、猫の面倒を見てくれれば、月に二万円でいいという。冬花にとって、それは願ってもない条件だった。

町屋は二階建てで、一階に畳の部屋があり、そこは掘り炬燵《ごたつ》になっていた。隣の部屋は黒いピカピカの板の間で、アンティークなソファと棚が置いてある。棚には、夫婦の写真が飾ってあり、ちぎり絵や版画、それに陶芸品、昭和初期のランプなど、夫婦で買い集めたらしい和ものの骨董品《こっとうひん》があちこちに置いてあった。建物の半分が、二階までの吹き抜けになっていて、立派な梁《はり》の柱で支えられていた。

二階には二部屋あり、一つは洋室にリフォームされており、夫婦が使っていたダブルベッドがあった。デッキテラスへ出る扉を開《あ》けると、広い木のテラスがあった。夫婦が改築したらしく、デッキの素材が新しかった。

そこに椅子四つと六角形のテーブルが置いてあり、夜、月を眺めながらお酒を飲んだり、食事をすることができた。

冬花は、そのフランス人からのメールで、彼が妻をいかに愛し、ロマンチックな生活をしていたのかを聞かされた。

デッキテラスはもっぱら、夫婦の飼い猫だった黒猫の花子《はなこ》が陣取っていた。

冬花は、娘と一緒にその隣の小さな部屋に布団を敷いて寝た。

冬花にとって、雪子だけが唯一の身内だった。

雪子は赤ん坊の頃から大人しくて手のかからない子だったから、繊細《せんさい》な調度品を壊す心配はなかった。手がかからない分、放っておいてしまうことが多かった。気がつくと、雪子はほとんど何も話さない寡黙《かもく》な子になっていた。

家にいても、口を利かないことがほとんどだし、学校でどうしているのか皆目《かいもく》わからなかった。教師に話を聞いてみると、ごく普通の目立たない子のようだった。学校で問題を起こすわけでもないので、特に教師も雪子に注意しているわけではないらしい。自分のように忘れ物が多かったり、みんなの行動についていけなかったりすることが娘にはないと知って、冬花は救われる思いだった。この子はちゃんと人並みのことができるのだ。

この家に来てから、雪子は猫の花子とすっかり気が合い、花子とよく遊んでいた。

家に娘と二人でいても、沈黙が支配することが多かった。それは二人の性分《しょうぶん》なので仕方のないことなのかもしれないが、時々、心の中をスーッと寒い風が吹き抜けることがあった。

何か温《ぬく》もりが欲しい、そう思うのだが、テレビドラマで見るような、世間一般のよく笑いおしゃべりする母娘《おやこ》のようにはなれなかった。

無理に笑ってみても、雪子の方から反応は返ってこない。

誰かが冗談を言い、みんなが一斉に笑っている場面に遭遇すると、自分はなぜ同じタイミングで笑えないのか、どうしてこんなふうに生まれてしまったのかと悲しくなることがあった。

冬花は自分の記憶から、何か温もりらしきものを時々探してみることがあった。すると双子の姉の月光の顔が浮かんでくるのだった。

子どもの頃から、冬花に優しい眼差《まなざ》しを送ってくれた姉とは、彼女が結婚してからほとんど交流がなくなっていた。

この姉は、小さい頃から、勉強も運動もよくできた。友達もたくさんいて、活発で冒険好き、冬花とまるで正反対の性格だった。双子の姉だと言っても周囲の誰も信じてくれない。冬花は、年上の姉みたいに月光に頼りきっていた。小学校の高学年になると、はじめて河原町《かわらまち》の映画館へ行こうと誘ってくれたのも姉だった。それから、須磨《すま》の水族園まで一緒にイルカショーを見に行ったり、琵琶湖《びわこ》へ泳ぎに行ったり、冬花が京都の外へ出かける体験ができたのも姉のお陰だ。

冬花は、面白い話が何一つできない。誰かといても、相手はきっと不愉快な思いをするだろう、迷惑をかけるだろう、とそんなことばかり気にしてしまうので、一人でいる方が楽だった。

月光は冬花に、普通の少女のような楽しい青春の思い出をたくさん作ってくれた。

この姉と一緒に遊んだ時期だけが、思春期の子が体験する新鮮な世界、冬花にとっては別世界に飛び出したような尊い時間だった。

姉がいなくなった当初、寂しくてたまらなくなり、冬花は一度、姉を東京まで訪ねたことがある。姉夫婦にディズニーランドへ連れて行ってもらったが、冬花は、義兄の勇太《ゆうた》が姉とあんまり仲がいいので、疎外感を覚えた。義兄のことが好きになれず、東京へ行ったのはその一度きりだった。

それから姉は二児の母親となり東京で忙しい日々を送っているらしく、ほとんど連絡はなかった。

冬花が結婚することになった時、数年ぶりに京都へ帰ってきた姉が、「どうかどうか妹の冬花をお願いします」と、夫になる寺嶋に深々と頭を下げた姿が印象的だった。

離婚した時、心配して電話がかかってきたが、姉も、子どものことで手一杯だったから、あまり長く話はできなかった。

町屋に雪子と二人で住むようになってからは、姉を安心させるために、雪子と二人の写真を添付したメールを送ったり、簡単な近況を伝えたりした。

切りつめた生活には違いないが、美しい住居があるので、娘に惨《みじ》めな思いをさせることがないのはせめてもの救いだった。

雪子がデッキテラスで猫と戯れている時、冬花は、木の椅子に腰掛け、月を見上げることがあった。

「お姉さん」

月に向かってそう呼びかけてみる。

——雪子と映画を見に行ったり、水族館へ行ったりしてる?

月は、姉の顔と重なり、冬花にそんなふうに問いかけているようだった。

冬花は、猫の花子を雪子から受け取ると抱き上げて頬ずりをした。

「にゃーお」と花子は一鳴きしてからゴロゴロとのどを鳴らした。

姉が自分にしてくれたように、いろいろなところへ雪子を連れて行ってやりたいが、娘はあまり外出を好まないし、何よりも経済的に難しかった。一緒に、おにぎりを持って近所の円山《まるやま》公園に行って、そこから清水寺《きよみずでら》までねねの道を歩いたことがあったので、そんな写真を送った。

板前に呼ばれて、冬花は我に返った。喜代たちのテーブルに、刺身の盛り合わせとだし巻きを持って行く。

冬花は、改めて、喜代の親しげな笑顔を見る。まるで太陽のようにまぶしい笑顔だ。人からこんなふうに明るく親密に話しかけられるのは久しぶりのことだった。心の中を吹きすさぶ冷たい空気が温《あたた》まっていくようだ。

――あの子とは遊びなさんな！

不意に姉の言葉が胸に飛び込んできた。そう、月光にさんざんそう言われて、喜代と距離を置くようになったのだ。

――あんたは人の言うことを真に受けすぎ。ええか、疑うこともせな、ええようにされるで。

子どもの頃から、友達関係において、口癖のように姉に言われていた。だが、疑うと言っても、人の言葉のいったい何をどう疑ったらいいのか、それがわからないのだ。そもそもなぜ疑わなくてはいけないのか。

親友のミカが自殺未遂をして、いつの間にか、その原因が冬花になってしまったあの事件。二十年前の辛《つら》い出来事を冬花は思い出した。

子どもの頃から級友とちゃんと口が利けない冬花だったが、高校時代には高田《たかだ》ミカという親友がいた。彼女は、勉強はよくできたが、緊張すると吃音《きつおん》になるため、冬花と同じように引っ込み思案で大人しい女子だった。お互い、中学校から知っていたし、似たもの同士、教室では寄り添うように一緒にいることが多かった。

ミカは、高校に入ってから、数学の山本《やまもと》先生に憧《あこが》れるようになり、その先生の話ばかりしていた。彼女は緊張さえしなければ、立て板に水の如《ごと》く話すので、冬花はもっぱら聞き役になった。

山本先生は、特にハンサムでもないし、小柄で細身の吹けば飛んでいきそうな風貌だった。冬花は数学が苦手なので、当てられて答えられなかった時にイヤミを言われたことがあり、どちらかというと苦手な先生だった。

だが、ミカに言わせると、銀縁眼鏡の奥の細い目と、チョークで黒板に数字を書く長くて白いしなやかな指がたまらなくすてきなのだという。ミカは他の科目も優秀だったが、美術と理数系の科目がずば抜けてできたのでよくその先生から褒められた。将来は、医者か薬剤師になりたいと語っていた。

「なあなあ、冬花、山本先生、お弁当持ってきてはったの。ショック！」

「えっ、お弁当って……。でも、それがなんでショックなん？」

「だって、奥さんがいてはるかもしれへんやん」

そういえば山本先生の私生活についての噂を全く聞かない。

「きれいな卵焼きの入ったお弁当、持ってきてはったえ。筒型してて可愛いの」

そういうと、ミカはお弁当の絵を描き始めた。彼女は数学の次に絵を描くのが得意で、美術の成績はいつもトップだった。卵焼きに色鉛筆で黄色を塗《ぬ》っていく。鶏《とり》の唐揚げ、ほうれん草、瞬《また》く間に美味《おい》しそうなお弁当の絵ができあがった。

「なるほど、美味しそうやね」

冬花はミカの描いたお弁当の絵を手にとってみた。先頃、ミカの風景画が絵画コンクールの金賞に選ばれて、岡崎の美術館に展示されたばかりだった。

ミカは本当に才能に恵《めぐ》まれていた。人前でうまく話ができさえすれば完璧なのだが、彼女がそんなに完璧だったら、きっと自分みたいな不器用な人間と友達になってないのだろうな、と冬花は思った。

「よう描けてるね。そやけど、なんでこんなお弁当を持ってきはったこと、ミカ知ってるの？」

「職員室へ行った時、目撃してしもたんよ」

ミカはストーカーのように山本先生を追いかけているのだ。

「それ、先生のお母さんが作らはったんかもしれへんえ」

「わからへんけど……。あんな可愛いお弁当、お母さんが作るかなあ」

「じゃあ奥さんやね。ミカの負けや」

「そんなん言わんといて」

「だって、ほんまのことやもん」

「ああ、なんか悔《くや》しいなってきた。毒もってやりたいわ」

そういうとミカは鉛筆で、卵焼きを突《つつ》き始めたから、冬花は青ざめた。

「毒もったらあかんえ。そんなんしたら警察に捕まるえ」

「冗談に決まってるやんか。冬花すぐに本気にするんやもん。アホ！」

そう言うと、ミカが笑った。ミカと二人でだったら気を遣わずに話ができるのだが、他の生徒とはほとんど交流がなかった。

高校二年の時、喜代が同じクラスになった。彼女は、男子とも平気で冗談を言い合える勝ち気で明るい性格だったので、一年の時から目立っていた。

喜代は、勉強もよくできたし学級委員をやっていたから、先生たちからも信頼があった。誰とでも屈託《くったく》なく楽しそうに話す彼女は、冬花にとっては、遠くの憧れの存在でしかなかった。

ところが、二年生で同じクラスになってから、喜代は、不思議と冬花に、親切に声をかけてくるようになった。冬花は相変わらず、ミカとも仲良しだったが、喜代は冬花が一人でいる時に限って声をかけてくる。明らかに自分に親しみを感じてくれているのだろうと思い、冬花はそれが嬉しかった。

ある帰り道でのことだった。

「あれ、もう帰るの？」

後ろから声をかけられて振り返った。喜代だった。喜代は部活でバレーボールをやっていたので帰宅部の冬花と帰り道で会うことはほとんどなかった。

「うち部活やってへんし、いつもこの時間や」

「そうなんや。帰宅部は早いね。ミカは？」

「彼女の家は反対方向やから、門のところで別れた」

「そうか。ほんなら帰るときはいつも一人なん？」

冬花は頷く。

「なあ、一緒に帰らへん？」

「ええけど……、部活は？」

「昨日家の階段から落ちて、腕が痛いから今日は休んだん」

「大丈夫？　病院に行ったん？」

「大丈夫。ただの打撲《だぼく》やし。しばらく部活休んだら治るし。なあ、家で宿題一緒にやらへん？」

「でも……」

人の家に行くのはあまり気がすすまなかった。その家の家族と挨拶《あいさつ》する時、自分が何か失礼なことをしてしまうのではないかと気に病《や》んでしまうのだ。

「うちのとこ、誰もいいひんの」

冬花の気持ちを見透かしたように喜代は言った。喜代の両親は、二人とも働いていた。彼女には五歳年上の姉がいるが、すでに社会人で、大阪で働いているのでみんな帰りが遅いという。

喜代は、普段は部活の友達と一緒に遊ぶのだが、今日は一人で家に帰るから暇だと言った。

冬花はしばらく考えたが、断る理由が見つからなかったので、誘われるまま喜代の家へ遊びに行った。

喜代の家は、冬花の家の二倍くらいはある立派な家だった。父親は不動産会社の社長で、母親はその会社を手伝っているらしい。

二階にある喜代の部屋は、十畳くらいあった。ベッドに勉強机、本棚、どれも大柄な喜代に合わせたのかゆったりしたサイズだ。

「こんな広い部屋に一人でいてるの、うらやましいわ。うちはお姉ちゃんと一緒の部屋やし」

八畳の部屋を真ん中で仕切って、姉の月光と二人で使っていた。

「なああな、数学の宿題しよー。冬花も座りいよ」

喜代は部屋の真ん中にある小さめのテーブルのわきに座るなり、鞄から数学の教科書とノートを取り出して、テーブルの上に置いた。冬花は、勧められるまま、喜代の真向かいに座った。

「そうやね……」

自然と気の進まない声になった。数学はあまり得意ではない。計算は好きだったので、小学校の三年生くらいまではよくできた。だが、文章題がどうしても理解できなくて、高学年で躓《つまず》いてしまったのだ。

ミカはまるで魔法のように難問を解いてしまうから、学校へ行ってから彼女のノートを写させてもらうことにしていた。だから、数学を自力で勉強したことがない。

喜代は、と見ると、ミカほどではないがしっかりとした筆圧で着実に答えを書き込んでいる。冬花は、文章題を読んでみるが、質問の意味すらわからなくて、頭がくらくらした。

一段落すると、喜代は、冬花のノートをちらっと見た。それからさりげなく「私のノート写してもええよ。全部正解してる自信あるし」と言うと、そっと冬花にノートを差し出した。

「私トイレ行ってくるわ」

そう言うと彼女は消えた。冬花は、おずおずと喜代のノートを自分の前に持ってくると答えを写した。

しばらくすると喜代はお盆にジュースとプリンを載せて持ってきた。

「このプリン、お姉ちゃんが昨日大阪で買ってきてくれたん。有名な店らしい」

プリンはプラスティックではなく、ガラスのカップに入っていていかにも上等そうだ。スプーンですくって食べてみると、口どけがなめらかで、今まで食べたことがないクリーミーな食感だった。

「美味しい！」

「なっ、美味しいやろう？　なめらかな舌触りやろう。それに、平飼いの鶏《にわとり》の卵つこうてるからコクが違うねん」

「ホンマ、ええ香り、それになめらかやわ」

喜代は学校で人気者だから、冬花が口を利いたこともない級友や先生のプライベートのことまで驚くほどよく知っていた。とにかく顔が広いのだ。

同じ学校にいながら、なんと自分は小さな世界にいるのかと冬花は改めて情けなく思った。

「冬花もなんか友達の話してくれる？」

自分には喜代に提供する話題が何もない。せいぜい、ミカの話くらいだ。そこで冬花は、ミカが山本先生に憧れていること、先生の愛妻弁当に嫉妬《しっと》して毒をもってやりたいと言っていたことをついうっかり話してしまった。だが、ミカも冬花同様、学校の殆ど誰とも付き合っていないので、話題がそこから膨らむことはなかった。

それでも、冬花が何か言うたびに、「わかる、その気持ち。わかるでー」と喜代はいちいち相づちを打ってくれた。

冬花は小さい頃から、「なんで、そんなことするの？」「理解できひん！」と周囲からよく責められた。誰かと気持ちを共感できた経験が殆どないのだ。だから、気持ちがわかると言ってもらえると、ただそれだけで嬉しかった。
それ以降、喜代が部活を休んで早く帰宅する日には、一緒に帰ろうと誘われるようにな
り、お互いの家を行き来するようになった。
いつものように喜代の家に誘われて行った時のことだった。
一緒に宿題を終えてから、美味しいケーキを食べている最中に、喜代は神妙《しんみょう》な顔で言
った。
「なあ、数学の山本先生のお弁当に毒が入ってたの知ってる？」
「えっ、どうして？」
「お弁当の卵焼きの上に農薬がかけられてたんやって」
「えぇーっ！　誰がそんなことしたん！」
冬花は、ミカが描いていた可愛い卵焼きが入ったお弁当箱の絵を思い出した。その絵を
冬花はミカから譲ってもらっていた。喜代にも見せたことがあるのだが、そのことに喜代
は一切触れない。
「新婚ほやほやの奥さんに毎朝作ってもろてる、卵焼き入りのお弁当なんやって。山本先
生に成績落とされた生徒の逆恨みか、先生に憧れてる女子が嫉妬してやったことやないか、
いうのがもっぱらの噂やわ」

冬花は一瞬、ミカの顔が浮かび、青ざめた。まさか彼女がそんなことをするはずがない。だが、先生の弁当箱の中をミカが目撃したことは確かだ。卵焼きに毒……、想像するだけで恐ろしくなった。

「でもな、変やと思うんよ。山本先生に憧れてる女子なんてどう考えたっておらへんよね。細くて蚊みたいな先生やん。なよっとしてて全然男らしくないもん。なんか気持ち悪いやん」

冬花は喜代の顔をまじまじと見た。ミカのことを喜代は完全に忘れてしまっているようだ。

「あ、ま、まあ……そうかな」

「あの先生に憧れてる人、誰か知ってる、冬花？」

冬花はあわてて首を振ったが、ジュースを持つ手が震えた。

「それで……先生は？」

「幸い、一口食べて変な味がしたから残さはったらしい。持って帰って家の犬に食べさせたら、急に苦しみだしたんやって。それで、調べたらお弁当に農薬が入っていたらしい。先生は、学校の誰かの悪戯《いたずら》やと疑って、校長先生に相談しはったの。ところが、校長先生に穏便《おんびん》に済ませて欲しいって泣きつかれたんやって。それで、警察には通報せえへんかったらしい」

「誰から、そんな話聞いたん？」

「部活の友達の親が、ＰＴＡの会長やってて、顔が広いから、そういう噂は筒抜けなんよ」

「そやけど、そんな怖いこと、ほんまに誰がしたんやろう」

「聞いた直後はぞっとしたわ。学校側も、今頃、必死で犯人捜してると思う」

冬花は、なんと答えてよいのかわからずに黙り込んだ。

「なんや暗い話になってしもたな。ごめんごめん。それより、もっと希望のある話しよう。なあ、これ見てくれる？」

そう言って、喜代は、画用紙に自分が描いたデッサンを持ってきて見せてくれた。風景画から静物画まで、たくさんのデッサンがあった。

「私、自分には絵の才能があると思うの。そやから芸大へ行くつもりなんよ」

そういうと、喜代はしばらく自分の将来の夢を語った。ヨーロッパへ行って、本格的に芸術の勉強をするのだという。

「冬花は将来、何になりたいの？」

そう聞かれて、返事ができなかった。冬花は、自分の将来のことを考えたことがなかった。その日その日を生きるので精一杯なのだ。

「将来……うちの中には、そういうのがあらへんの。考えたことない」

「そうなん。それも一理あるね。その気持ち、わかるわ。誰にも将来なんて予測できひんから考えるだけ無駄かもしれへんね」

そんなふうに言ってもらったのは初めてのことだった。将来のことを考えたことがないと言うと、よく変な顔をされてきた。しかし、喜代は自分のことをわかってくれるのだ。そのことに冬花は感動した。それからしばらく学校の授業の話など、今日あったことの話題になった。

その後、また、先生のお弁当事件の話に戻った。

「誰が先生のお弁当に毒を入れたと思う? やっぱりそれ、重大な問題やわ。身近な人がやったってことやん」

「身近な人……」

「知ってる人かもしれへんよ」

冬花は喜代の話を聞いているうちに、卵焼きに毒がかけられている光景と、ミカが自分の描いた卵焼きを鉛筆で突いていた光景が重複して、それが頭から離れなくなった。

翌日、ミカにその話をしようかと思ったが、彼女は休みだった。

数学の山本先生の顔色が心なしか悪いような気がした。話し方にも抑揚《よくよう》がなかった。お弁当に毒が入れられたことが、相当ショックだったに違いない。

それから数日後だった。ミカが山本先生のお弁当に毒を入れた犯人だと学校中の噂になった。

彼女は、両親と一緒に職員室に呼び出され、校長先生と担任に問い詰められたのだという。

それから、ミカは冬花にもよそよそしくなり、話をしなくなった。

とぼとぼとした足取りで、一人校門に向かうミカの後ろを冬花は追いかけた。ミカが本当にそんなことをしたのかどうか、本人の口から聞きたかったのだ。

「ミカ！」

冬花はミカを呼び止めた。振り返ったミカは目に涙を一杯ためていた。ミカはしばらく冬花の顔を睨《にら》んでいたが、「なんでなん？　どうして？」と問うてきた。

問われていることの意味がわからなかった。

「えっ？　どうしてって？」

「冬花が先生に言いつけたんやろ。私が先生のお弁当に毒を入れたって」

ミカの目からぽろぽろ涙がこぼれ落ちてきた。

「そんなこと私言うてへんよ」

「嘘や。冬花以外に考えられへんもん。先生に証拠をつきつけられて、白状しなさいって言われたんよ」

いったいどういうことなのだ。確かに、ミカは自分が描いた卵焼きに、毒を入れたいと言いながら、鉛筆で突いていたのを冬花は目撃した。だから、犯人はミカなのかもしれないと疑っていたことは事実だ。それを自分は誰かに話しただろうか。

「でも、本当にそんなことしたん？　卵焼きに毒入れるやなんて、悪質すぎるやんか」

「悪質……。ひどい、なんてひどいこと言うの。やっぱり、冬花の仕業《しわざ》なんやな。私そんなことしてへんわ。嘘つき、最低！」

そう叫ぶと、ミカは、泣きながら家の方向へ走っていった。

一人取り残された冬花は、呆然《ぼうぜん》と彼女の背中を見送るしかなかった。

しばらく自分の家の方向にとぼとぼと歩いていると、「冬花」と背中から明るい声が聞こえてきた。振り返ると喜代が立っていた。意気消沈していただけに、彼女の明るい笑顔に救われた。

「一緒に帰ろか？」

「うん、ええよ。部活は？」

「今日は顧問《こもん》の先生がお休みなんよ」

ミカに罵られてしょげていたので、喜代とこうして肩を並べて歩けるのは心強かった。

「さっき、ミカと一緒やった？」

「あ、うん」

「彼女、山本先生に泣きながら謝ったんやって」

「えっ、そうなん。ほんならやっぱり、あれ、ミカの仕業なん？」

「謝ったんやから、そうなんと違う？」

「でも、さっき自分はやってへんって言うてた」

「やってなかったら先生に問い詰められても違うって言うはずやん。証拠があったんやって」

「証拠……」

いったいどんな証拠があったのだろう。だが、喜代はそれには答えずに続けた。

「誰か他に犯人の心当たりある？　彼女以外に考えられへんってみんな言うてるで」

喜代にそう念を押されて、確かにそうだな、と、冬花は思った。ミカは山本先生のストーカーのようだったのだ。

「お弁当に農薬やなんて、ミカって大人しそうな顔して陰険やわ。あの子のことみんな怖がってる」

先生のお弁当に悪戯するミカの姿が思い浮かび、冬花までミカが怖くなってきた。

「なんでそんなことしてしもたんやろう」

「魔が差したんと違う？　でも、そういう時に人間性が出るんやわ、きっと。冬花、今まで付き合ってて、怖いことなかった？」

「ううん。なかった……」

「人って表面だけ見ててもわからへんもんやね。彼女には気をつけた方がええよ。な！」

「う、うん。気をつける」

「なあ、一緒に宿題せえへん？」

「うん、ええよ。今日はうっとこの家へ来いひん？」

「お姉さん、いてはるのと違う？」

「今日はどうかな」

「やっぱりうちにおいでよ」

喜代は姉の月光と、家に遊びに来た時、二、三回顔を合わせている。「かっこいいお姉さんやね」と褒めていたので、月光のことは好きなはずだ。だが、ある時から月光がいる時に、喜代は来たがらなくなった。姉の月光が同じ部屋なのがいやなのだろう。その日、喜代の家で宿題をすることになった。

翌日、学校へ来てみると、ミカの机に、人殺し、と真っ赤な字で落書きがしてあった。ミカはそれを見て、泣きながら教室を出て行った。冬花がミカの姿を見たのはそれが最後だった。ミカが学校を辞《や》めてしまってから、冬花にとっては、喜代だけが友達だった。

ある日の夕方、喜代の家でいつものように宿題をしてから、帰宅すると、月光が玄関に現れた。

「冬花、あんたどこへ行ってたん？」

怖い形相《ぎょうそう》の上、切迫《せっぱく》したような声だ。

「喜代のところで宿題してたん」

「ミカさんのお母さんから電話があったんよ！　ミカさんが自殺未遂しはったって」

「え……」

「ドアのノブ使うて首を吊らはったんやって。救急車で病院に運ばれて、なんとか一命を取り留めたって。お母さんが泣きながら、あんたのせいやって言いはるの。いったいどういうこと！」

月光の声が怒りで震えている。

「私のせいって、なんでやのん？」

「先生のお弁当に誰かが悪戯して、それをミカさんがしたって、あんたが、先生やみんなに言いふらしたんやって？　それが原因で、学校でいじめに遭って不登校になって結局、辞めてしまわはったんやろ」

冬花は必死で首を振った。そんなこと、自分はしていない。いったいどうしてそんな話になるのか。

「でも、ミカ、先生に謝ったって。そやからてっきり彼女がしたのかと」

「それでミカさんがしたって、言いふらしたんか？」

「そんなことしてへん」

「ミカさんのお父さんの会社の上司のところに、匿名《とくめい》の手紙が届いたんやって。ミカさんが学校で先生にしたことがその手紙に書いてあったの。それで、ミカさんのお父さんの会社での立場まで、悪うなってしもて。ミカさん、そのことをえらい気に病んで自殺を図らはったんよ」

「そんな……。その手紙はいったい誰が？」

「その手紙もあんたの仕業やと向こうのお母さんは言うてはった」

「そんな手紙、私、送ってへんよ。なんで、そんなことまで私がしたことになってるの！」

月光は、冬花の両肩に手を載せて、しっかりと目を見つめた。

「ホンマやな？　あんたと違うんやな？」

「絶対に違う。そんな手紙、私送ってへん」

「誓えるか？」

「誓える」

　月光は冬花を抱き締めた。

「そうや。あんたはそんなことする子と違う。正直者で根は優しい子や。そんなことはわかってる。そやけど、面倒なことに巻き込まれてしもたな。今から病院へ行って、ミカさんのお母さんに話、聞いてくるわ。お父さんも学校を抜けて先に病院へ向かってるって」

「私も行ったほうがええ？」

「向こうのお母さんがあんたの顔見とうないって言うてはる」

　月光は冬花を残して病院へ向かった。

　冬花は、ふらふらとベッドに倒れ込むと顔をうずめて泣いた。ミカが自殺を図るなんて、その原因が自分だなんて、どうしてそんなことになるのか。

　その日の夜、病院から帰ってきた姉が詳しい事情を説明してくれた。ミカはしばらく安静にしている必要があるという。

　ミカの母親の話によると、山本先生は、ミカが描いたお弁当の絵を持っていた。

その絵は、先生の机の上にメモ用紙と一緒に置いてあったらしい。

〈私、見ました。この絵を描いた人が毒を入れた犯人です〉

メモ用紙にそう書かれていた。

山本先生はその絵を見て、自分のお弁当にそっくりなことと、卵焼きに鉛筆で点々が描かれてあるので驚いた。絵にミカのサインがあったので、職員室に彼女を呼んで事情を聞いたのだという。

「その絵、もしかして……」

「ミカさん、それ、冬花にあげた絵やって言うてはったらしい」

確かに、冬花は、あのお弁当の絵をミカからもらった。卵焼きを鉛筆で突いているのを見て、これ以上絵が傷《いた》むのがもったいないと思ったのだ。

——なあ、その絵くれへん？

——ええよー、あげるわ。

ミカはそれで絵を突くのをやめて、自分の名前をサインして「はい」と冬花に差し出したのだ。冬花はもらった絵をクリアファイルに入れて鞄にしまって、持って帰ってきた。今でも親友の証として大切に引き出しにしまってある。

「確かに、絵はもらったけど。それ、別のやつやよ」

「メモ用紙の字、あんたの字にそっくりやったって」

「でも、絵やったらちゃんと引き出しに入れてあるし」

冬花は自分の部屋の机の引き出しを開けて、お弁当の絵を探したが見つからなかった。

「あれ、絵がない」

「やっぱりその絵や。あんたが先生に渡したんと違うんやな」

「そんなこと、私してへんよ」

「じゃあ、誰かが絵を盗んで、先生の机に置いたんやわ」

「でも、誰が？　なんでそんなことするの」

「ミカさんを嫌っているか、でなければ、あんたとミカさんの仲を引き裂きたかった人間やろな。身近にいてる人で、誰か心当たりないか？」

月光は、私には心当たりあるで、と確信に満ちた声で言った。

そんな人間が本当に自分の周りにいるのだろうか。冬花には、心当たりはなかった。

それから数日後、月光は、全ては喜代の仕業だと言い出した。そして、喜代とは絶対に付き合うなと、堅く約束させられたのだ。

その日から、姉は部活を辞めて、冬花の学校まで迎えに来るようになった。一度、姉が喜代を捕まえて話している姿を見かけたことがある。ほとんど喧嘩《けんか》しているような険しい言葉遣いだったので恐ろしくて、冬花は少し離れたところから二人の様子を見ていた。姉が喜代の胸ぐらを摑んでまだ何か罵っている。そのうち喜代がわんわん泣き出し、バレー部の女子が二人のところに集まってきた。

それからというもの、喜代が冬花に話しかけてくることはなくなった。

ミカは無事退院したが、その後、彼女がどうなったのかは知らない。

冬花は、完全に孤独になり、寂しい高校生活を送ることになった。姉が保護者みたいに迎えに来てくれて帰宅し、夜は進学に向けて、同じ塾へ通うようになった。

☽

冬花は、過去の記憶から現実に戻り、家族で食事している喜代の方を見る。

喜代が甥《おい》らしき少年に、「卓ちゃん、だし巻き美味しいか?」とにこやかな笑顔を送りながら、自分も箸《はし》でだし巻きを一かけらつまんで食べた。

「うん、出汁《だし》の味がしっかりしてるし、ふわふわやわ。だし巻きがこれだけ美味しかったら、他のお料理も期待できるわ。楽しみ!」

それを聞いて、冬花の気持ちが緩《ゆる》んだのだが、「あの喜代という子とは絶対に付き合ったらあかんえ！」という月光の言葉が頭の中に飛び込んできて、冷や水を浴《あ》びせられたように、びくっとした。

ちらっと杉田のいる方を振り返る。彼が軽く手を上げたので、そちらへ行った。

「冷酒もう一つください」

はい、と応じて厨房から冷酒を運んでくる。すると、杉田が言った。

「あの……」

「えっ？」

「あの人、お知り合いですか？」

「あっ、ええ、まあ。高校時代の」

「ふーん、そうですか。あの人、僕、どこかで見たことありますよ」

そう言ってしばらく考えている様子だったが、「あっ、そうだ、思い出した」と杉田が独り言を言っているのを背に、冬花は再び、喜代のいるテーブルの方へ行った。

しばらく月光の言葉がぐるぐると頭の中を回っていたので注文を受けながらも、顔がこわばっているのが自分でもわかった。

「冬花、今度、私の画廊へ遊びに来いひん？　ここからやったら歩いてすぐやし」

「え、ありがとう」

「それにしても、こんな目と鼻の先に冬花がいてるやなんて、夢にも思わへんかったわ。会えて嬉しい！」

会えて嬉しい、という喜代の言葉がストンと冬花の心に入ってきた。固く閉じた冬花の心に喜代の笑い声が割り込んでくる。喜代の人当たりの良い言葉には、他人を心地《ここち》好くさせる独特のリズム感があった。

冬花は喜代に声をかけられて、家に遊びに行った時のことを思い出した。宿題を写させてくれたし、美味しいプリンやケーキをご馳走《ちそう》になった。あの時、自分は、喜代と同じ空気の中にいることを実感できたのだ。

冬花は喜代の広げた両手に迎え入れられたい、そんな気持ちになっていた。

冬花の心の奥底には、もう長いこともやもやと渦巻くものがあった。そのもやもやは形にならない何かを長い間、渇望《かつぼう》していた。

誰かに自分の存在に気づいて欲しい。人と気持ちを共有したい。「わかる！」と言って欲しい、そんな思いが孤独な日々の中でずっと募《つの》っていたのだ。

喜代はそんなに悪い人ではない。少なくとも、冬花にはいつも優しかった。彼女が冬花の言うことに「その気持ちわかる、わかるえ」とよく同意してくれたのが懐かしかった。喜代は、姉が言うような自己中心的で人の不幸を願う性格には見えない。

高校時代のあの出来事にしても、本当のところ、喜代のせいだという証拠はないのだ。全ては姉の月光の妄想《もうそう》ではないか。

三人は食事を済ませると、立ち上がって喜代が会計をした。

「冬花、ここの休みいつ？」

喜代が訊《き》く。

「ここの定休日は、水曜日」

「じゃあ、今度の水曜日に私の画廊へ遊びに来てえな。もしよかったら、電話番号かメアド教えてくれへん？」

冬花は喜代に自分の携帯番号とメールアドレスを教えた。

店じまいをして、帰り道でのことだった。後ろから呼び止められた。

声でわかっていたが、振り返ると杉田の姿があった。

「あの、どうして……」

そこまで言って口ごもった。

「もう帰られますか？　ちょっとだけ、ご一緒してもいいですか？」

「あっ、はい……」

「先ほどのお客さんのことなんですが、あの奥に座っていた大柄な女性が冬花さんの同級生だった人ですか?」

「はい。川井喜代さんという人です」

「僕、あの人にある会合で会ったことがあります。国会議員たちが集まる講演会でです」

「どうしてそんなとこに喜代が?」

「どうしてでしょうね。如才《じょさい》なくて非常にやり手ですね。人の心に入り込むのが実にうまい」

「高校の時から人気者でした」

「そうですか……気をつけた方がいいと思いますよ、あの人には」

杉田の声が一瞬、姉の月光のものと重なった。

「………」

冬花は黙ってうつむいた。

「差し出がましいことを言ってすみません」

冬花は時計を確認する。

「娘が待っていますので、失礼します」

そう言うと、杉田がまだ何か言いかけるのを振り切って、冬花は、早歩きでその場を離れた。

第四章

帰郷

二〇一五年五月二日

月光《つきみ》はタクシーから降りると、スーツケースを転がして、北区にある実家の玄関まで辿《たど》り着いた。ここへ帰ってくるのは、冬花《ふゆか》の結婚式以来だから、十年ぶりだ。

不機嫌な顔の義母が出てきた。

「お義母《かあ》さん……」

この義母のことなど記憶からすっかり抜け落ちていたので、予期しない攻撃的な雰囲気に、挨拶《あいさつ》の言葉がすぐには出てこなかった。

「まあ、おあがりやす」

「お父さんは?」

「杉田《すぎた》さんいう人と一緒に、弁護士さんのところへ相談に行ってます。聞いてますやろう?」

「はい、お父さんから届いた弁護士さんの書類、先ほど新幹線の中で目を通したところです」

月光は、まず、冬花の顔を見に行きたいのだが、一般人の被疑者面会には制限があり、平日の九時から五時までと限られているので、連休明けの木曜日に面会を申し込んであった。

「とにかくお入りやす」

義母がくるりときびすを返して、茶の間の方へ引っ込んだので、月光はそれに続いた。

「しばらく泊まっていかはるんでしょう?」

「はい、お世話になります」

家を出るまで、冬花と一緒に使っていた二階の八畳間へ案内された。月光と冬花が使っていた勉強机や椅子、棚、その他、二人のものはすっかり処分されていて、シングルベッドがポツンとあるだけだった。

「ホンマ、えらいことしてくれたわ、あの子。こっちの迷惑なんてなんにも考えられへん子やからねえ」

背中越しにヒステリックな声を浴《あ》びせられて、月光はむっとしたが、ここは逆らわずに話を聞くほうが得策だと考え、反論するのをこらえた。

「お義母さん、雪子はまだ学校ですか？」

そう訊《たず》ねてから、今日が休日であることを思い出した。

「猫が心配やから向こうの家にいてる、言うて聞かへんのです」

「あの祇園《ぎおん》の町屋に一人でいるんですか？　マスコミが取材に来たりしないのですか？」

「例のコンビニ事件のせいで、マスコミの騒ぎはほんの最初だけで収まったんです」

「コンビニ事件……」

そういえば、コンビニ強盗殺人事件の記事を新幹線の中で読んだばかりだった。冬花の事件は、新聞の社会面に出たが、同じ日に京都市内のコンビニで強盗殺人が起こったため、小さな扱いとなったのだ。

「なにもほったらかしにしてんのと違うのえ。あん人が食事持って毎日見に行ってます」

「でも万が一、マスコミの取材があって、事件のことが雪子の耳に入ったら……」

「昨日の朝は、主人が車で学校まで送って行ったし、帰りは学校の先生と一緒でした。電話は主人の携帯に転送されてるし、誰が来ても絶対に家の戸開《あ》けたらあかんって言い聞かせてます。元気にしてるし、問題あらへん。猫が一緒でないと、眠れへんって泣くさかいに、こっちでは預かれへんのです」

「じゃあ、私、町屋の方へ泊まります。父は何時頃に帰ってきますか？」

「それが、わからへんのよ。相談が終わったら、杉田さんとどっかへ行くようなこと言ってたさかいに」

「私、一度、町屋へ行って、雪子の様子を見てから、お父さんと杉田さんに合流します。場所、教えてもらえますか？」

「じきに電話がかかってきます。それまで、下でお茶でも飲みながら待っといやす」

雪子が心配なので、真っ先に祇園の家へ行きたいと思ったが、この義母からも何か重要なことが聞き出せるかもしれないと思い直した。

持って上がったスーツケースをまた持って、茶の間へ降りた。義母が卓袱台《ちゃぶだい》の前に座って急須を傾けてお茶を湯飲み茶碗に注いでいる。

月光は勧《すす》められるまま、義母と向き合う形で座布団の上に正座し、お茶を飲んだ。

「あの子も離婚さえせえへんかったらよかったのに。旦那やった寺嶋《てらしま》さんはお金持ちやから、経済的にはなに不自由なく暮らせたんよ」

「離婚の原因はいったい何だと思いますか？」

「寺嶋さんの話やと、向こうのお姑《しゅうとめ》さんに嫌われてたらしいんよ。病気のお姑さんの世話を全然せえへん上に、浪費癖がひどかった、いう話です」

浪費癖……。まるで物欲のない子だったのに。

「寺嶋さんは、離婚してすぐに再婚したと聞いていますが？」

寺嶋には他に女ができた。それで、冬花は捨てられたのだ。

それには答えずに、義母は言った。

「離婚して、雪子とここへいきなり転がり込んでこられた時は往生《おうじょう》したんよ。さんざん面倒見てあげたのに、お礼も言わんと、突然出て行ってしまうし。本当に自分勝手で恩知らずやな、あの子は。うちが追い出したみたいに言う人がいるけど、それは違うんよ」

「そうですか……」

「事件の後で聞いたんやけど、あの子、寺嶋さんを脅《おど》してお金強請《ゆす》ってたらしいんよ。慰謝料と称して一千万円、それに月十万円の養育費」

「それは寺嶋さんから聞いた話ですか？」

「いいえ。寺嶋さんを冬花に紹介してくれた親戚からよ」

「つまり寺嶋さんがそのようなことを親戚の方に言っていた、ということですね」

月光は念を押した。

「ほんまのことよ」

「そんなこと、冬花がする子に見えますか？」

「人殺しするような子やさかいにね」

義母が低い声で言った。

「きっと、何かよっぽどの理由があったんです」

「そういえば昔、遊びに来た従姉妹《いとこ》が水疱瘡《みずぼうそう》にかかってしもた時、あの子、プールへ行けへんようになってスネてたねえ。その子にしたら、ぶつぶつだらけになるわ、熱出るわで、大変やったのに。冬花は元来が自分勝手で冷酷な子やった。今思い出してもぞっとするわ」

月光は、その時のことを思い出した。プールへ行けなくなったことで泣き出した冬花を見て、叔母が顔を曇らせていたのを思い出す。

冬花は、従姉妹が水疱瘡になったことと、プールへ行けなくなったこととの間に因果関係があるとわからなかったのだ。

原因と結果を結びつけることができない。冬花にとって事柄は点と点でしかなく、それらは繋《つな》がっていないのだ。

そのことで月光は、何度、冬花に腹を立てたことか。

「口下手なので、誤解を招くことがあるんです。根は優しい子です。わかってやってください」

月光はムキになって言った。だが、こんなことになって、月光自身、冬花の人間性に疑いを持ち始めていた。だから、義母の指摘が的《まと》を射《い》ているようで、よけいに辛《つら》かった。

「とにかく、寺嶋さんはひどい言いがかりをつけられたんやて。ヤクザ顔負けのやり口やったらしいわ」

妹のことがわからなくなったとはいえ、やっぱり、月光の知っている冬花ではない気がした。全ては、喜代に感化されてのことに違いない。

義母が壁に掛かった時計の方に目をやる。午後五時過ぎだった。

「もうそろそろ、電話がかかってくるはずや……」

「私、電話してみます」

月光は、自分の携帯から父の携帯へかけると、すぐに出た。

「お父さん、月光です」

「今、弁護士の森中《もりなか》先生のとこで話聞いてきたところや。月光、京都へ着いたんか？」

「家に着いて、お義母さんと話してたところです」

「今から河原町御池《かわらまちおいけ》の方へ出てきてくれ。杉田さんと一緒にいる。そのへんで食事をしようということになったから」

「雪子は？」

「雪子も一緒に連れてきたし、四人で食事しよう」

父から店の名前を聞いて、メモした。

「お義母さん、今から河原町御池まで行きます。ここからタクシーを呼んでもらえませんか？」

義母に電話でタクシーを呼んでもらい、家を出た。玄関扉がぴしゃりと閉まる音を背中で聞いて、もうこの家には二度と帰ってくるまいと心に誓った。

月光は、タクシーの窓から京都の風景をぼんやり眺めているうちに、冬花の高校で起こった嫌な事件のことを思い出した。

高校生の時、冬花にはミカという親友がいた。彼女たちは相性が良く、二人だけの小さな世界に浸っていられるようだった。月光から見ても二人の関係は微笑《ほほえ》ましく、妹にやっと心許せる親友ができたことで、肩の荷が下りたものだ。

ところが、川井《かわい》喜代《きよ》が冬花に急接近してから、ミカとの関係はこじれて最悪な形に変わってしまった。

喜代は、学校では誰もが認める優等生で、先生の受けが非常に良かった。リーダーシップを発揮《はっき》することにも長《た》けていて、当時、彼女と同じバレーボール部の女子の何人かは喜代の信奉者で、彼女の言うことならなんでも聞いた。

喜代は、ある日を境に、冬花を誘って一緒に宿題をするようになった。何度か互いの家を行き来するうちに、冬花は、積極的で話題が豊富な喜代に魅せられ、すっかり気を許すようになった。

冬花は、ミカが数学の山本《やまもと》先生に憧《あこが》れていること、毒をもってやりたいと言いながら、卵焼きの絵を鉛筆で突《つつ》いていたことを喜代に話してしまった。また、ミカからもらったその絵を喜代に見せたのだ。

冬花に悪気はなかった。友人のちょっとした微笑ましい話をして聞かせたつもりだったのだろう。

喜代は冬花の部屋からミカの描いたお弁当の絵を盗み、山本先生のお弁当の卵焼きに、農薬をかけるというとんでもなく悪質な悪戯《いたずら》をした。それから、盗んだ絵を山本先生の机の上に冬花の筆跡を真似たメモと一緒に置いた。

そうすることで、お弁当の悪戯事件の犯人がミカ、そしてそれを先生に告発したのが冬花であるように偽装したのだ。そして、バレーボール部の子分を介して、情報源が自分であることを巧妙《こうみょう》に隠し、その噂をばらまいた。

ミカは、学校で嫌がらせをされるようになり、ついに退学してしまった。自分が犯人にさせられてしまった上に、それを告発したのが親友の冬花だと思い込んだミカは人間不信に陥《おちい》った。更に、とどめを刺すように、喜代はミカの父親の上司に宛てて、ミカが学校でした悪事を綴《つづ》った手紙を送ったのだ。

父親の会社での立場まで悪くなり、どんなに思い悩んだことだろう。学校生活、家族関係、全てをめちゃくちゃにされて生きる気力を失ったミカは、自殺を図ったのだ。ミカをどん底に突き落として苦しむのを見て面白がる、そんな喜代の悪魔的な性格に気づいた月光は、怒りと嫌悪に震え上がった。

事件の直後は、彼女はただひたすら邪悪で、人間関係を壊して、その結果不幸になった人間を見下《みくだ》すのが好きなのだと思っていたが、果たして、それだけだろうかと疑問に思うようになった。喜代には、もっと他に目的があったのではないか。自分の利害に関わるような目的が。冬花とミカを仲違《なかたが》いさせ、それと同時にミカを陥《おとしい》れることによって、彼女は何かを得《え》ようとしたのではないだろうか。

月光は、冬花の学校関係者から情報を集めているうちに、喜代は常に学年でトップの成績だったが、数学と化学、それに美術でミカに追い越されたことを知った。数学と化学でトップの成績になったことで自信をつけたミカは、他の科目でも頭角《とうかく》を現し始めた。

喜代はそのことでミカのことを激しく憎むようになった。喜代は、どんな手を使ってでもミカを陥れたいと考えた。自分の利益のためなら他者を蹴落《けお》として、その結果相手を死に至らしめてもなんの罪悪感も持たない。そんな冷酷な執念《しゅうねん》だけが喜代の心の中に渦巻いているのではないか。喜代が冬花に近づいたのは好感を持ったからではなく、最初からミカが狙いだったのだ。

嫉妬《しっと》の感情を本人にぶつけても自分の評判を落とすだけ。頭の良い喜代はそんな割に合わないことはしない。ミカの親友である冬花と親密になり、彼女の弱みを探り出すことにしたのだ。ミカが山本先生に憧れていることを知った時から、喜代は、そのことを利用して、ミカを傷つけるシナリオを練り始めたに違いない。

月光は、喜代とすれ違った時の、あの得体の知れない薄気味悪い感覚の正体が何なのかをやっと摑《つか》んだのだった。

校庭で、喜代を問い詰めた時のしぶとい態度を思い出すと吐き気《はけ》がした。

――あのお弁当事件は全部あんたが仕組んだことやね。先生のお弁当に毒を入れたんもあんたや。他の人は騙《だま》せても、私は騙せへんからね。

月光は喜代を捕まえて威圧的《いあってき》に言い、彼女を睨《にら》んだ。

――なんのことですか？　ひどい濡《ぬ》れ衣《ぎぬ》やわ。なんでうちがそんなことせなあかんのですか？

――あんた以外にいいひんの。犯人は！

――ミカさんが犯人でしょう。証拠はあったって、そう噂で聞きました。

——その証拠が問題。冬花の部屋からお弁当の絵を盗むことができたんは、川井さん、あんただけや。あんた以外、誰もうちの家には来てへんのやからね！

——人のもの盗むやなんて、そんなこと、うちがするわけない。子どもの頃からお母さんに嘘をついたり人に迷惑かけたりしたらあかんいうて、私、それはそれは厳しいに育てられたんです。

彼女は月光の目をしっかり見つめて言った。すごい眼力だ。思わずこっちが目をそらしそうになった。

——よくもそんなに堂々と嘘が言えるね。

——ひどい、ひどい、嘘なんか言うてへんのに、あんまりや！　あんまりです！

喜代は激しくかぶりを振った。迫真《はくしん》の演技だ。この嘘つき女め、と月光は心の中で何度も罵《ののし》った。怒りで身体中が沸騰《ふっとう》しそうになった。

——筆跡鑑定したら、冬花の仕業《しわざ》やないことわかるしね。

——筆跡鑑定でもなんでもしてください。だいたい、筆跡鑑定やなんて、あの事件、警察沙汰《ざた》になってるんですか？　それで、うちが犯人やって証拠が出てきたんですか？　ありえへん。そんなことありえへん！

——だからそれは……

何を言っても無駄だ。学校側は、この事件を内々に済ませたがっている。全てを葬《ほうむ》り去ろうとしているのだ。警察に通報などするはずがない。

なのに、学校中で大きな噂になったのは、喜代の仕業だ。そんな噂を流すことができたのは、もちろん彼女が犯人だからだ。

勝ち誇ったように喜代の目が嘲笑《あざわら》ったのを見逃《みのが》さなかった。怒りで胸がはち切れそうになったが、突きつける証拠がない。

——とにかく、妹の冬花には近づかんといて。半径二メートル以内に近づいたら、私があんたのこと先生に訴えるし！　私はあんたと徹底的に戦う準備できてるしね！

月光は喜代の胸ぐらを摑んで脅した。

喜代は突然、わんわん大声で泣き出した。バレーボール部員たちが「どうしたん？」と近づいてきた。気がつくと喜代の親衛隊らしき女子に囲まれていた。

冬花が少し離れたところから、おびえた表情でこちらを見ている。月光は、喜代をどんと突き放すと二人を囲んでいる親衛隊を振り切って、冬花の方へ歩いて行った。

その日の夜、冬花にこんこんと説教した。

——あの川井喜代とは絶対に付き合ったらあかん。あんたとミカさんはまんまと陥れられたんよ、わかってる？

冬花はぼんやりと頷《うなず》いた。

冬花のもう一つ納得していない表情を見ているうちに、月光はいつものようにいらいらしてきた。問題は冬花にもある。妹は喜代の邪悪さを全く理解していないのだ。喜代が悪いといくら説得しようとしても、まるで狐《きつね》につままれたようにぽかんとしたままだった。

それからというもの、授業が終わったら必ず、冬花を学校まで迎えに行くようにした。

喜代はそれ以降、月光のことを煙たがり、冬花に近づくことはなくなった。すでに目的を達成したからかもしれない。ミカを陥れるという、目的を。

彼女は再び全ての科目において学年でトップになったと噂で聞いて、心底気分が悪くなった。

あの時の校庭での喜代の台詞《せりふ》を思い出し、どす黒いものが胸に広がった。しばらく怒りで頭が真っ白になり、自分がどこにいるのかもわからなくなったが、御所の前の通りに出た時、自分は京都の町中を走っていることを思い出した。

現実に引き戻され、冷静になった。確かに喜代は気味の悪い人間だった。だが、その喜代を殺したと疑われているのは冬花なのだ。

お弁当の毒入り事件の時、月光は全面的に冬花の言うことを信じた。その自分の判断は果たして正しかったのだろうか。

月光は、冬花の言い分しか聞いていない。喜代のことを最初から犯人だと決めつけていたのだ。

あの時のことも、いったい何が真実で何が嘘だったのかわからなくなった。

タクシーが河原町御池に辿り着いたので、河原町通を渡ったところで車を停めてもらい車外へ出た。

父に電話してみると、杉田と雪子と三人ですでにお店にいるというので、そこまで歩いて行った。

店は、町屋を改装したイタリアンだった。

父と三十代後半らしき男、それに雪子が四人がけのテーブルに座っていた。男は、杉田基晴《もとはる》と名乗り、名刺を差し出した。彼は京都にある電子部品メーカーのセールスエンジニアだった。月光が聞いたことのない会社名だった。日焼けした肌、肩幅の広いがっちりとした体格に、パリッとした紺色のスーツをまとい、それに合わせた渋い色のネクタイを締めていて、いかにも世慣れたサラリーマンという印象だ。

杉田に挨拶してから、雪子の方を見る。水玉模様のピンクのブラウスに裾の広がった可愛いデニム生地《きじ》のスカートをはいている。穏《おだ》やかな表情でオレンジジュースを飲んでいるので少し安心した。

「冬花はどんな様子ですか？」

「森中が、今、少しずつ事実関係を聞き出しているところです」

杉田は、ちらっと雪子の方を見た。

前菜に、たことホタテのマリネのレンズ豆添え、トマトとモッツァレラチーズのバジルソース、それにペンネのグラタンが運ばれてきた。

「雪子、ほら、これ恵子《けいこ》が選んでくれたの」

月光は、雪子のために買った、ピンクのパールビーズのネックレスを鞄から出して渡した。

「キレイ……」

それだけ言うと、雪子はネックレスを頭上にかざして満足そうに眺めている。パールビーズの色に合わせたみたいに、白い肌がほんのりピンク色に染まっているのがみずみずしい。小さい頃の冬花の面影と重なり、胸が締め付けられた。

杉田は、皿の料理に添えてあるフォークとスプーンを取って、「どうぞ」と父に差し出してから、氷水の中に冷やしてあるボトルの白ワインを白い布巾《ふきん》でくるんで取り出し、父と月光のグラスに注いでくれた。

雪子の前で事件のことを話すのは避けたい。そう思っていると、父が気を利《き》かせて、

「さあ、雪子、グラタン食べて、おじいちゃんと先に家へ帰ろか」と言って、スプーンですくって雪子の取り皿にペンネのグラタンを入れた。

「ほら、雪子の大好物のグラタンや。大きいエビが入ったある」

雪子はビーズのネックレスを大切そうに両手で持ち、ひたすらそれに見入っていて、食事の方には見向きもしない。

「それ、せっかくだからつけてみない？　ちょっと貸してちょうだい。ほらこうするのよ」

月光は、雪子の後ろにまわると、髪を掻《か》き分けて、首にネックレスをまわしてつけてやった。鞄から手鏡を取り出して、自分の姿を見るように勧めた。雪子は手鏡を手に持つと、ネックレスをつけた自分の姿を首をかしげて確認した。

「どう、ステキでしょう。さあ、じゃあ、おしゃれはちゃんとできたから、食事をしましょう」

雪子は、黙って頷くとフォークを手に持ちグラタンを食べ始めた。なんて、素直で静かな子なのだ。

「雪子はいい子ね。うちの恵子は、十一歳だから、雪子よりだいぶお姉さんなんだけど、反抗ばかりしてちっとも言うことを聞かないのよ」

月光が微笑むと、雪子はそれに応じて少し恥ずかしそうに笑ってから、ジュースを飲み、ペンネをフォークで突き刺した。

鴨《かも》のローストのサクランボソース、鯛のポワレ、それにウニのクリームスパゲッティーが運ばれてきたので、みんなで取り分けた。

父が鯛のポワレを食べ始める。月光は、鴨とパスタを少し食べたが、あまり食欲が湧《わ》かないのでワインを飲んだ。

食事を一通りすませると、月光は、鞄からファックスで届いた資料を出した。

「森中先生からいただいた資料、先ほど新幹線の中で読ませていただきました」

「そこに書かれていること以外に新たな事実がわかったので、これからお話ししますね」

杉田がそう言いながら、メモ帳を取り出した。

杉田のその言葉が合図であるかのように、父が「さあ、そろそろ行こう。ケーキ買《こ》うたるわ。雪子の家でおじいちゃんと二人で食べよう」と帰る準備を始めた。

「これ、食事代」

父が二万円を月光にそっと差し出した。

「おばさんは？」

雪子が月光の方を指さして言った。

「おばさん、後からおうちに行くから、待っててくれる？」

「わかった、花子《はなこ》と待ってる」

「花子？」

「雪子んちの猫ちゃんなの」

「あっ、そうだったわね。花子と待っててね」

雪子は、父と手をつないで、もう一方の手でバイバイしながら店を出て行った。

杉田がワインを注いでくれたので、それを一口飲んでから、訊ねた。

「冬花とはどういった経緯でお知り合いになられたのですか？」

「彼女の働いていた割烹《かっぽう》のお店へよく行ってたんです。そこで顔見知りになったのです」

「顔見知り。それだけですか？」

杉田は少し躊躇《ためら》ってから、付け加えた。

「もちろん、僕は、冬花さんに、それ以上の好意を持っています。しかし、残念ながら、片思いなのです。なんとか僕の思いを伝えようと、店に通っていたのですが、ある時から、あの女が来るようになって……」

杉田の言い方があからさまなので、月光は驚いた。

「あの女って、川井喜代のことですか？」

って
「ええ、そうです」

月光は、思わず彼の目を見た。誰が敵であるのか、彼は知っているのだろうか。敵と言っても、すでに、もうこの世にいない。妹を監獄へ閉じ込めて、逝《い》ってしまったのだ。

「その割烹の店を辞めて、妹は喜代の画廊で働くようになったのですね」

「ええ。ある日、店へ行ったら、姿が見えなくなってしまったんです。店主に訊《き》いたら東山区中之町《ひがしやまくなかのちょう》にあるカワイ画廊で働いていると教えてくれました」

「妹はどうしてまた、喜代と付き合うようになったのでしょう。あれほど禁じておいたのに」

「禁じていたのですか。やはりそうですか。過去にも、冬花さんを不幸にするようなことが？」

「ええ、ありました」

月光は、高校時代に起こった事件について簡単に説明した。

「なるほどね。それくらいのことは平気でやるでしょう。京都の財界人なんかの集まるパーティーにちょくちょく顔を出しているのを見かけたことがあります。ちょっとした悪い噂を耳にしていたので、冬花さんに警告したのですが、うまく伝えられませんでした」

「妹に、そういったことを伝えるのは難しいですから」

「カワイ画廊で海外のアーティストの展覧会を催《もよお》していると噂に聞いて、一度顔を出したことがあります」

そういうと、杉田はちょっと苦笑して続けた。

「あの女には、視線が合った瞬間、嫌われました。こっちの方も毛嫌いしていましたから、当然だったのかもしれませんが、驚くほど冷淡な扱いを受けましたよ」

「その展覧会はどんな様子だったのですか?」

「海外の著名な現代アーティストの作品コレクションでした。よくこれだけ揃《そろ》えたものだと、目を見張りましたよ。しかし、冬花さんに僕が声をかけると、あの川井という女は、必ず間に割って入ってきて邪魔するんです。笑顔でそうするので、余計に不気味でしたね。画廊に来ている老紳士たちの中には文化人と称される人たちもいましたが、世界の名だたる巨匠の絵を見せられて、妄信的《もうしんてき》に彼女のことを信用しているようでした。僕みたいに長年営業をやっている者からすると、全体的に胡散臭《うさんくさ》いんです。何か催眠商法のようなことをやっているのではないか、と疑いたくなるような空気を感じましたね」

あの女のことだ。杉田のことを疎《うと》ましく思い、冬花との関係を徹底的に邪魔したのだろう。喜代のような女を見破れる人間は意外と少ない。喜代は高校時代から人脈があり、人気者だった。喜代のミカに対する陰湿でねじくれた感情になど、誰一人気づかなかったのだ。しかし少なくとも、それに気づいている男が、今、目の前に一人いる。

そう思ったが、月光はすぐにこの考えを打ち消した。杉田のことを自分はよく知らない。こんなにタイミングよく冬花に手を差しのべてくるのも都合が良すぎるではないか。だいたい、そこまで、冬花に深入りする彼の真意を測りかねた。疑念が湧き、月光は訊ねた。

「冬花のいったいどこをそんなに気に入ってくださったのですか?」

「昔、知っていた人に似てるんです。店へ行って冬花さんを初めて見た時、思い出したのです」

「恋人だったのですか?」

「……。その人はもう死んでしまいました」

「その人と容姿が似ているのですか?」

「いいえ、容姿が似ているのではありません。どこか、醸《かも》し出している空気が……」

そう言ってから、杉田は辛そうな顔をして黙った。思い出したくない話だったのだろうか。

「その人の話はやめましょう。昔の話だし。それより、僕、冬花さんを見ていると、不思議と心が安らぐんです」

「安らぐ？　どんなふうに安らぐのですか？」

少なくとも、月光は、冬花といてハラハラすることはあっても、安らぐことはない。

「実は、僕はこう見えても相当神経質な性格でしてね。特に対人関係においては。職業柄いろんな人の接待をするのですが、それでかなり神経を消耗《しょうもう》しているのです。あの店で冬花さんのことをはじめて見た時、客の僕のことなどまるで視界に入っていない様子なのに驚いたのです」

「それが安らぐのですか？　むしろ接客業としては失格ですよ。つまり無視されて、プライドが傷ついたから、気になりだしたってことではないですか？」

「いや、そういうことじゃない。プライドだなんて、そんなもの僕はどうでもいいのです。冬花さんは少なくとも僕のような気の遣い方はしない人だ。不思議なことに、そんな彼女を見ていると、僕の疲れがすーっととれていったのです」

情熱的に語る杉田の顔を月光はまじまじと見た。

「……そういう見方もあるのですか。でも、あの子、なんだかまだるっこしくないですか？」

「まだるっこしい？　それ、ひどい言い方だなー。なるほど、冬花さんには、こんなに率直にものを言う怖いお姉さんがいるのか」

杉田は苦笑いしながら、突然親しげな声で言った。月光はむっとして言い返した。

「近しいとそういう感想になってしまうんです。怖い姉で悪かったですね」

「誤解しないでください。頼もしい、という意味で言ったんです」

「そうは聞こえませんでした。だいたい、後から補足しても手遅れです」

「すみません。気を悪くしないでください。やれやれ、雲行きが怪しくなってきたな。将を射《い》んと欲《ほっ》すれば先《ま》ず馬を射よ、と言いますから、あなたに嫌われたら、まずいですよね」

杉田はそう言うと、苦笑してから続けた。

「そうか、まだるっこしい、ねえ。そう言われれば、確かにそうかもしれません。でも、人の悪意に気づかない純粋な人です」

「それが困るんです。人の悪意に気がつかないから、こんなトラブルに巻き込まれてしまうんです。川井喜代は蛇のようにしつこくあの子に付きまとったに違いないんです。今回のことだって、あの女の悪事に巻き込まれたのが、運の尽きだったのです」

そこまで言ってから、月光は唇を嚙《か》んだ。口に出してしまったものの、運の尽きとはまだ考えたくなかった。

「川井喜代は無名の画家の絵を、高額で売るだけでなく、不動産の仕事にも手を出していたと聞きます。父親が不動産業を営んでいた関係で、そっちの業界にも顔が広かったみたいです。片川孝治《かたかわこうじ》の相続した広大な土地も、高額で売りつけた絵の代金の形《かた》に、二束三文《にそくさんもん》であの女が経営する中京区にある不動産会社が買い取って、そこにテナントビルを建てたと聞いています。一階と二階を自分の画廊にするつもりだったのです」

「そこまでのことをよく調べられましたね」

「京都は狭いですからね。大学の同期に不動産の経営をやっているヤツがいるんです」

なるほど、大学繋がりということなのか。月光は、大学を出てすぐに東京へ行ってしまったから、そういう繋がりの恩恵を受けたことがなかったが、京都は地元の人間同士の繋がりが非常に濃いところだ。

月光は、森中弁護士の資料を確認しながら訊ねた。

「片川という人は、川井喜代の恋人ですよね。その人の父親が不審な死を遂《と》げて、息子の彼が容疑者としてあがっていたと書いてありますが、それは本当ですか？」

「片川孝治の父親は、入院中に六階の病室の窓から飛び降りたそうです」

「誰かが病院から突き落とした、ということですか？」

「争った跡はなかったようです」

「では、自殺？」

「多量の睡眠薬を飲んでいたそうです。飲んでいた、もしくは飲まされていた」

「誰かが睡眠薬を飲ませて、病院の窓から落とした可能性がある、ということですか?」

「その日の午後七時頃に、息子の片川が見舞いに訪れています。父親が飛び降りたのは、午後十時頃です」

「じゃあ、片川孝治が見舞いの際に、父親に睡眠薬を飲ませておいて、熟睡した頃にまたこっそり病室を訪れて、父親を落としたとも考えられるのですね」

「父親が死ねば多額の財産を相続することになる。ですから、片川は、真っ先に犯人として疑われました。しかし、その時間に、彼は、病院から十キロ離れた、喜代の行きつけの金閣寺の近くにある料理屋のカウンターで一緒に食事していたそうです」

「アリバイを証明するのが恋人では弱くないですか?」

「その料理屋の女将《おかみ》さんが喜代と片川が二人で来ていたと、警察に証言しているそうです。それで彼はシロということになりました。結局、父親は病気を苦に、自殺したということで片付けられました。片川が十時頃に病院へ行った、という証拠も摑めなかったようです」

「喜代は恋人が相続した財産を思い通りに使ったわけですね」

喜代は片川に、相続した財産で絵を買わせて、更に土地まで奪ってしまったのだ。

「あの女は、自分を取り巻く人間のことをただの金づるとしか見ていませんでした。いや、金だけじゃない、たぶん、支配欲が異様に強い。そして、人の心を乗っ取るのが実にうまい。乗っ取って、自分の駒にして、思い通りに動かすのがね」

もし、片川が親殺しの犯人だとしたら、そのシナリオを作って、裏で糸をひいたのは、喜代だろう。恋人が相続した財産を思い通りにしたかったからだ。問題は料理屋の女将の証言だ。

「それ、なんていう料理屋ですか？」

「『旬席・海香《うみか》』という店です。金閣寺の東側の路地を入ったところにあります。小さな店で、女将さんが一人でやっています」

「行かれたことあるのですか？」

月光は料理屋の名前をメモしながら訊ねた。

「ええ、一度、女将さんに話を聞きに行きましたが、たいした情報は得《え》られませんでした。川井喜代について訊いても、あたりさわりのない話ばかりでしたね。時々来るお客さんだったというだけでした」

「喜代の姉も何者かによって殺されたのでしたね？」

「何者かにベルトのようなもので首を絞められて、それから殴り殺されたようです。凶器は、花壇の囲いに使っていたブロック、絞めたベルトは亜由美《あゆみ》のものだったそうです」

「どこでですか?」

「伏見区《ふしみく》の、京阪墨染《けいはんすみぞめ》駅のすぐ近くの自宅でです。琵琶湖疏水《そすい》の終点にあたる場所です」

「喜代の殺され方に似ていますね」

「ええ」

「同一犯ということは?」

「それも考えられますが、そうなると、犯人は、喜代以外に、別にいることになりますね」

「喜代のアリバイは冬花が証言したのですね」

「それ以外の人もです。その日は、冬花さんの町屋で、カワイ画廊の常連を呼んでパーティーをすることになっていて、川井喜代は、午後から冬花さんの家へ準備しに行っていたそうです。パーティーは七時からで、九時頃に警察から連絡があり、十時過ぎにお開きになったそうです。川井の姉の死亡推定時刻は、午後七時半から八時くらい。家庭用ゴミに防鳥ネットを張る当番というものがその町内にはあり、その札を持ってきた近所の人が、いくら呼んでも出てこない。テレビがつけっぱなしになっていて、その音が聞こえてくるのに留守というのは変だと思い、鍵がかかっていなかったので中に入ると、茶の間で倒れている亜由美を発見したそうです。それで、慌てて警察に通報したが、すでに息絶えていた。犯人はまだ捕まっていません」

「では、喜代のアリバイは、多くの人によって証明されているのですね」

「ええ。ですが、川井亜由美には、多額の保険金がかけてあり、受取人は、息子の卓隆《たくたか》に七千万円、妹の喜代に三千万円だったそうです」

「甥《おい》っ子の受け取ったお金も、川井喜代が好きなように使った、と森中先生の書類に書いてありますが？」

「後見人と称してね。その甥っ子はまだ未成年なので喜代にうまく丸め込まれたのでしょう。喜代はその一億円で、かなり有名な画家の絵をイギリスのオークションで落札したと聞いています。しばらくそれを画廊に飾っていましたが、友人の建設デザイン会社の社長に、三倍の値段で転売したそうです」

「右から左で三倍ですか」

「お金を作る天才なのですよ、あの女は。それに、亜由美が死んで得したのは、喜代だけです。彼女は怪しい。ですが、アリバイがあるので、どうしようもありません」

「杉田さん、冬花が本当に喜代を殺したのだと思いますか？　もしそうだとしたら、弁護士の先生の書類にあるように、今まで封印していた積もり積もった感情が爆発した、とお考えですか?」

「いいえ、犯人は別にいると思います。冬花さん自身、そう主張していたのです」

「冬花が犯人は別にいると、本当にそう言っていたのですか?」

「ええ。犯人がアトリエにまだいたことを後から思い出したそうです」

「どうして後からなのですか。じゃあ冬花は、犯人の顔を見たのですか?」

「見ていないみたいです。部屋は真っ暗で、いきなり殴られたのだそうです。それから首を絞められて意識を失った。目覚めて、電気を点《つ》けてみると、喜代が死んでいたそうです。冬花さんは首を絞められたショックで一時的に記憶喪失になっていたので、その前の記憶が飛んでいたのです。訳がわからないまま、警察に通報した。しかし、記憶を失っていたから警察にうまく事情を説明できなかったのです。徐々に記憶が蘇《よみがえ》ってきて、犯人が部屋の中にいたことを思い出し、警察にそう説明したそうです」

冬花は喜代と争ったのではなく、犯人と争ったということなのか。

「じゃあ、それで、冬花が怪我をしていたことの説明がつくわけですね」

「ええ。額《ひたい》の傷痕《きずあと》は、犯人に灰皿で殴られた時のものです。しかし、凶器のベルトが自宅のタンスから出てきたので、その話は矛盾していると一方的に決めつけられ、犯人がいたという証言は、取り合ってもらえなかったそうです。指紋も喜代のもの以外では冬花さんのものしか検出されなかったそうです」

「森中先生の文章を読んだ限り、後から思い出した話、というのは出てきませんでしたが」

月光自体、そんな話は半《なか》ば信じがたかった。ましてや警察が取り合ってくれないのも仕方がない気がした。

「警察の厳しい取り調べが連日続き、誘導尋問に屈してしまったのですよ。証拠を突きつけられて、辻褄《つじつま》の合う説明ができなくなった。それで、その証言は葬り去られてしまったのです」

「現場に、防犯カメラはなかったのですか？」

「二階には設置してなかったみたいです。一階は画廊になっていますから高価な絵が飾ってある。絵を保管する倉庫も一階にあるので、当然、一階には防犯カメラが設置してありましたが、現場の二階は主《おも》に親しい客を招くプライベートな場所になっていて、防犯カメラは設置していなかったそうです」

「冬花は、なぜベルトを自宅に隠したのでしょう。自分が不利になるだけなのに」

「それはまだわかりません。しかし、僕は、冬花さんの無実を信じています。それを証明するためにも本当は何が起こったのかをちゃんと思い出してもらわないといけないですけれど」

「できるでしょうか。姉の私ですら、時々、あの子のことがわからなくなるんです。いったい、何を考えているのか。何か混沌《こんとん》としていて、普通の常識や道理が伝わらない。筋道を立ててちゃんと話すことができない。困ります」

「混沌としているのは、冬花さんの責任ばかりじゃない。記憶を失ったのが原因ですよ」

「あの子は、元からコミュニケーション能力が不足しているんです。その上、記憶喪失だなんて、間が悪すぎます」

「確かに口下手かもしれませんが、冬花さんはもっと深いところで、人間との繋がりを持てる人ですよ」

「もっと深いところ？」

「言葉とは違う、潜在的な部分で」

この男は自分より、冬花のことを理解しているのだろうか。月光はまじまじと彼の顔を見たが、なんとなくきまりが悪くなり視線をそらした。

「僕は彼女に癒《い》やされるんです。きっと、深いところに流れる彼女の何かが、僕を心地《ここち》好くさせてくれるからでしょう」

そう言うと杉田はグラスのワインを一気に飲み干した。

癒やされる……。彼の言っていることの意味がわからなかった。

月光は、冬花に対して、義務感ばかりが先行して、杉田が感じているような、深いところに流れるものに気づいてあげられなかったのだろうか。彼の言っていることのどこかに欺瞞《ぎまん》があるように感じられて、何か釈然《しゃくぜん》としない。

「それにしても、あなたが彼女の双子のお姉さんだなんて、不思議だな」

「二卵性ですから」

「でも、姉妹であれば、半分は同じ遺伝子を持っているってことですよね」

「似てないでしょう。よく言われます」

「冬花さんは、向こう側の人という感じがする。あなたは、僕と同じでこっちサイドの人だ。まるで冬花さんは、僕らが見ている世界とは異なる世界の住人なのだと思います」

そう言うと、彼の目が笑った。

ふと、腕時計に目を落とす。午後九時だった。

月光は携帯を取って、父の番号にかけて、雪子の様子を訊ねた。

「雪子は、よう眠ってる。私はそろそろ家に帰ろうと思うんだが、そっちの話はどうなった？」

「もうちょっとしたら、そちらへ行こうと思ってます」

「そうか。できるだけ早く来てくれんかなあ」

「わかりました」

電話を切ってから、「そろそろ雪子のところへ帰ります」と杉田に言った。

「その前に、もう一つだけお話ししたいことがあります。彼女から三億円で絵を買った例の建設デザイン会社の社長、添田太郎《そえだたろう》という男なのですが、殺される直前の川井喜代と電話で話していたそうです」

「その人は犯人の手がかりを何か持っていなかったのですか？」

「電話で話している最中に、誰かが来た、と喜代が言うので、一旦電話を切ったそうです。重大な取り引きの話だったので、すぐに電話をかけ直すと言っていたのに、それきり電話はかかってこなかった。何度もかけ直したが、繋がらなかったそうです。僕はその来訪者に殺された可能性が高いと思っているんです」

「警察ではそのことは？」

「それが、川井喜代の画廊は、インターフォンが画廊の二階に取り付けてあり、来訪者の顔を確認してから、ドアの鍵を解錠するようになっているのだそうです。そのインターフォンは、来訪者を記録できる設定になっていた」

「じゃあ、犯人の顔が映《うつ》っていたのですか？」

「いいえ。残念ながら映っていませんでした。添田がインターフォンの音は聞こえなかったと証言しているので、犯人はインターフォンを使わなかったと警察では判断しています。つまり、鍵を持っている人間の犯行だということになりました」

「やはり妹に不利な証言ですね。鍵を持っている人というと限られてしまいますから」

「親しい人間であることは確かです。しかし、僕は冬花さんの話を信じています。警察は、冬花さんが犯人であるという前提で証拠を固めている。こちらは、その逆を行こうと思います。冬花さんは無実で、現場に行った時、すでに川井喜代は殺されていた。その事実に基づいて、証拠を固めていこうと」

「つまり、それは？」

「冬花さんが画廊へ訪れた時間と、添田が電話を切った時間には差があると思うのです」

「冬花が画廊へ行った時間を証明する第三者がいてくれればいいのですが」

「森中に聞いてもらったところ、その日は、画廊へ行く前に、若松通《わかまつどおり》でいつも画廊に飾る花を買う花屋の奥さんが犬の散歩をしているのに出くわしたそうです。それから、八軒《はちけん》町《ちょう》に向かって北に歩いて行ったところで、雪子ちゃんと時々パフェを食べに行くコーヒーショップのマスターとばったり会って挨拶したそうです」

「じゃあ、その添田という人の電話の履歴と、冬花がその二人に出会った時間がわかれば、もしかしたらアリバイが成立するかもしれないのですね？」

「ただ、二人ともはっきりした時間を覚えていないみたいです」

「通りに設置されたカメラに冬花が映っているようなことはなかったのでしょうか？」

「細い路地しか通らなかったので、残念ながら監視カメラはなく、アリバイは証明できなかったようです」

「犬の散歩というのは、決まった時間にするわけではないのですか？」

「もう一度、その二人に、時間を特定する何かを思い出せないか、話を聞きに行くつもりです。その前に、まず添田に明日、会う予定です」

「杉田さん、冬花のためにそんなに時間を割《さ》いていただいて、大丈夫なのですか？」

「連休で仕事は休みですから、時間はあります」

「じゃあ、私もご一緒させてください」

「午後三時に三条のイノダコーヒー本店で待ち合わせすることになっています」

杉田は、会計を頼んでから、「犯人は別にいる。僕はそう信じています。冬花さんは、きっと釈放されますよ」と力強く言った。

犯人は別にいる。そうであって欲しいと、月光も願った。それから、冬花の元夫の寺嶋のことを思い出した。

「私、冬花の元夫の寺嶋さんにも会って話を聞こうと思います。義母の話によると、冬花への慰謝料と養育費の支払いを何者かに強要されていたみたいです。誰かに弱みを握られていたのかもしれません」

「しばらく、冬花さんの町屋に雪子さんと泊まられますか？」

「ええ、しばらくはこちらにいると思います」

「では、明日、電話します。二人で協力して、なんとか彼女の無実の罪を晴らしましょう」

月光は、自分の連絡先を杉田に渡しながらも、このまま彼に頼りきっていいものだろうかと気持ちが揺れた。

杉田があまりにも親身になって、冬花を助けようとしてくれることに戸惑《とまど》いを感じるのだ。いくら昔の知っている人に似ているからといっても、妹にそこまでするのは奇妙に思えた。部外者になったような寂しさからそんなふうに考えるのだろうかと自分に問うてみたが、答えは見つからなかった。

店を出て、タクシーを拾い、祇園の町屋へ向かった。御池通《おいけどおり》を東に向かって行き、川端通《かわばたどおり》を南に下がっていく。十分ちょっとで新門前通《しんもんぜんどおり》に到着した。

写真でしか見たことのない家だったが、実物は年月を感じさせる木の重みと風格があり、ずいぶん立派だ。

父に電話して、家の前にいることを告げた。

格子戸の向こうに明かりが点き、玄関扉ががらがらと開いた。父がひょいと顔を出した。

「雪子は、二階の部屋でよう寝てるから、静かに入り」

そう言うと、父は月光を家に招き入れてから、家の前の道路に視線を走らせた。

「さっき、雑誌の記者らしい男が家の前うろうろしてたけど、もういいひんようになったみたいやな」

「雪子、大丈夫なの？」

「昨日の朝は、私が学校まで車で送ってやった。ぴたっと入り口の前に車を停めて、出入りするようにしてやった。帰りは、先生の車やったから大丈夫や」

そう言いながら父は一階にあるトイレと風呂場へ案内してくれた。どちらも、新しい紺色のタイルが張ってあり、洋風に改築されていた。

「トイレは、二階の洋間と和室の間にも一つある。じゃあ雪子をよろしく頼んだしな」

帰ろうとする父を、「ちょっと待って、聞きたいことがあるの」と月光は引き留めた。

「どうした。杉田さんとは話したんやろう？」

「あの人、どうして、私たちにこんなに親切にしてくれるの？」

「冬花と親しい関係なんやろう」

「そうじゃないみたいなの。冬花のお店に食べに来てたってだけの人なのよ。変じゃない？」

「そやけど、腕利きの弁護士さんをちゃんと紹介してくれはったんやし、信用できる人やで」

昨今《さっこん》は、弁護士といえども、信用できない。悪徳弁護士が山ほどいる世の中なのだ。

「それだけで頼り切るなんて、のんきすぎるわ。何か裏があるような気がするのよ」

冬花を助ける振りをしているが、あの男には、何か別の目的があるのではないだろうか。

そう思えて仕方がないのだ。

「考えすぎやで。ちゃんと電子部品のメーカーにお勤めやしな」

「でも聞いたことのない会社だわ。だいたい、名刺を見せられただけでしょう。本当かどうかわからないわよ」

「月光、いつからそんなに疑《うたぐ》り深くなったんや。今はあの人を信用せな、どうにもならへんやろう。それに、どう転んでも、これ以上、事態は悪くならへん」

「確かに、今が最悪ね……」

「さあ、明日が早いからもう帰らんとあかん」

父は、そう言うと、タクシーを拾ってさっさと帰って行った。父の背中がなんとなく哀れに見えた。義母に早く帰ってくるようにきつく言われているのだろう。

月光は、土間の真ん中の階段をそろりそろりと音をさせないように上がっていった。階段を上がったところの部屋の電気を点けた。ガラス扉越しに、十畳近くはありそうなデッキテラスが見えた。これだけ広い空間があれば、喜代が画廊の常連客を招いて、ちょっとしたパーティーができただろう。この町屋もうまいこと、あの女に利用されていたのだ。

ふすまをそっと開けると、雪子の寝息が聞こえてきた。雪子の隣には月光のために布団が敷いてあった。

月光は、雪子のそばに座って、寝顔をのぞき込んだ。漆黒のまつげがしっかりと下のまぶたに被さっている。雪子の隣で黒猫が前足で顔を覆って、お腹丸出しの無防備な姿で眠っているから、思わず吹き出しそうになった。

雪子と花子にそっと首のところまで布団を被せてやる。どちらも、なんて愛らしい寝顔なのだ。

この子が不幸になるようなことは決してあってはならない。月光は、手の甲で雪子の頬をそっとさすった。

第五章

見えない脅迫者

二〇一四年六月

高田《たかだ》ミカが、カウンターの向こうから冷えた玉乃光《たまのひかり》を酌《しゃく》してくれる。玉乃光は、伏見《ふしみ》にある酒蔵で古い伝統を守りながら丁寧《ていねい》に造られた地酒だ。喜代《きよ》は、良質な米から造られた京の酒をゆっくりと舌で味わいながら飲んだ。

今晩はとびきりいいニュースが入ってくることになっていた。

「営業中の看板、外《はず》しておいてくれたね、ミカ」

「もちろん、外しといたえ」

ミカは再び、喜代の杯に酌をした。ミカの口元に悪魔のような笑みが浮かんだ。

世の中にすっかり背を向けてしまった彼女は、いつの間にやらこんな笑い方をするようになっていた。

「あんたも、飲みぃな。お祝いしよう」

「まだ、早いのとちがう?」

「大丈夫。絶対にやってくれるから」

ミカは高校時代の同級生だった。彼女は、二年生の途中で高校を辞《や》めてしまい、それからしばらく音沙汰がなくなっていたが、喜代が捜し出して、再び付き合うようになったのだ。

ミカと再会する少し前、喜代は、ミチルという親友を失っていた。コミュニケーションに自信がなく、孤独で、こちらの言うことを額面通り受け取る、気の弱い性格のミチルは、喜代の勧《すす》めるものならなんでも買ってくれる従順でいい友達だった。

ミチルと知り合ったのは、大学生の時だった。その頃、喜代は、東京の美大に通っていたが、休みの度《たび》に京都へ帰ってきた。高校時代の友達が大学の後輩のミチルを紹介してくれたのだ。当時、京都の女子大に通っていたミチルは、恋愛で悩んでいた。話を聞いてみると、ミチルが付き合っていた男は自己中心的で思いやりのない性格だったので、喜代は別れるように彼女に強く勧めた。依存しやすいミチルは、男と別れてから喜代だけを頼るようになり、二人の関係は深まった。

喜代は東京の美大を卒業すると、パリへ留学した。パリの美術学校での学業成績はさっぱりで、途中で辞めてしまったが、ヨーロッパを転々として、美術品の市場調査をすることに時間とお金を費やした。

その間も、ミチルとの関係は続いた。喜代は、自分がヨーロッパで買ってきた絵画やアンティークを売るお店を出す計画を持ちかけて、今思えば大した額ではないが当時のミチルにすれば相当な値段で買わせていた。彼女は、喜代を失う怖さと店を出す夢に魅せられて、喜代の勧めるものなら、消費者金融で借金をしてでも買おうとしてくれた。

ところが、借金が膨らみ、親に隠れて風俗で働くようになった。それから、精神を患《わずら》って病院へ通う日々が続いたが、結局リストカットして死んでしまった。自殺するとわかっていたら、もっとむしり取れるだけ取っておけばよかったのにと、それだけが悔《く》やまれた。

ミチルが自殺して、ふと、思い出したのが、高校の時、自殺を図ったことのあるミカのことだった。

彼女が、その後どうなったのか知りたくなり調べてみたのだ。

それが彼女との再会の始まりだった。再会からもう十年以上経《た》っているが、今でもミカとは良好な関係だ。

喜代は、ミカが京都の調理師専門学校へ通っていることを知り、帰郷した折に、偶然を装《よそお》って学校から出てくる彼女に声をかけた。

ミカは、こちらを警戒している様子だったが、どうしても伝えたい話があると説得して喫茶店へ誘った。

「よかった、会えて。ミカ、急に転校してしもたでしょう？　私、ずっと気になってたんよ」

それを聞いてミカは、喜代の真意を探るような目つきになった。

「勘違いせんといてね。私、ミカのことを信じていたんよ。そやからどうしても会って話したかったの。あの事件のことを」

「あ、あの、あの事件って？　そんな昔のこと、うちもう忘れた」

ミカは消え入りそうな声で言うと、黙ってうつむいた。

「忘れたいの？　そら思い出したくないよね」

ミカは返事をしなかった。

「ごめん、傷つけるつもりとちがうんよ。ちゃんと事実と向き合わなあかんと思ったから」

「事実って、私、なんにも悪いことしてへんしい」

　膝の上に乗せた彼女の握り拳《こぶし》が震えだした。

「そうやろう。わかってる。あのことやけど、あなたが濡れ衣《ぬれぎぬ》着せられたん、私知ってるんえ」

「あ、あれ、濡れ衣やってこと、川井《かわい》さんは知ってはるん？」

「もちろんや。ミカがそんなことするわけないやん。私、病院へお見舞いへ行ったんえ。ミカ、まだ意識が戻ってへんかったから、お母さんに、お花を渡しておいたん。覚えてる？」

「そういえば、川井さんがお花持ってきてくれたって、母が言うてたわ」

「そうや。私はずっとミカの味方やったんえ」

「どうして？」

「私、目撃してしもたんよ。あのお弁当事件の犯人」

「…………」

「西山冬花《にしやまふゆか》いう子いてたやろう？　覚えてる？　あの子が、先生のお弁当箱に何か入れてるの見てしもたん」

「えっ、や、やっぱり冬花なん。あれの犯人」

「先生にちくったんもあの子や」

「な、なんで、そんなことするの。なんでやのん。親友やって信じてたのに。私、地獄の苦しみ味わったんえ」

ミカの目が吊《つ》り上がり、こめかみに血管が青く膨れあがった。思った通り、ミカはまだ、冬花のことを恨んでいるのだ。先生に密告したことだけでも許せないのに、あれの犯人が冬花だと聞いて、憎しみが再燃したようだ。喜代はミカの内部で燃え上がる怒りの炎を感じ取り、内心ほくそ笑んだ。

「私、ミカのこと弁明するために、必死でみんなにあなたの無実を訴えたんえ。そやけど、誰も信じてくれへんかったんよ。冬花って、一見まじめで大人しいやん。まさか、ミカに嫉妬《しっと》して、あんなことしたやなんて、誰も想像つかへんのよ」

「嫉妬？　冬花が私に嫉妬してたの？　そんなん全然気がつかへんかったわ。従順で優しい子やと思ってたのに」

「あの子の二面性には誰も気がつかへんのよ。猫かぶるのうまいから」

「あれ、猫かぶってたんか。そんなことってあるの。私、人間不信になるわ」

「今頃になって？　簡単に人を信用したらあかんのよ。それはそうと、ミカ、今どうしてんの？　ミカは、数学が得意やったから、今頃医大か薬大を卒業して、医者か薬剤師になってると思ってたんやけど」

ミカは悲しそうな顔をした。話を聞いてみると、自主退学してから、別の高校へ編入したが、学業のほうはさっぱり振るわなかったという。大好きだった数学も、あの事件を思い出してしまうので、教科書を見るだけで湿疹《しっしん》が出るほど嫌いになった。新しい高校で、成績は下がる一方だった上、他の生徒の中に溶《と》け込めず、自暴自棄になり、中退してしまったというのだ。

しばらく家で家事を手伝っていたが、このままでは自立できないと思い高卒認定試験を受けた。それから、コンピューター、介護などいろいろな専門学校へ通ったが、どれも長くは続かなかった。料理が好きなので、調理師になろうと、現在の学校へ通うようになったのだと打ち明けた。

「へえ、そんなら将来、お料理屋さんやるの？」

「そ、そんなん無理やわ。調理師の世界、ものすごく厳しいもん。独り立ちなんて、よほどの腕がないと難しいわ。高校の時、もっとがんばって勉強して、普通の大学へ行っといたらよかった。普通が一番楽やってこと、今頃、痛感してるんよ」

「不運やったな。ミカやったら、普通よりずっといい大学入れたやろうに。冬花に出会わへんかったら、道を踏み外すこともなかったのにね」

「道を踏み外す……。そ……そんな」

ミカは、喜代の言葉があまりにも的確に自分の残酷な運命を言い当てていると感じたのか、唇を噛《か》んだ。それから、突然しくしくと泣き始めた。喜代はハンカチを鞄から出してミカにそっと渡した。冬花がいかに陰湿で歪《ゆが》んだ性格であるかをいろいろなエピソードを交《まじ》えて話し、他にも被害に遭った生徒を知っていると、付け加えた。

「冬花って、そこまで卑劣な人やったん」

「人は見かけによらへんのよ。それにな、冬花には、たちの悪い双子の姉がいてるんよ。知ってる？」

「双子の姉って、確か月光《つきみ》？　知ってるよ。気の強いお姉さんやけど、私には親切やった。そういえば、お見舞いにも来てくれはったらしい」

「お見舞いに来たのは、ミカの不幸な顔を見たかったからや。悪趣味やと思わへん？　月光には、私、根拠のない言いがかりをつけられて苦労したんよ。学校にまで押しかけてこられて、胸ぐら掴《つか》まれて恫喝《どうかつ》されたん。目撃した高校の友達がみんな私に同情してくれたからよかったけど、私、ショックで不登校になるところやったわ。冬花に悪知恵与えてるのは、あの姉やと思う。信じられへんかったら、友達に訊《き》いてみて。今度、クラス会することになってるし。ミカも参加しいひんか？　あの双子の姉妹の怖い話、聞けるえ」

喜代は、月光に校庭でののしられた時のことを思い出した。あれから、学校中に冬花と月光の悪い噂をまき散らしたから、クラスメートは、みんな喜代に同情してくれていた。

「そんなん、聞きとうないわ。喜代の話、信じるよ。月光って、そういえば、怒ったら怖かったわ。そうか、あのお姉さんの悪知恵なんか」

「なあ、これだけは知っておいた方がええ。世の中には、良心のない危険な人が一杯おるんよ。人の幸せを食いつぶす、プレデターみたいなヤツが。近づいてくる人をぼんやり受け入れてたら、人生を棒に振ってしまうえ。罠《わな》を仕掛けてくる輩《やから》がいっぱいおるんやから。ミカは無防備すぎるからはめられてしまったんよ」

喜代は、ミカの震える手にそっと自分の手を重ねて続けた。

「二度と同じ目に遭わされへんように、私がミカのこと守ったげるしね」

「どうして、私にそんなに親切にしてくれるの？」

「私には、ミチルいう無二の親友がいたの。その子とミカが重《かさ》なってしまうんよ」

「その人どうしはったん？」

「彼女、悪い人に騙《だま》されて自殺してしまったんよ。私、ミカには絶対にミチルの二の舞を演じてもらいたくないの。今の私やったら、彼女のこと守れたのに、そう思うと悔やんでも悔やみきれへんのや」

「今やったら守れるって……」

「私のバックには、表にこそ出てきはらへんけど、政界を動かす力のある超大物の先生がついてはるんえ。いわゆるフィクサーいうやつ」

「フィクサー？」

「正規の手続きを踏まずに、陰で政界を操ってる人のことや」

「つまり、陰の力ってこと？」

「そう。その人たちを味方につけてるから、私には怖いもんはあらへんのや」

「ほんま？　どうやって知り合ったの？」

「簡単には説明できひん。私はミカとは住んでる世界が違うから」

それからというもの、喜代は京都に帰ってくる度にミカに会い、食事を一緒にとりながら、その時々のニュースを例に、失脚した政治家の名前を挙《あ》げて、自分のバックについている先生がいかに大物で、政界にどれだけの影響を与えているかを話した。

喜代には、京都に数人の国会議員の知り合いはいたが、そこまで影響力を持つ人物はいない。だが、いつか自分はそういう大物と出会う運命だと信じているから、つい熱弁を振るってしまうのだ。ミカは喜代の話を鵜呑《うの》みにした。

ミカが喜代のバックを恐れて、自分に依存していく姿を見るのは実に心地《ここち》よかった。自分の意のままになる子分が再び一人、誕生したのだ。

最初にミチルを丸め込んだのも同じ手口だった。ミカはミチルにそっくりなのだ。うまいことミチルの代用品を見つけられたのは幸運だった。今度こそフルに利用しなくては、と喜代は自分に言い聞かせた。

「ミカのこと、ミチルの代わりやと思って大切にするしね」

喜代はミカとまめにメールのやりとりをして、表面上はお互い励まし合う関係になった。

それから数年後、ヨーロッパから帰ってきた喜代は、京都で画商の仕事をするようになった。

喜代が京都に住むことになって一番喜んでくれたのは、ミカだった。頻繁《ひんぱん》に食事する間柄になった。

「実は、私、絵を描くのが子どもの頃から好きやったの。趣味でやけど、今でも細々と描き続けてるんよ。もしよかったら、見てくれへん？」

ミカがある日、遠慮がちに言った。

「ミカ、絵を描くの？　それは知らんかった。是非見せて欲しいわ！」

喜代は、ふと、冬花の部屋から盗み出したミカのお弁当箱の絵を思い出し、笑いが堪《こら》えられなくなったので、それを誤魔化すために明るい笑顔を作った。

喜代は、軽い気持ちでミカの家へ遊びに行った。

だが、彼女の部屋に入った瞬間、視界に飛び込んできたキャンバスに描かれたものを見て、喜代の気分は一変した。絵に圧倒され、愕然《がくぜん》としてしまったのだ。

喜代は、すぐに激しい嫌悪感に襲われた。こんな身の毛もよだつ作品を彼女が描くようになっていたとは夢にも思わなかったのだ。

ミカの描く絵は、彼女のおどおどしたイメージに反して、大胆で突き抜けていて、喜代にはひどく生意気に感じられた。まるで、こちらを見透かして挑発しているようで、正視するのが苦痛になった。

このままではミカは自分の才能を開花させてしまう。喜代は、自分が最も恐れていたことが起こる予感に震え上がった。

喜代は、日本で最難関の芸大出身だと自分のことを世間に吹聴《ふいちょう》しているが、実は、実技試験を一次で落ちてしまったのだ。あの時の惨《みじ》めな記憶が、喜代の怒りに油を注いだ。

ミカの絵が、自分の才能のなさを嘲笑《あざわら》っているような妄想《もうそう》に取り憑《つ》かれた。

——不釣り合い、分不相応《ぶんふそうおう》！

こんな絵をミカが描くことなどあってはならない。彼女が画家になるくらいだったら、まだ、学業で成功して、大手企業のサラリーマンにでもなってくれていたほうが我慢できる。

喜代は、思い出した。高校時代、自分がミカの才能を憎んでいたことを。憎んでいたから、芽《め》が出ないようにあの時つぶしたのだ。

「どうしたん？」

黙って絵を睨《にら》んでいた喜代は、ミカの問いかけで我に返った。慌てて、笑顔を作る。

「ふーん、ちょっと凡庸《ぼんよう》な感じやけど、でもまあ、なんか才能の芽のようなものは感じられるな」

喜代は、我ながらなんと冷酷な感想なのだと思ったが、それ以上のことは言えなかった。

「ほんま？　そう言ってもらえたら嬉しいわ。描き続けてきた甲斐《かい》があった」

ミカは、喜代の誠意のない返事を、褒め言葉と解釈したのだ。喜代は、彼女のお人好し振りに呆《あき》れた。

「こう見えても、売れる作品を見る目、私あるんよ」

「そら、画商の仕事してるんやもんね。喜代は」

「いつかミカの絵、私が売り込んだげるわ！」

「夢に一歩近づけた気がする。ありがとう、喜代」

喜代は、ミカの絵を売り込んでいる振りをしながら、実際には、何もしなかった。しかし、画廊の隅っこにミカの絵を時々飾ることにした。辛口《からくち》の批評を書くことで有名な、中山相太《なかやまそうた》という自称アート評論家が来たので、ミカに紹介した。

ミカの絵を見た彼の表情を見て、彼も彼女の絵が気に障《さわ》ったのだとわかった。彼は喜代と感性が似ているので、それは予想していたことだった。

喜代は、ミカが帰ってから、画廊の二階で中山と二人で飲み直した。ミカの作品をくさすことで、主《おも》に話は盛り上がった。いつものように、隣のベッドルームに彼を誘い込み、悪知恵を吹き込んだ。

喜代の言葉に感化された中山は、自分のブログでミカの絵を、ど素人、キャンバスの無駄、と辛辣《しんらつ》な批評を繰り広げた。

繊細《せんさい》なミカは、中山の批評を見て傷ついた。街を歩いていても家で寝ていても、自分を嘲《あざけ》る声があちこちから聞こえてくると言い出し、ひどく落ち込んでいた。

ミチルのようにあっさり死なれては元も子もないので、喜代は、彼女の家へまめに足を運んで、慰《なぐさ》めた。

「喜代、せっかく私の絵を売り込んでくれたけど、どうやら私には才能がないみたいやわ。私は何をやってもあかん人間やなあ」

「そんなことない、そんなことないって。中山君の批評やったら気にせんとき。彼、目のある人やけど、癖があるから。……そやけど、こんなに宣伝にお金をつぎ込んだのに、一枚も売れへんなんて、なんでやろう。この世界のこと、私もようわからへんようになってきたわ」

「ごめんね、赤字、出さしてしもた？」

「ええよ。友達やから。そんな、赤字くらい全然どうってことないわ」

喜代は赤字を強調して、ため息をついた。

「ほんまにごめんね。私、自分の身《み》の丈《たけ》に合わへんことしてたんやわ」

ミカは、何度も謝った。彼女は、抗うつ剤を大量に飲むようになり、それが原因なのか、中山の批評に傷ついたからなのか、絵を描く意欲をすっかり失ってしまった。

それでも、喜代は、ミカから目が離せなかった。自分が見張っていないと彼女がいつか自分の才能を開花させてしまうのではないかと、それが怖かったのだ。

ミカは、売れている人、成功している人に対して卑屈《ひくつ》な感情を抱《いだ》くようになり、以前にも増して人を恐れるようになった。

喜代にだけは世話になったと信じる彼女は、益々《ますます》喜代に依存するようになった。

陰の力をほのめかしているうちに、喜代に見捨てられることを恐れた彼女は、二人で外食する時はいつも奢《おご》ってくれたし、家の雑用を自ら進んで手伝ってくれるようになった。

ある日、ミカの父親が突然亡くなり、母親と二人で、経済的に先行きが心配だと相談を持ちかけられた。家を売って引っ越そうかとも考えたが、弟に反対されているという。東京で働いている弟は、すでに結婚して家庭があるが、いずれ京都に帰ってきてその家に住むつもりでいるのだという。

「ほんなら、弟さんが帰ってきたら、そこ出なあかんの？」

「そのことでもどうしたらええのか悩んでいるんよ。それで、弟に相談したら、ニコハナマートでもやったらどうかって勧められたの。説明会の案内状、送ってもろたんよ。初期費用くらいやったら、母の貯金から用意できそうやし」

ミカは有名なコンビニのフランチャイズチェーンの名前を出した。

「ニコハナマートって、あの悪名高いチェーンのことか？　やめとき。すごい悪質なんえ。知らんの？　友達の親戚が脱サラしてそれやらはって、首つり自殺しはったんよ」

「えっ、そ、そうなん。な、なんでまた……」

「殆《ほとん》どの利益を本部に吸い取られて、奴隷《どれい》みたいに働かされるんやって。廃棄した商品の分を仕入れに含められたり、すぐ近所に同じ加盟店を出店させて競争させたりするんやって。逆らったら、品物の質を落としたり、送ってこなくなったり、ありとあらゆる嫌がらせをされて、借金まみれになってしまうんえ」

そこまで言ってから、喜代は、その先のことを言うのをやめた。挙句《あげく》の果てに、土地まで奪われてしまったのだ、その友人の親戚は。

ふと、その手口が喜代の脳を刺激した。

「そ、そんなー。大企業やのに、なんでそんなひどいこと……」

「いつも言うてるやろう。世の中には、罠がいっぱい仕掛けられてるのやって。大企業やからって、信用できるとは限らへんのよ。むしろ、大企業やから信用できひんのよ。弱いもんを搾取《さくしゅ》して、大きいなったんやから。それにしても、ミカの弟も無責任やねえ」

喜代は、ニコハナマート被害者の会のページを見つけたので、ミカに見るように勧めた。それに目を通したミカは、喜代に夜中に電話をかけてきた。

「喜代の言う通りやわ。ニコハナマートってとんでもない会社や。脱サラしたサラリーマンで自殺しはった人がいっぱいいてるんや。被害者の話、読んで震え上がってしもたわ。私、また、罠にはまってしまうところやった。教えてくれて、ありがとう」

「あんたは世間知らずで無防備すぎなんよ。弟さんも、知らんとそんなん勧めるやなんて、本当に姉のことを考えてるのやろうか」

「もしかしたら、弟は脱サラしたいのかもしれへん。まず、私に、先に始めてもらいたかったみたい」

「それで、うまく軌道《きどう》に乗ったら、自分らも帰ってくるつもりやったの?」

「そうかも」

「都合ええねえ。奥さんと帰ってこられたら、ミカの居場所がなくなるのとちがうか?」

「え、まさかあ」

「でも、三人で店やれると思う?」

「三人? そこまで考えてなかったわ。義妹《いもうと》のこと、よう知らんし、三人でやるの、大変かも……」

「考えてないって、何事も、先に起こることについて明確な想像力を持たなあかんえ」

そう言いながら、ミカの良いところは、その想像力が欠落しているところだと喜代は思った。

「私、喜代みたいに頭働かへんし……」

「それにしても、ちゃんと調べもしないで、詐欺まがいのフランチャイズを勧めるなんて、怖いわ。ミカ、実験台にされかかってたんとちがうか?」

「実験台……」

「試《ため》しにやらせようとしたんよ。うまくいったら、乗っ取るつもりとちがう? それより、もっといい案があるえ。あんたせっかく調理師の免許もってるんやからそれを生かしたらどう？」

喜代は、自宅を改築して料理屋を始めてみたらどうかと、ミカに勧めた。ミカの家は金閣寺の近くなので、観光客が来るから、流行《はや》ることは間違いない。それに、ミカが作った料理に常連がつくようになったら、弟夫婦に乗っ取られることはないから、これは、二重に名案なのだと力説した。

喜代は、ミカの家が立地の良いところにあるので前々から目をつけていたのだ。喜代に説得されて、ミカは料理屋を始める決心をした。

その後、それに猛反対した弟とは絶縁状態になった。

「私、常連さんになってあげるわ。お金必要やったら、出資してあげるえ」

「ほんま？　ありがとう」

「私が出資してあげたことは、誰にも絶対に口外《こうがい》せんといてね。ミカにだけ特別にしてあげるのやから。それだけ約束できる？」

「もちろんや。恩に着るわ」

「良心的でセンス抜群の内装業者も紹介してあげる。リフォーム会社って、怪しいところが多いけど、そこは古い友人やから信用できるし、お客さんも紹介してくれるよ」

内装業者の左田雅太《さだまさひろ》は、不動産業を営んでいた父が生きている頃からの知り合いで、今は恋人兼仕事のパートナーだった。

喜代は、店の開店のための資金をいくらか出した。もちろん左田から内装にかかった費用の仲介料をもらっているので、出資した金はほぼ全額返ってきた。

「ミカ、どんな料理が得意？」

「お魚料理」

「そしたら、海の幸の美味《おい》しい店がええねえ」

海の幸とミカの名前を併せて「旬席・海香《うみか》」と、喜代が店の名前をつけた。

開店した当初は、旅行雑誌に広告を載せたこともあり、そこそこ客が入った。銀行から借りた金の返済も一年ほどはなんとかできていたが、すぐに経営が思わしくなくなった。もっとも、それも喜代には想定内のことだった。

口下手でお人好しのミカに商売など所詮《しょせん》無理なのだ。だいたい、金閣寺の近くは観光客は多いがそれは昼間のことだ。夕方から夜遅くまでやっているカウンターだけの小さな料理屋というのは、よっぽど宣伝でもしない限り観光客を引き寄せない。京風弁当など昼食の充実《じゅうじつ》した広い店の方が団体客を見込めるので儲《もう》かるのだ。そのことにミカは気づいていなかった。

　喜代は、ミカの店に観光客がもっと足を運ぶように、京風の庭と小さな竹藪《たけやぶ》を作るよう勧めるといいと、左田に密《ひそ》かに入れ知恵した。店の常連になり、まめに足を運ぶ左田の提案を断ることができず、ミカは、店を改装することを承諾した。もちろん、左田から、喜代は上乗せした分の四割の仲介料を取った。

　改築費用のせいでミカの借金は更《さら》に膨らんだが、それを返済できるほど店の客は増えなかった。

　ミカは必死で働いた。昼間も店を開《あ》けることにしたが、カウンターだけなので採算が合わなかった。結局、店だけではどうにもならなくなり、朝五時に起きて前日の余った材料で、仕出し弁当を作り、市内の中心地まで出て、売った。夜は夜で遅くまで働いているので、平均の睡眠時間は三時間くらいしかとれなくなった。それでも、お金がなかなか回らず、母親の貯金をくずして返済するようになっていった。

　このままいけば、いずれ借金を返済できなくなるだろう。払えなくなれば、喜代が肩代わりして、お店と住居を奪ってしまうつもりだった。

　そうしたら、観光業者とタイアップして、人気店にするつもりだ。住居の方は母親に出て行ってもらって、アートの展示場にしてもいいだろう。

改めて店を見回す。この店は、もうすぐ喜代のものになる。住居と店を合わせれば、百坪くらいはあるから、土地だけでも数億はするはずだ。

収穫まで、まもなくだ。そう思うと、ミカのやせ細った手で酌される酒が一層美味しく感じられた。

「魚は、今の季節何が美味しい？」

「鮎《あゆ》が美味しいなってきたえ」

「ほんなら、鮎の姿焼きと、えーと、何か季節の野菜料理ある？」

「和風ロールキャベツを作ってみた。中身は白身魚のすり身。キャベツを柔らかく煮たあるし、出汁《だし》の味がしみてて美味しいえ」

「それ、美味しそうやね。飲んで食べて、ゆっくり結果待ちやな」

「喜代、これに協力したらほんまに五百万円融通《ゆうずう》してくれるか？　母の貯金が底をついてしもたから、来月の返済が大変なんや」

ミカは切迫《せっぱく》した声で言った。ひどくやつれている。働いても働いても、お金が回らないので、追い詰められているのだ。だが、その不満の矛先《ほこさき》が喜代に向くことはなかった。喜代にはいつも感謝してくれていた。ニコハナマートをやっていたら、今頃、自分は首を吊っていただろうから、喜代は命の恩人だと、ミカは口癖のように言った。ミカは、喜代の陰の力を恐れているから、決して、裏切ることはないのだ。

「もちろんや。私が約束やぶったことある？　私は、いつでも、ミカの味方や」

「ありがとう、喜代。五百万あったら、しばらくしのげるし、その間になんとか、お店の経営立て直すつもり」

ミカには、今夜、片川孝治《かたかわこうじ》の父親が死ぬことを告げていた。そうなれば、孝治が父親の財産の半分を相続することになる。孝治に嫌疑《けんぎ》がかからないように、この店に喜代と一緒に来ていたと証言してくれれば、お金を融通することになっていた。

五百万円と聞いて、ミカは、それ以上詳しい話は聞かず、一も二もなく承諾した。

人間、時間と金に追い詰められたらなんでもする。喜代は、父親が事業に失敗して自殺するまでの過程を冷静に観察していた。だから、金に追い詰められた人間の心理を肌で知っているのだ。自殺と言っても、父は自分の意志で死ぬことができなかったので、喜代が手助けしてあげたのだ。元彼の死が一円にもならなかったことを忌々《いまいま》しく思っていた喜代だが、父の死だったら、簡単にお金になることに気づいて、知恵を働かせた。

大学二年の夏休み、京都へ帰った時、父と一緒に車で出かけて、山中《さんちゅう》で睡眠薬入りのお茶を飲ませた。父が眠ってしまうと、車の中で練炭《れんたん》を焚《た》いて、あの世に見送ったのだ。やっと借金から解放されて、父の死に顔は安らかだった。

父は、日頃から遺書を持ち歩いていたので、あっさり自殺と見なされた。父が死んだおかげで、家のローンがチャラになったし、母親にそこそこの保険金が入ってきたので、それだけで、家族は救われた。少しずつヒ素を飲ませていた母が入退院を繰り返すようになってから、喜代は、母親の貯金を自分の意のままにした。母が死んだ時、喜代は二千万円の保険金を受け取った。そのお金があったから、今の自分があるのだ。

ミカの目は、お金に追い詰められて憔悴《しょうすい》しきっていた頃の父の目によく似ていた。

喜代にはわかっていた。ミカが、喜代の話を断らないことを。

「なあ、それはそうと、冬花はどうしてるの？」

慢性的に精気を失ったミカの目が、一瞬きらりと光った。冬花の話になった時だけ彼女は生きているように見えた。恨みによってだけ、生命力を取り戻すのだろう。

喜代は、冬花とばったり出会ったことをさりげなくミカに告げていたのだ。料理屋にすることを勧めた自分に責任の矛先が向かないように、再び、冬花への憎しみがミカの中で生まれることを願いつつ。

案の定、ミカは冬花に自分の人生を返してもらいたい、なんとしてでも復讐《ふくしゅう》したいという思いを募《つの》らせるようになった。喜代が店に行く度に、自分の無念な思いを吐露《とろ》した。喜代は、冷静な立場を崩さずに、相づちを打ち、ミカの興奮をなだめるのに徹した。なだめればなだめるほど、ミカは怒りで興奮した。

喜代は冬花を自分の手元において、復讐できる機会を作ってあげるとミカに約束した。

「心配せんでも、あんたの敵は、能天気に画廊へ手伝いに来てるえ」

ミカの存在を知ったら冬花が警戒すると彼女には言い含めてあった。復讐計画が頓挫《とんざ》することを恐れるミカは冬花には決して近付かないようにしていた。

「彼女、保険に入ったん？」

「今、勧めているところ。急いだらあかん。こういうことは、ゆっくり練らんと」

「私、あの女のせいで、人生を狂わされてしもたんえ」

「だから、余計に焦《あせ》ったらあかんのや。冬花には、変な男がついてるから、まず、そいつを駆除せんと、危ない」

「どんな男なん？」

喜代は、杉田《すぎた》という男が冬花を訪ねて画廊へ来た時のことを思い出した。杉田を見た瞬間、自分の敵と感じた。

冬花には、杉田は怪しいから付き合わないようにと固く言っておいたが、果たしてあの男が諦《あきら》めてくれるかが問題だった。なんとか冬花に近付かせないようにしなくてはいけないと、いつになく焦っていた。

「ミカの気持ちはわかってるさかいに、私に任せといて。まあ、あんたも飲みいよ。とりあえず、五百万円あったら、この店も立て直せるやろう」

そう言うと、喜代は、徳利《とっくり》を持ち上げて、ミカのコップに注いだ。

ミカは、黙って頷くと、一気に酒を飲み干した。

腕時計の針の位置を見る。十時過ぎだった。もう、孝治は、計画を実行しているはずだ。落ち着くんだ。そう自分に言い聞かせた。

ミカが、鮎の塩焼きを運んできた。喜代は、尾びれをはずしてから、箸《はし》で押さえて全身の身をほぐす。喜代は、その次の作業が特に好きだった。頭をねじるようにして引っ張ると骨がきれいに外れる、その瞬間の快感ときたら。

骨が完全になくなった鮎の身を蓼酢《たでず》につけて食べる。白身と内臓の苦《にが》み、それに蓼の香りが相まって、得《え》も言われぬ美味しさだ。

もう一杯、日本酒を飲んだところで、メールの着信音が聞こえたから、びくっとした。

まさか、彼からではあるまい。絶対に電話やメールで連絡してきてはいけないと言ってあるのだから、いくらなんでもそんなへまはやらないだろう。そう思いながらおそるおそるメールを確認する。

「私のかわいい家畜へ
　あなたの駒は使えません。
　　　　　　By Taro Takigawa」

喜代は、文章に釘付《くぎづ》けになった。ブロックしてもブロックしても、似たような内容の嫌がらせメールが来るのだ。
一ヶ月前に一通目のメールが来た時は、ただの悪戯《いたずら》メールかと思ったが、内容が内容だけに自分が狙い撃ちされているような気がして、不愉快になった。
Taro Takigawa だなんて、なんてふざけた名前なのだ。だいたい、どうして喜代が家畜呼ばわりされなければならないのだ。最初のメールはこうだった。

「あなたは私のかわいい家畜
　　　　　　By Taro Takigawa」

次は、こうだった。

「私のかわいい家畜へ
もっともっと肥《ふと》ってください。
By Taro Takigawa」

そして、今度は、「……あなたの駒は使えません」だった。

馬鹿げている。あまりにも子どもじみた悪戯だ。だが、家畜という言葉が喜代の心を掻《か》き乱した。喜代は、周囲の人間を、本人にはそれと気づかれないように、可愛い家畜のように扱ってきた。それを皮肉るために、こんな内容のメールを送りつけてきているのか。それとも、喜代が家畜だと馬鹿にしているのだろうか。こちらを挑発して、面白がっているのか。

誰かが自分のことをこっそり窺《うかが》っているかもしれない、その想像に喜代は戦慄《せんりつ》した。

もしこれを送りつけているのが身近な人間で、喜代の心をもてあそぼうとしているのだとしたら、たいした度胸だ。

もしかしたら、あの杉田という男ではないか。そう思うと、悔《くや》しさのあまり奥歯を強く噛み締めた。自分に挑戦してくるなど身の程《ほど》知らずもいいところだ。

それから、もう一人、敵になりうる男の顔が浮かんだ。冬花の元夫の寺嶋《てらしま》だ。喜代は寺嶋のことを調べ上げ、彼が会社の経費を不当に使って脱税していることを掴んだ。そのことをネタに恫喝し、冬花に慰謝料と月々の養育費を払わせることに成功したのだ。冬花にはその金で卓隆《たくたか》の描いた絵を二枚買わせた。

待てよ、Taro Takigawa と名乗っているが男とは限らない。もしかしたら、冬花だろうか？　いや、そんなことはありえない。冬花は喜代に完全に頼りきっているから、裏切ることはないだろう。

ふと、喜代は、ミカのあの大胆な絵を思い出した。裏切り者は、今、目の前にいるこの女ではないだろうか。

「ミカ、あんたは、私の味方やねえ」

思わず確認してしまう。

「なんで今更そんなこと聞くの？　二人で勝ち組になろうって誓ったやんか。復讐するのだって、喜代に協力してもらわなできひんことや」

そうだ。ミカは、冬花に復讐したがっている。そのためには、喜代が必要だ。彼女が自分を裏切るなんてことはないだろう。

「そう、私らは運命共同体や。そうでないと、あんたはここから這《は》い上がって、勝ち組になれへん。そやから私を裏切ったりせえへんよね？」

そう言って、喜代は、皮肉な笑みを口元に浮かべた。ミカの顔がかすかに青ざめた。

「そ、そんな、裏切るやなんて、な、なんでそんなことを私がすると？」

「Taro Takigawaって知ってる？」

ローマ字で、Taro Takigawaとメモ用紙に書いて、ミカに見せた。

「それ誰？　知らんよ。友達なん？」

「いや、もうこの世にいない人や」

「えっ、なんでそんな人のことを？」

「なんでもない。変な悪戯メールが来たんや。Taro Takigawa、という名前を使って」

「私、そんなメールとは関係あらへんえ」

「わかってる。ミカとちがうことくらい」

ミカのような臆病者《おくびょうもの》にこんなことができるはずがない。

今日のことに決着がついて、ミカが五百万円を受け取れば、喜代は彼女のことを完全に支配したことになる。

喜代は、嫌がらせメールを再びブロックした。

十一時半くらいに店を出て、タクシーで自宅まで帰った。

キッチンへ行くと、冷蔵庫から炭酸水を出して、コップになみなみと注いで飲み干す。

その時、電話がかかってきた。孝治からだ。

「親父が……親父が、死んだ」

声が震えている。喜代は思わず、よくやったわね、と言いそうになって言葉を飲み込んだ。

「今、警察から知らせが来た。病室から飛び降りたって」

「飛び降りたって、それ、予定通りやないの？」

「いや、僕じゃない」

喜代は眉間《みけん》に皺《しわ》を寄せた。

「どういうこと？」

「僕が殺したんじゃないんだ」

「もちろん、あなたが殺したんやない。今日、私たちは一緒に、ミカの店で地酒を飲みながら、鮎の塩焼きと白身魚のロールキャベツを食べてたん。十一時半くらいまでお店に一緒にいてたしね」

話しているうちに興奮し喜びに声が震えた。

「ちがうんだ。本当に、親父は自殺したんだ。僕は家で寝ていた。その間に」

家で寝ていた？　何を寝ぼけたことを言っているのだ。相当気が動転しているようだ。

「家で寝てたのとちがうえ。ええか、ミカの店で飲んでる最中にお父さんは自殺しはったの。わかってるね！」

喜代は、念を押した。

「あ、ああ、もちろんわかってるさ。今からお袋と病院へ行く」

そう言うと電話は切れた。

喜代は、受話器を握りしめたまま、己の万能感に酔いしれた。この世界で自分の思い通りにならないことなどないのだ。

キッチンの窓から京都の夜景を見ているうちに、一人でまた乾杯したくなったので、冷蔵庫から冷えたシャンパンを取り出した。

グラスに注いで、一口飲む。それから、孝治の父親の北区にある土地に飛びきりカッコいいデザインのテナントビルを建てる構想を練った。

自分は欲しいものはなんでも手に入れることができる。

その窓から飛び出して、京都中を巨大な羽で飛び回る自分の姿を夢想した。ああ、なんていい夜なのだ。

第六章

真夏の夜のパーティー

二〇一四年八月

冬花《ふゆか》は、喜代《きよ》に渡されたメモの文字を見て、なぜだか、筆跡に見覚えがあるような気がした。青い万年筆で書かれたこの神経質そうな細《こま》かい字を、昔、自分はどこかで見たことがあるのだ。それが懐かしさと痛みの混ざり合った不思議な感覚を喚起《かんき》させた。喜代の筆跡でないことは見た瞬間にわかった。いったい誰が書いたものなのだろう。しばらく文字を凝視《ぎょうし》していたが、何も思い出さなかった。

メモ用紙にはカワイ画廊で毎年開催している夏のパーティーで出す料理と作り方が書かれていた。今年は趣《おもむき》を変えるために、冬花の住む町屋で行うことになった。冬花は、渡された料理の写真と文字を見比べて、頭の中で段取りを決めていった。

当初は、二人で用意する計画だったが、三日ほど前になって、喜代の都合が悪くなった。

——先週来日したフランス人の画商と、緊急で商談することになったんよ。そやから、昼間作りに行けへんの。冬花にメニューを渡すから一人で作ってくれへん？　書いてあるとおりの手順で作ったら絶対に失敗せえへんから。

——ええよ、そやけど……私一人でできるやろうか……。

——大丈夫。まず、フランスパンでいろんな種類のカナッペを作ってくれたらええし。これだけは、手間と時間がかかるけど、順番通りにさえすれば、難しくはないから。材料に、生ハム、サーモン、キャビア、たらこ、卵、クリームチーズ、フォアグラ、その他、色々な野菜を使って彩《いろど》りきれいにしたらパーティーで栄《は》えるしね。

——材料はどうしたらええの？

——明治屋《めいじや》と大丸で揃《そろ》うから、前日に買い物に行ってきとくといいわ。去年の写真渡しとくから、その通りに飾り付けしてね。それから冬花、ローストビーフ得意やったでしょう。それも作ってね。伊勢《いせ》エビは、いつもの業者に新鮮なものを当日の朝、届けるように頼んでおくし。

耳にするだけでもすごいご馳走《ちそう》だ。

——私の手に負えるやろうか。伊勢エビなんて料理したことないし……。

——大丈夫。冬花は料理のセンスがええから。カナッペは塗《ぬ》ったり載せたりするだけやし、伊勢エビは材料がええから、半分に切って、マヨネーズを塗ってオーブンで焼くだけで充分《じゅうぶん》美味《おい》しい。ローストビーフは、冬花が以前に作ってくれたやつ。あれすごく美味しかったから、同じのを作ってね。

——ちょっと待って、なんか頭が混乱してきたわ。

——焦《あせ》らんようにね。一つ一つゆっくりとやったらええから。作業そのものはどれも単純やから失敗することはないよ。去年の写真があるから、それをよく見て、参考にしてね。写真があると聞いて、少しほっとした。冬花は、映像でとらえるほうが文字を読むよりたやすく理解できるのだ。

——それやったら、できるかも。

——いつも言うてるやろう？　できひんことなんて、この世にはあらへんのよ。できると思ったらなんでもできるの。

——わかった。がんばるわ。

——それから、午後の二時からずーっと、私も冬花と一緒に料理を作っていたことにしてな。極秘の取り引きのことは、いずれサプライズとしてみんなに公表することになるけど、今のところ絶対に誰にも知られたくないから。だいたい、私の料理を期待して、みんな来てくれるのやから、私が腕を振るったことにせんとあかんしね。

——一緒に作ってたことにって、それ、どうしたらええの？

——私と一緒に作っているつもりになればええのよ。

冬花は仮定の話というのが苦手だった。特にないものをあるものと仮定するのが困難なのだ。

——喜代と一緒にいるつもり……難しいけど、がんばってみる。

——うん、そうしてくれたら助かるわ。ところで、雪《ゆき》ちゃん、何時頃に帰ってくるの？

——四時過ぎぐらい。

——私がいいひんのわかってしまうかな？

——大丈夫。喜代はキッチンにいることにしとくし。あの子は何も詮索《せんさく》しいひん子やから心配あらへんよ。

冬花は、午後二時から、自分は喜代と一緒にいるのだ、と何度も繰り返しながら料理に取りかかった。

冬花は、喜代と再会してから、カワイ画廊で働くようになった。それからというもの、喜代とは家族ぐるみの付き合いになった。

喜代の姉の亜由美《あゆみ》は人見知りが激しくて、画廊には来ないが、冬花の住む町屋には、息子の卓隆《たくたか》を連れて来るようになった。喜代は、ここがすっかり気に入り、今年の夏のパーティーは画廊ではなく、この家の二階のデッキテラスでやりたいと言い出した。

問題は、デュボワ氏がそれを許可してくれるかどうかだったが、意外にもあっさりと了承してくれたのだ。

実は、一つ別の深刻《しんこく》な問題が発生したのだが、二つの問題を同時に考えることが苦手な冬花は、頭の中でそのことが処理できないままになっていた。だから、まだ、喜代には伝えていない。

人を呼びやすくするため、二階の部屋とテラスを喜代の意向に沿って模様替えした。冬花は、大抵のことは、喜代の意に沿うようにしたいと考えていた。

喜代のおかげで、雪子と二人でいた時のような寂しさを味わわなくて済むようになった。安定した収入を得《え》られるようにもなったし、それに何よりも、雪子の口数が増え、以前より明るくなったような気がするのだ。

それだけではない。喜代が元夫の寺嶋《てらしま》と交渉してくれたおかげで、離婚の慰謝料が入ってきたし、養育費が月々振り込まれるようになった。

いったいどうやったら、そんな手品のようなことができるのだろうか。

喜代は、自分のバックには、政界を動かす力のある人物がついていると話すことがあった。世の中に、大きな影響を与える陰の力があるらしいのだ。

離婚前、冬花は、元夫の寺嶋から愚鈍《ぐどん》で退屈だと口癖のように罵《ののし》られ続けていた。

実際、自分は、子どもの頃から何をやっても人より遅かったし、出来あがったものは情けないほど不出来で間違いだらけだった。宿題の漢字や計算ドリル、夏休みの自由研究、試験、何一つうまくできたためしがない。それでも、何か一つくらい誰にだって、取り柄があるはずだ。だが、自分には何もなかった。勉強ができないだけではない。歌を歌えば、音程が外《はず》れていたし、運動神経も鈍くて、走ればいつもビリだった。周囲の人々からは白い目で見られることはあっても、好かれることはなかった。この世で自分だけが、どこにも当てはまれない、いびつなパズルのピースなのだ。そう思い、何度も絶望したことがある。

冬花のことを心配した母は、一人でいることを楽しむようにと勧《すす》めてくれた。また、焦ると間違えるので、人の三倍かけてなんとか人並みのことができればそれで充分だから、自分のペースでやりなさい、とアドバイスしてくれた。冬花は、母の教えに従って、社会人になってからもどんなに寂しくても一人で我慢し、人の三倍の時間をかけてなんとかミスのない仕事をするように努力した。

それに比べて、姉の月光《つきみ》は、人気者の上に、運動神経が抜群で、勉強もよくできた。宿題や自由研究も人より早く正確に片付けてしまうのだ。試験はいつも百点満点だった。

だから、夫の寺嶋に、愚鈍扱いされても当然のことだと、冬花は諦《あきら》めていた。今まで、諦めることでしか自分の運命と折り合いをつけることができなかったのだ。

そんな夫から、「すまない」と謝罪のメールが来た時は仰天《ぎょうてん》した。まさか養育費まで振り込んでもらえるようになるとは夢にも思っていなかった。それが、喜代が常々言っている陰の力のおかげなのだと冬花は納得したのだった。

冬花が萎縮《いしゅく》してしまったのは、できすぎる姉の存在のせいだと喜代は言う。そして冬花の劣等感を自分の都合の良いように利用したのが寺嶋だと、喜代は憤慨《ふんがい》しながら繰り返し言うのだ。

寺嶋から受け取った一千万円の慰謝料で、冬花は喜代の画廊に飾ってある巨匠の絵を二枚買った。持っておくと、将来価値が上がると喜代に勧められたからだ。自分には分不相応《ぶんふそうおう》な買い物だと思ったが、喜代を喜ばすために思いきって購入した。寺嶋から振り込まれる養育費もそのまま手をつけずに貯金して、喜代の勧める絵を買うつもりだった。

もう一度、メモを見る。冬花は、このメモの字がなぜ自分の心を掻《か》き乱したのか、その謎を突き止められなかった。

明治屋と大丸で買い揃えた材料をキッチンのテーブルに順番に並べて、一つ一つ確認した。全ての材料が揃っていることを確かめてから、メモの通り、まず、カナッペ作りから始めた。

喜代が写した去年の写真があまりに美しいので、果たして、自分にこんなにうまくできるだろうかと不安になりながらも、買ってきたフランスパンを五ミリの厚さに切って、トレイに並べる。

それから大丸で買ってきた上質のたらこで、タラマというペーストを作った。たらこの皮を取って、ボウルに入れて、少しずつ油を加えていくと、マヨネーズを作る時みたいなとろっとしたペーストができた。更に炭酸を入れると、メモに書かれてあるとおり、ふわっとしたクリーム状になる。レモンとコショウで味付けして、スプーンですくって味見してみる。なめらかな食感とともにたらこの味が口に広がった。これなら、フランスパンとの相性もばっちりだ。

卵はゆでて、玉ねぎと一緒にみじん切りにしてマヨネーズで和《あ》える。クリームチーズには、ヨーグルトとレモン汁とパセリのみじん切りを入れた。バターにおろしニンニクを混ぜて、湯せんしてクリーム状にする。最後に、喜代がフランスで買ってきた鴨《かも》のパテの瓶を開《あ》ける。

これで、パンに塗る五種類の下地ペーストができあがった。

五つのペーストを、薄切りにしたフランスパンに塗っていった。その上に、渡された写真のとおりに、サーモンとディル、ホタテ貝、キャビア、イクラ、生ハム、フォアグラ、更に、スライスしたピクルス、トマト、オリーブ、アスパラガス、レモン、ゆで卵を載せていく。

トレイ四つ分のカナッペができあがった。

冬花は額の汗をそっとぬぐった。

確かに手間はかかるが、彩りが美しいので、これだけでもパーティーらしい演出ができることに満足した。

やればできるのだ。できないことなんてない、という喜代の言葉を冬花は心の中で復唱した。自分は、喜代の魔法にかかったみたいだ。誰の役にも立たなかった愚鈍な自分にもこんなに美しいオードブルができるようになったのだ。

冬花は二階の部屋に置かれたテーブルの上に、ラップをかけたカナッペを運んだ。取り皿とフォークとお箸、それにシャンパングラスとワイングラスをもう一つのテーブルに並べていく。

細かい作業の積み重ねでできあがった彩り鮮《あざ》やかなオードブルをぼんやり眺めていると、花子《はなこ》が「にゃー」と鳴きながら足にすり寄ってきた。

「あかんえ。あんたはしばらく外に出ててや」

花子は人間の食べ物を取ったりはしないが、用心のためデッキテラスまで抱きかかえて一緒に出ると、ガラス扉を後ろ手に閉めた。

このテラスには、喜代の案で、テーブルの数を二つ増やし、桜ともみじの植木を配置した。春と紅葉の季節に植木をライトアップしたら、季節感のあるパーティーができるというのだ。こうしてお客を招くようにレイアウトしてみると、人のざわめき声があちこちから聞こえてくるような気がした。喜代は、寂しく細っていくものを、手品のように賑《にぎ》やかで華々しいものに変えてしまえる才能を持っていた。

日差しは強いが、微《かす》かに風が吹いてくるから気持ちよかった。蝉《せみ》の鳴き声に耳を貸しながら、しばらく遠くの景色と青空の境界線を見つめていたが、突然日差しが弱まった。厚みのある白い雲が太陽を覆い隠したのだ。

デュボワ氏から先月来たメールの内容をふと思い出し、突然、不安に襲われた。冬花は、雪子とずっとこの家にいられることを望んでいるのだが、果たしてそれは叶《かな》うのだろうか。先の見通しがつかないことほど、冬花を不安にさせるものはなかった。

キッチンに戻ると、ローストビーフ作りにとりかかった。

雪子と二人だけだったら、ローストビーフなど作らないのだが、喜代たちが来るようになってから、何かご馳走を作りたいと思い、簡単に作れるレシピ本を見つけて挑戦してみたら、これが好評だった。喜代といると、一段一段だが、階段を上っている感覚、前より今の方が良くなっているという感覚を持つことができた。

肉の表面をフライパンで焼いて焦《こ》げ目をつけてから、耐熱ポリエチレン袋に入れて空気を抜きジッパーを閉じる。炊飯器に熱湯を入れ、その中に肉を入れて保温で三十分置くだけだった。これで、ちょうどいい具合に、ピンク色の柔らかいローストビーフができる。今日は大人数なので、肉の塊を二つ用意した。

肉を入れて、炊飯器の保温を押したところで、玄関の鍵が開く音がした。雪子が帰ってきたのだ。玄関の方へ目をやると、雪子の後から卓隆が続いて入ってきた。

「あら、卓ちゃん、いらっしゃい」

卓隆はちらっと冬花の方を一瞥《いちべつ》したが、黙って、雪子と一緒に茶の間の隣のアンティークソファのある部屋へ行ってしまった。そこは、黒いぴかぴかの板の間なので、雪子は黒ぴかの部屋と呼んでいた。

卓隆は寡黙《かもく》な少年で、言葉を殆《ほとん》ど発さなかったが、なぜか、黒ぴかの部屋で雪子といるのは好きなようだった。仕事から帰ってくると、雪子は猫と遊び、卓隆がその隣でスマホのパズルをやっていることがある。亜由美が息子のことを、パズルの天才だといつも自慢していた。

黒ぴかの部屋には、ちぎり絵や版画、それに陶芸品、昭和初期のランプなど、デュボワ夫婦の思い出の品があちこちに飾ってあるが、大人しい二人がそれらを壊す心配はなかった。

卓隆が帰ってから、二人が何をしているのか雪子に訊《き》いても、今一つ要領が摑《つか》めなかった。二人が会話らしい会話をしているのを見たことはないが、アンティークの並ぶ黒ぴかの部屋に二人ともよく馴染《なじ》んでいた。

「花子は?」

雪子がキッチンの扉を開けて顔を覗《のぞ》かせた。

「二階のデッキテラスにいてる」

「あっそう。下へ連れてきてもええ?」

階段を上る雪子の背中に冬花は言った。

「ええけど、二階の部屋とキッチンには入れんようにしてくれんと」

「なんで二階の部屋もあかんの?」

「喜代おばさんと一緒に作ったカナッペが置いてあるから」

雪子は、花子を抱きかかえて降りてきた。

「カナッペ、美味しそうやね。なんか、お腹が空《す》いてきたわ」

雪子は情けない声でそう言いながら、黒ぴかの部屋へ花子を連れて行った。

「お客さんが来はったら、一緒に食べようね」

冬花は、フランスパンの端っこに、余ったタラマを塗ったものとジュースを、黒ぴかの部屋へ持って行った。

「さあ、しばらくこれでも食べて我慢しといて」

雪子はタラマを塗ったパンを頰張《ほおば》ると、「これ、美味しい」と瞳を輝かせて言った。

「喜代おばさんが作らはったの」

「おばちゃんは？」

「おばちゃんはな……今、ちょっと出かけてはるの」

「ふうーん」

「花子がこっちに来んように、そこで見張っといてな。ここも閉めとくえ」

冬花は二人のいる部屋の扉を閉めた。

ローストビーフを切ってみる。ピンク色にうまく火が通っていた。二つ目の塊を炊飯器に放り込んでから、フライパンに残った肉汁でソースを作った。

卵黄からマヨネーズを作って、伊勢エビを半分に切っているところに、喜代から携帯に電話がかかってきた。

「今、家の前にいてる。開けてくれる?」

冬花は、音がしないようにそっと玄関の扉を開けて、喜代を招き入れた。

「料理、できた? あっ、伊勢エビ、うまいこと切れてるね」

キッチンに入ってきた喜代が小声で言う。

「うん、よう切れる包丁買ってきたから。カナッペは二階に置いてあるから、あれでいいか見に行ってくれる? ローストビーフも焼けたし、今から切って並べるところ」

「雪子ちゃん帰ってきてるの?」

喜代が低い声で続けた。

「うん、一時間ほど前に」

「私がいいひんの気づかれてへんね?」

出かけてると言ってしまったことを思い出し、ひやりとした。

「あ、うん……卓ちゃんも来てはるえ」

「卓ちゃん? そうか。今、どこにいるの?」

「黒ぴかの部屋」

喜代は冷蔵庫から水を取り出してコップに注いで、二人のいる部屋の扉を開けて入って行った。

「料理の準備もあらかたできたし、おばちゃんも一息つかせてな」

「おばちゃん、どこに出かけてたん？」

雪子の声が聞こえてくる。

「どこにも出かけてへんよ。ずっとキッチンで料理してたえ」

「そうなん？　いてたんや。おばちゃんの作ったこれ、美味しい」

「そうやろう。たらこで作ったペーストやからね。それ作るのに手間かかったから、出かけてる暇なんかあらへんかったえ」

喜代は、二人のいる部屋で水を一杯飲んでから、キッチンへ戻ってきた。

「なんで、私が出かけてるって、雪ちゃんに言うの？」

「ごめん、雪子に聞かれてうっかりホンマのこと言うてしもた」

「私はずっとキッチンにいてたことにしてやって、頼んだやろうな」

「ごめんなさい」

喜代はしばらく黙《そこ》っていたが、鞄からタバコを取り出して吸い始めた。

喜代の機嫌を損ねてしまったことに動揺しつつも、冬花は、ローストビーフを切っていった。

「これも食べようと思って持ってきた」

喜代は、真っ黒な細長い塊を袋から出して冬花に差し出した。

喜代が少し機嫌を直してくれたらしいことに冬花はほっとして、「それ何?」と訊《たず》ねた。

「ブーダンノワールというちょっと変わったソーセージ。この間パリへ行った時、買ってきたんよ。これは私が今から調理するわ」

「その色、イカスミかなんかなん? 真っ黒やね」

「違うの。豚の血でできたソーセージ。見た目はグロテスクやけど美味しいんえ。フライパンで焼いて、輪切りにして、カラメリゼしたリンゴを載せて食べたら最高。今日のお客さんはグルメやから、喜ばれるわ。特に、長いことフランスに住んではった先生が一人来はるから、懐かしがらはること間違いなし。伊勢エビ全部切り終わったら、リンゴの皮を剝《む》いて、櫛形《くしがた》に切ってくれる?」

冬花は、伊勢エビ十尾の残りを急いで真っ二つに切った。それから渡されたリンゴの皮を剝いて、言われた通りに櫛形に切った。

「喜代、毎年、これだけのことを一人でやってたの?」

「去年までは、金閣寺の近くで店やってる友達に手伝ってもろてたんやけど、今年は自分の店が忙しいから手伝えへんって、断られたの。冬花がいてくれて助かったわ」

喜代はフライパンでブーダンを焼き、別のフライパンでリンゴのカラメリゼを作り始めた。

冬花はローストビーフをトレイに並べた。

「ほら、どうえ？」

喜代は、リンゴの載ったブーダンを冬花の口に放り込んだ。怖々噛《こわごわか》み締めてみる。こってりした見た目とは違い、意外とあっさりした味だ。リンゴの甘みがアクセントになっていて不思議な美味しさだ。

「へえー、こんな味とは思わへんかったわ」

「これクセになるんえ。このクリストフルのスプーンに輪切りにしたブーダンとリンゴを載せて、それからお皿にこんなふうに円形状に並べていくの。ほら、こうするとすぐに口に持っていけるでしょう」

喜代は、ブーダンの載ったクリストフルのスプーンをお皿に載せた。

この美しいスプーンに輪切りにしたソーセージを載せるというのは面白いアイデアだ。

冬花は、ブーダンとリンゴをスプーンの上に載せていった。茶の間から微かにテレビの音が聞こえてくる。雪子と卓隆は、部屋を移ったようだ。

「それにしても、ここの町屋は雰囲気ええわ。あんた運がええね、こんなところに住めて」

喜代は、立派な梁《はり》のある吹き抜けの天井を見つめながら言った。

「うん。でも、実は……」

喜代に言うべきかどうか、迷った。

「どうしたん？　なにか悩みごとでもあるの？」

「実は、ここの持ち主、この家を手放したがってはるみたいなんよ。そうなったら、私、出なあかんようになるんよ」

冬花は、喜代にやっと打ち明けた。

「えっ、どうして？　奥さんとの思い出の家と違うの？」

「最近のメールによると、デュボワ氏には新しい恋人ができはったみたい。そやからこの家は、家具を処分して、正規の賃料で貸すか、いっそのこと売ってしまうかしたいのやって。その恋人が望んではることみたい」

だから、ここでパーティーをさせて欲しいと頼んだ時もあっさり承諾してくれたのだ。

「でも、冬花、この家、気に入ってるのやろう？　雪子ちゃんだって、猫と機嫌よう過ごしてるやんか」

「でも、正規の賃料になったら、相当すると思う。私には払えへんわ。他にどっか探さなあかんわ」

「それやったら、私がデュボワ氏に賃料の交渉してみるわ。今より高くても、私の経営してる会社の名義で借りることだってできるのやし。そうしたら、冬花、出て行かんでええから一石二鳥。ここをいろんな展示をやる場所にして、冬花は管理人になってくれたらええ。そうしたら、今まで通りここに居続けられるでしょう」

「ほんま？　喜代、こんな立派な家、借りるお金あるの？」

「デュボワ氏がいくらで貸したいかにもよるけど……。会社で払うんやったら税金対策にもなるしね。デュボワ氏の連絡先、教えてくれるか？　交渉してみるわ」

「交渉できるの？」

「冬花を助けるためやったら、私、なんでもしてあげるさかいに心配せんといて」

冬花は、ここを出なくてはならないと知って、ずっと思い悩んでいたのだ。そうなったら、雪子と自分はどこへ行ったらいいのか、そのことを考えると夜も眠れなかった。

「喜代、思いきって、私、喜代に打ち明けてよかった」

「私は、いつも、冬花の味方なんよ。いざという時は、救いの手を差しのべてあげるしね」

「そやけど喜代にこれ以上迷惑かけられへんし……」

「何、水くさいこと言うてるの。そういう言い方、嫌いやわ。私と冬花の仲やろう。それに、ありがとうは？　あんた、人に親切にしてもらったら、ちゃんと感謝の気持ちを伝えなあかんえ」

「あ、ごめんなさい。ありがとう、喜代。恩に着るわ」

「とってつけたような言い方やな。まあいいわ。それはそうと、冬花、この間怪我したやろう。もう、大丈夫なん？」

一ヶ月ほど前のことだった。買い物に行くために、いつものように鴨川《かもがわ》の堤防へ出る石段を降りていた時、後ろから駆け降りて来た人物に思いきり肩をぶつけられて真っ逆さまに転がり落ちてしまったのだ。

気がついたら、石段の一番下にうずくまっていた。足の指と膝に激しい痛みを感じ、頭を打ったせいで軽く目眩《めまい》がした。

——大丈夫ですか？

その時、そう言って、手を差しのべてくれたのが杉田《すぎた》だった。あの時は、気分が動転していて、どうして杉田が目の前に現れたのかを考える余裕もなく、彼に肩を貸してもらって石段を上って道路へ出た。杉田は、タクシーを呼んで、近くの病院まで冬花を連れて行ってくれたのだ。

――あなたにぶつかった男、逃げて行きましたね。

――えっ、男だったのですか？

――マスクをしていて顔はよく見えませんでしたが……。でも、故意にぶつかったように見えました。

――まさか、そんなこと。

――僕は見たのですよ。

杉田の語気が強まった。

唐突《とうとつ》にそう言われて、冬花はなんと返事をしたらいいのか戸惑った。

――すみません、ご心配をおかけして。

――そんなことより、あなたのことが心配です。

杉田は冬花の肩に右手を置いた。彼の手の重みとぬくもりを感じた冬花は、彼の目を初めて見た。こんなふうに異性としっかり目を合わせるのは、生まれて初めてのことだった。鼓動《こどう》が速まっていく。

――あなたの周囲にいる人たちについてなのですが、是非とも、伝えたいことがあるのです。

――周囲……というのは？

ふいに喜代の顔が浮かんだ。彼女から杉田と関わってはいけないときつく言われているのだ。彼は冬花のストーカーだ、と喜代は言う。そして、それは冬花だけの問題では済まない、周囲の人間を巻き込むことになる。だから、彼のことは避けるように、と喜代に言われ、固く約束したのだ。急に、罪の意識に胸が締め付けられた。

――どうして、あなたはあそこに？

――あのへんは営業でよく回っているのです。あなたを見かけたので、声をかけようとしたら、突然男に突き飛ばされて石段から転落したからびっくりしましたよ。

あの男は冬花のことをつけ回していると言う喜代の台詞《せりふ》を思い出した。恐らく喜代の言うとおりなのだ。冬花は、慌てて彼から目をそらした。

――杉田さん、どうか、私のことは心配しないでください。本当に大丈夫ですから。

――しかし、あの男は明らかにあなたのことを狙っていた。そういうふうに見えました。

――そんなの、気のせいですよ。

杉田は暗い顔でこちらを見つめている。

――どうして、もっと自分を大切にしないのですか？　どうして、腹を立てないのですか？

あなたは、故意にぶつかられたかもしれないのですよ。私と一緒に警察へ行きましょう。

——そんなこと、困ります。本当に、どうってことないんです。

冬花は震える声で言った。大ごとになって、喜代に知られるのが怖かった。今の冬花には喜代しか頼れる人がいないのだ。彼女に見放されたら、今の安定した生活を失ってしまう。それだけは絶対に避けたかった。

杉田と一緒にいるところを誰かに見られているのではないか、喜代に知られてしまうのではないか、といてもたってもいられなくなった。

医師に診《み》てもらったところ、足の指を軽く捻挫《ねんざ》しただけで、幸い大きな怪我はなかった。家まで送るという杉田の申し出を断って病院の前で別れた。

足を引きずって歩く冬花を見て、「どうしたん?」と喜代に聞かれた時は、石段から落ちて捻挫したとだけ曖昧《あいまい》に答えておいた。杉田のことはどうしても正直に話せなかった。そのことで、喜代を裏切っているような後ろめたさに苛《さいな》まれた。

「大丈夫なん?」

「大丈夫やった。どこも問題ないって。脳波も」

「それはよかった。石段から落ちるやなんて、一つ間違えたら大変なことになってたかもしれへん。気をつけなあかんえ。雪ちゃん、まだ小さいのやから」

「自分でもアホやと思う。私、ぼーっとしてるさかいにあかんのやわ」

「もしもの時のために、保険に入っておくのはどう？」

「保険……。そういえば、喜代のお友達に入るように勧められてるわ」

時々画廊へ来る生命保険の外交員から、保険に入るよう熱心に勧められていた。

「日和《にちわ》生命の下北《しもきた》さんやろう。ノルマが厳しいから、うちも誰か入ってくれる人紹介して欲しいって泣きつかれてるわ」

「入ったほうがええかな？」

石段から真っ逆さまに落ちた時の恐怖を思い出す。打ちどころが悪ければ死んでいたかもしれないのだ。自分が死んだら雪子はどうなるのだろうか。あれ以来、そんなことを時々考えるようになった。

「それは冬花の判断に任せるわ」

「私に何かあったら、喜代に雪子のことお願いしてもええ？　雪子を保険金の受取人にして入っておこかな」

「何かあったらって、縁起でもないこと言わんといてや。もちろん、雪ちゃんのこと、私、面倒見たげたいえ。でも、雪ちゃんには、冬花のご両親がいてはるやろう？　お義母《かあ》さんが面倒見てくれはるのと違うの？」

冬花は義母の顔を思い出すと、血の気が引いていった。

雪子はあの義母のことを怖い怖いと言って、全く懐かないのだ。それもそのはずだった。

――おばあちゃん、つねらはるねん。

離婚して実家に住まわせてもらうようになってしばらく経《た》った頃、雪子が泣きながら、太ももについた痛々しい青黒いアザを見せてきたのだ。それ以降、風呂に入る度に雪子の身体にアザが増えていくのを見て、冬花は義母のことが心底恐ろしくなった。義母から雪子を守るためにも、あの家を出なくてはならなかったのだ。

「あのお義母さんにだけは、雪子を任せられへん」

「どうして？　何かあったの？」

「以前に言わへんかったか？」

「聞いてへんよ」

喜代に以前説明したはずだったが、覚えていないようだったので、もう一度事情を話した。

「へえ、そんなひどいことしはるの？　自分の孫やのに。雪ちゃんみたいに大人しくて優しい子をそんな目に遭わすやなんて、それ、鬼畜《きちく》のすることやないの」

「鬼畜……」

「人間のすることと違うわ。あんたが保険に入ったとしても、何かあったら、そのお祖母さんに保険金を横取りされて、雪ちゃん、ひどい目に遭わされるのと違う?」

「………」

雪子がひどい目に……。アザだらけになった娘の身体を思い出し、冬花は戦慄《せんりつ》した。

「私の会社で冬花に保険をかけといてあげるいうのはどう?」

「えっ、そんなことできるの?」

「もちろんできるえ。退職金を用意できるように、会社で社員に保険をかけるいうのはよくあることなんよ。そうしておいたら、もしも冬花が病気で入院した時の費用も出せるし、どーんと気前よう退職金だって出したげられるえ。冬花はうちの大切な従業員なんやから」

「従業員?」

「画廊で働いてもらってるけど、冬花の給料は、私が経営している別の会社が払ってるの知ってるやろう? そやから冬花は、その会社の社員いうことになってるんよ。会社としても、退職金をお金で積み立てるより、生命保険の方が節税効果があるし、助かるしね」

「そうなん? 会社のためにもなるんやったら、お願いしようかな」

「ほんなら、日和生命の下北さんに連絡とって、書類を持ってきてもらうわ」

「ありがとう、喜代」

この家を出なくても済む上に、自分にもしものことがあったら、雪子のことは喜代が守ってくれる、そう思い、冬花の気持ちは楽になった。

「あっ、もうこんな時間や。ブーダン、任せたしね。私、ローストビーフ、上に運んどくわ」

喜代は、トレイを持って二階へ上がって行った。

伊勢エビにマヨネーズを塗って、オーブンへ入れてから、腕時計を見る。五時半だった。六時半頃から客が訪れることになっているので、少し緊張してきた。

その時、携帯のバイブレーターの音が鳴り響いた。よく見ると、喜代のスマホがキッチンのテーブルの上に置いてあった。

冬花は、スマホを二階へ持って上がった。喜代がデッキテラスでタバコを吸っている姿が見えた。

「誰かから電話がかかってきてるえ」

冬花はガラスドアを開けて、喜代にスマホを差し出したが、その瞬間呼び出し音は鳴り止《や》んだ。

スマホの画面を見て喜代は「あっ！」と目を見開いた。手からスマホが滑《すべ》り落ち、デッキにぶつかるガチャンという音が聞こえた。喜代の顔を見ると、唇がぶるぶる震えている。

「どうしたん」

「なんか急に苦しくなって……水くれへん？」

喜代は、胸を右手で押さえて、ぜいぜいと息を切らせた。

「えっ、具合悪いの？　大丈夫？」

「とりあえず、水、水をちょうだい！」

喜代は胸を押さえたまま、デッキテラスの椅子に座り込んでいる。額に汗がにじんでいた。

冬花は、急いで一階へ降りて行き、蛇口をひねってコップに水を注いだ。その時、茶の間から固定電話が鳴る音が聞こえてきた。

「電話に出てくれるか？　お母さん、ちょっと二階へ行ってくるさかいに」と雪子に声をかけた。

冬花は雪子が受話器を取るのを見てから、階段を駆け上がった。

喜代は室内のソファに横たわっていた。コップの水を差し出す。

「ありがとう」

喜代は水を一気に飲み干した。

「お医者さんに来てもらおうか？」

「いや、もう少しこうやってじっとしてたら治るから。お客さんが来る頃には多分落ち着くし、大丈夫」

「お母さん、電話よー！」

　雪子の声が聞こえてきた。

「電話がかかってきたし、下に行ってくるね」

　冬花は、喜代を残して一階へ降りた。雪子が受話器を差し出す。

「誰？」

「卓ちゃんのお母さん」

　喜代の姉からこの電話番号にかかってくるのは初めてのことだった。

「もしもし」

「冬花さん？　私、亜由美」

「亜由美さん……」

「雪ちゃんから聞いたんやけど、卓隆そっちにいてるんやって？」

「ええ、雪子と遊んでます」

「ああ、よかった。無事やったんや、卓ちゃんは。ところで、喜代は？」

「喜代も来てます。昼から、一緒に今晩のパーティーの料理を作ってました」

「そうか。喜代も無事やったんか」

「お姉さんも、今晩来られますか？」

「いや、私は知らん人の集まるところは苦手やから、遠慮しとくわ。喜代が電話に出えへんさかいに、どうしたんかと思った。ちょっと代わってくれる？」

「今、具合が悪うならはって、二階で休んではります」

「まさか喜代も襲われたんか？　やっぱり、あの脅迫《きょうはく》メールの主《ぬし》の仕業《しわざ》？　Taro Takigawaとか言う」

「はっ？　それはいったいどういうことですか？」

「私、何者かに襲われたんよ。それで意識失うてしもてね」

「いつ、どこでですか？」

「寝てるとこ襲われたからようわからへんのやけど午後二時から三時頃に、家の中で」

「強盗ですか？」

「それもよくわからへんの」

「警察へは？」

「警察嫌いやから呼んでへんの。捜査と称して、家、めちゃくちゃにされたらかなわんでしょう」

「でも……強盗だったら」

「何も盗《と》られてへんのよ。盗られてなかったら、強盗に入られた証拠がないから警察は呼べへんでしょう。それに、うとうと眠っている時にいきなり首絞められたから、夢か現実かようわからへんのよ。喜代にさっき電話したけど出えへんから、心配になって、こっちにかけてみたの」

冬花には話がよく飲み込めなかった。するとさっきの電話は、亜由美からだったのだろうか。

「喜代に電話かけ直すよう伝えますね。私ではわかりませんから」

「そうしてくれはる？　なるべく早くにね」

喜代は二階のソファに座った状態で、ぼんやりとテラスの方を眺めている。放心しているようだった。

「喜代、亜由美さんから電話かかってきたえ」

「え、お姉ちゃんから？　なんて？」

「なんかようわからへんの。誰かに襲われたようなこと言うてはるの」

「嘘ぉ！　誰に襲われたって？」

「それが、ようわからへんのやって。脅迫メールがどうたらって」

「…………」

喜代の顔色が悪い。

「喜代、具合どう？　まだ、調子悪かったら、布団敷いたげるえ」

「何言うてるの。これからお客さんが来はるのに、寝てる場合と違うでしょう。さっきは心臓が急に苦しくなって死ぬかと思ったけど、もう大丈夫」

「ほんなら、お姉さんに電話かけてあげて」

喜代はスマホから亜由美に電話をかけた。冬花は、テーブルに花屋から届いた白い胡《こ》蝶《ちょう》蘭《らん》を飾った。

「どないしたん？　……ああ、スマホ、一階に置いてきてしもたんよ。冬花が持ってきてくれたけど、すでに切れてたん……ごめん、急に具合が悪うなって、すぐにかけ直す余裕がなかったん……え？　襲われた？　誰に？　……夢かもしれへんって、それ、どういうこと？　家に誰かが入った形跡はあるの？　……それやったら夢なんとちがうの？　……首にアザ？　……うーん、どういうことやろう」

喜代が電話を切って考え込んでいる様子なので、冬花は思いきって訊《たず》ねた。

「お姉さん、どないしはったの？」

「ようわからへんの。誰かに襲われる夢見たんやって。なんか、すごく混乱してるみたいやわ」

　その時、玄関のチャイムが鳴った。モニターで来客を確認した。

「添田《そえだ》さんと、評論家のなんとかいう先生」

　冬花は急いで一階へ降りると、客を出迎えた。

　しばらくすると、片川孝治《かたかわこうじ》がお花とケーキを持って現れた。それからは、カワイ画廊の常連客が次から次へと来たので、冬花はしばらく一階で待機して、客を出迎えた。来客が一段落したところでシャンパンを二本、冷蔵庫から取り出して二階へ運んだ。

「やあ、ご馳走ですね。これは川井《かわい》さんの手作りですか？」

「もちろんです。今日、これ作るのに半日がかりやったんですよ」

「流石《さすが》ですねぇ。なんと言っても、手作りなのが素晴らしい。川井さんの真心がこもっているから、一層美味しく感じますよ。おお、このキャビアはいける」

　建設デザイン会社の社長で、喜代からよく絵を買う添田がカナッペを頬張りながら言った。

「シャンパンを開けるのは男性の役目やから、えーと、中山《なかやま》君お願い」

　中山相太《そうた》に、冬花はシャンパンを手渡した。そこへまた、新しい客が現れたので冬花は慌てて一階へ降りる。全部で十五人くらい集まった。みんな定期的に画廊に訪れる人物だったので、どういう肩書きなのかは知らないが、顔だけは知っていた。

喜代によれば、ビジネスで成功した会社の社長、著名な画家、評論家、議員など、アート界や財界で名の知れた人たちだという。いったいどうやってこれだけの人たちと人脈を作ることができたのだろうか。それも、彼女のバックにいる人物の力のなせる業《わざ》なのかもしれないが、喜代の処世術には目を見張るばかりだった。

来客は皆、デッキテラスの椅子に腰掛け、シャンパンを飲み、食事をしながら、喜代の料理を褒《ほ》め、アートの話に花を咲かせている。

冬花は来客たちの話題についていけないので、一階と二階を行ったり来たりしてもてなすことに徹した。ローストビーフと伊勢エビのグリルを運んで行くと、「おや、恒例《こうれい》の伊勢エビですか」と初老の画家が嬉しそうに皿を持って近づいてきた。

「はい、川井が生きたまま取り寄せて、調理したんです」

「ここのは新鮮で身が締まっていて、美味しいですからね」

画家は、伊勢エビを皿に載せてフォークで一口食べると、「美味《びみ》！」と言ってにこやかな笑顔になった。エビの身をゆっくりと味わってからシャンパンを飲んでいる。その時、卓隆がひょいと二階へ現れた。

「あ、卓ちゃん、好きなもの食べてね」

卓隆はサーモンとクリームチーズのカナッペを取って、口に頬張ってからデッキテラスに出て行ったが、誰も彼の方に注意を払うものはいなかった。冬花もテラスへそっと出てみた。昼間の日差しの強さとは対照的に、弱い光を放つ琥珀《こはく》色の月が雲の合間に浮かんでいた。微かにそよぐ風が心地《ここち》好かった。卓隆は桜の植木の向こう側まで行き、テラスの柵に手をかけて、月を仰ぎ見ている。

冬花は部屋に引き返すと、皿にカナッペとローストビーフを入れて、一階の雪子のところへ持って行った。

雪子は猫を膝に乗せて、アニメを見ている。

「雪子。はい、カナッペとお肉」

「あ、うん」

テレビに夢中だったが、コマーシャルになるとローストビーフをフォークで刺して口に運んだ。冬花はキッチンへ行って、下げてきていた食器を洗い始めた。

二階から楽しそうな笑い声が聞こえてくる。今夜のパーティーは成功した。冬花は安堵《あんど》のため息を漏らした。

その場に参加して、笑いたいとは思わなかった。お客さんのいる時は、こうして裏方で仕事をしているほうが自分は落ち着くのだ。何かの役に立っている、そう思えるだけで、満足だった。

洗い物を済ませて乾燥機に入れてから、片川が持ってきてくれたケーキを切って皿に並べた。雪子と卓隆の分を別の小さな皿に取り分けて、茶の間へ持って行った。雪子は、相変わらずテレビのアニメ番組を見ている。

「卓ちゃんは?」

「二階に行かはったえ。雪子も二階へ行くか? 伊勢エビあるし」

「雪子は、ここでええわ。これが終わったら、八時からまた、好きな番組が始まるし」

今、小学生の間ではあるアイドルグループが大流行していて、雪子もそのグループが出る番組だったらなんでも見るようになっていた。

キッチンに戻ってみると、中山が換気扇のところでタバコを吸っていたため驚いた。彼と視線を合わさないようにケーキを載せた皿を取りに行こうとしたが、行く手を遮《さえぎ》られた。

「あなたは、みんなと話さないのですか?」

「私は芸術に詳しくないですし」

「それにしても、黙ってよく働きますね」

「私は、ただの裏方ですから」

「ふうん。あなた、ピカソってご存じですか?」

アートの話が苦手な冬花はうつむいたまま返した。

「え、ええ、名前だけですが」

「モノより物語が売れる。それを実践《じっせん》した人です」

「モノより物語……」

「ピカソは、自分の作品そのものよりも、その作品が持つ物語が売れることをよく知っていた。川井さんもそのことを熟知しているビジネスの天才です。だから、カワイ画廊の絵はよく売れるのですよ。彼女はストーリーテラーですからね」

「………」

よく画廊でも耳にする、こういう会話についていけないのだ。冬花は曖昧に微笑《ほほえ》んだ。

「人を利用するのもうまい。あなたのような人をね」

「えっ、私が？　それは違います。私、助けてもらってるんです、彼女に」

「なるほど、そう思わすのも上手だ。あの変な絵を描く、高田《たかだ》とかいう女もずいぶん利用されていたよな。僕は彼女に嫌われていたから、ずっと画廊のパーティーには参加できなかった。今年はあなたという代わりを見つけてきてくれたおかげで、美味しいご馳走にありつけましたよ」

そこで中山がにやりと笑って冬花の肩に触れてきたので、冬花は数歩後ずさりしてケーキを載せた皿を取りに逃げた。

「ケーキを持って行かないと……」

冬花は、中山をキッチンに残して、ケーキ皿を載せたトレイを持って二階へ上がった。

階段の下で、降りてくる卓隆とすれ違った。

「卓ちゃん、ケーキ、下で雪子と食べてね。二人の分、取ってあるから」

卓隆は黙って頷《うなず》いた。

二階に行くと、みんな相変わらずおしゃべりしながら、食事とワインを楽しんでいた。

喜代は、具合が良くなったようで、初老の画家と冗談を言い合って、大声で笑っている。

ケーキを運んできた冬花を見つけると、ちらっと時計を見てから側《そば》までやってきた。

「まだ、デザートには早いのと違う？」

喜代が耳元で言う。時計を見ると、八時二十分だった。

「置いとくだけ置いといてもいい？」

「それはええけど、ワイン持ってきてくれる？　ローストビーフには赤ワインが合うから」

冬花は、空《あ》いたカナッペのトレイを二つ回収して、代わりにケーキを置いた。まだキッチンに、中山がいたらどうしようかと不安になったが、いつの間にか初老の画家と片川と三人でなにやらしきりに話し込んでいる彼の姿をテラスに見つけた。冬花はほっとして、一階へ赤ワインを取りに行った。

再び二階に戻ると、持って上がったワインを片川に開けてもらい、新しいグラスに注いでいった。

「冬花も、ちょっと一服して飲みいよ。この赤ワインは上等なものなんえ」

喜代に勧められて、ワインを一口飲んだ。空っぽの胃にワインが沁《し》み渡る感覚が心地好かった。突然、空腹に襲われた冬花は、残ったカナッペを持って、雪子と卓隆のいる部屋へ運んだ。雪子はまだテレビを見ている。卓隆はケーキを食べていた。

「お母さんもちょっと一服。食事にするわ」

冬花はゆで卵にイクラの載ったカナッペを食べながら、喜代に注いでもらったワインを飲み干した。

ほろ酔い気分でぼんやりとテレビを見ていると、喜代が茶の間の扉を開けて入ってきた。

「……今、警察から電話がかかってきた」

「警察って……、どうして？」

「お姉ちゃんが、自宅で死んでたんやって！」

「えっ、亜由美さんが？」

黙って頷く喜代の歯が噛み合わずに、ガチガチと震えている。

「もしかして、本当に、誰かに襲われたん?」

「わからへん。さっぱりわからへんのよ……」

喜代は泣きそうな声を出した。

「さっき、亜由美さんから電話かかってきた時は……」

誰かに首を絞められたというようなことを言っていた。では、あの後、同じ犯人に再び襲われたのだろうか。

「卓隆、あんたのお母さん亡くならはったんやって。今から墨染《すみぞめ》の家へ一緒に行こう」

卓隆は黙って喜代の顔を見ている。

「私、どうしたらええの?」

「お客さんに迷惑かけられへんから、冬花、お相手しといてくれる? 私、今から卓隆と一緒に、姉の家へ行ってくるし」

「お客さんになんて言うたらええの?」

「急用ができたとだけ言うといて。その前に、タクシーを呼んでくれる?」

冬花はタクシー会社へ電話した。

喜代は準備を済ませると、卓隆の手を引いて、タクシーに乗り込んだ。二人を見送ってから、冬花は二階へ行き、必死で飲み物を注いで回った。

十時過ぎに、パーティーをお開きにした。

片付けがやっと終わった頃に、喜代から電話がかかってきた。

「お姉さんは？」

冬花は恐る恐る訊ねた。

「明朝、司法解剖に回されることになったの」

「ほんなら、ほんまに亡くならはったの……」

「誰かに、庭の花壇のブロックで殴られたらしいの。死因は、恐らく外傷性ショックやって」

「じゃあ、あの電話の後で？」

「死亡推定時刻はまだわかってへん」

亜由美が死んだという事実があまりにショックで、冬花は、電話機の前に座り込んだ。

「それはそうと、あんたに聞きたいことがあるのやけど」

「何？」

「Taro Takigawaって知ってる？」

「たろうたきがわ？」

そういえば、亜由美も電話でその名前を言っていたような気がした。

「もしかして、脅迫されてるの、その人に？」

「えっ、ほんなら、あんた知ってるの！」

激しい口調になった。

「知らん。知らんえ。さっき電話もらった時に、亜由美さんが言うてはっただけ。でも、その人がどうしはったん？」

「また、そいつからメールが来たのや」

「なんて？　なんて来たん？」

聞き返したが、電話はぷつんと切れた。冬花は受話器を握り締めたまま、しばらく宙を見つめていた。

喜代の携帯に折り返してみたが、電源が入っていなかった。

第七章

深まる謎

二〇一五年五月三日

京都に来て二日目の午後、月光《つきみ》は、「INODA COFFEE」と刻まれたのれんをくぐった。町屋風の外観とは対照的に、入り口は自動ドアで、店内は広くて西欧風のスタイリッシュな雰囲気だ。

ここへは、関東出身の友達に誘われて、学生の時、来たことがあった。

月光はそれまでコーヒーが苦手だったが、モカベースの「アラビアの真珠」というブレンドを飲んで、豆の香りの良さと美味《おい》しさに目覚めた。それはシンプルで多くを語る必要のない、バランスのとれた美味しさだった。

広々とした店内の奥の席に、杉田《すぎた》の姿を見つけた。添田太郎《そえだたろう》との待ち合わせ時刻までに、まだ一時間くらいはある。

森中《もりなか》弁護士と電話で話した際、新しい捜査状況を知ることができた、とお昼に杉田から連絡が入ったので、早めに集合して、打ち合わせすることになったのだ。

杉田はメモ帳を開きながら言った。

「まず、冬花《ふゆか》さんがあの夜、どうして画廊へ行ったのかがはっきりしなかったのですが、画廊の模様替えをしたいと喜代《きよ》から電話があったそうです」

「突然ですか？」

「ええ。そんなことはよくあることだったそうです。かかってきたのは午後八時頃。喜代は、なんでも思い立ったらすぐにやりたい性分《しょうぶん》だったようで。冬花さんは、九時頃に行くと返事をしたそうです」

「冬花は、小さい頃から時間の管理が苦手でした。それでよく失敗していたので、あの子なりに努力して、待ち合わせ時間より五分ほど早めに行く習慣を身につけました。ですから、九時五分前くらいに画廊に到着したと思います」

「もしそうだとしたら、喜代はすでに殺されていたことになる。冬花さんを目撃したコーヒーショップのマスターと会ったところからカワイ画廊まで徒歩五、六分くらいでしょう。とすると、当日、マスターに八時五十分頃に会っていることになりますね」

「なんとかマスターと会った正確な時間がわかるといいのですが」

「それから、川井《かわい》喜代は冬花さんに保険をかけていたそうです。死亡保険金が二億円にも上るものです」

「まさか、喜代は冬花の命も狙っていたのでしょうか？」

「多分、そうです。その前に、喜代の方が殺されてしまいましたが」

「そして、冬花は逮捕された」

殺されるよりは、今の状況の方がいいのだが、なんとも複雑な心境だった。

「でも、妹はどうして、そんなにあっさり保険に入ることを承諾したのでしょう。あの女の思うつぼなのに、気がつかないなんて……」

こんなことは言っても仕方のないことだと半ば諦《あきら》めているのだが、杉田を前にすると、つい不満を漏らしてしまう。

「そういえば、冬花さん、鴨川《かもがわ》の堤防へ出る石段のところで、後ろから駆け降りてきた男に思い切りぶつかられて、転落したことがあります。たまたまそこに行き合わせたので、僕が病院へ付き添いました」

どうして、杉田はその場に行き合わせたのだろう。偶然にしては、タイミングが良すぎる気がする。

「マスクをしていたので、顔はわかりませんでした。そのまま走って行ってしまいました」

「その男は？」

「冬花の命を狙ってのことなのでしょうか？」

「その時はそう思いましたが、冷静になって考えてみると違う気がします。石段から落ちたくらいで、人は死なないでしょうから。病院へ行った時、こんなことなら保険に入っておけばよかった、というようなことを冬花さんは漏らしていました。そんなことがあって、保険に入る決心をしたのでしょう」

「もしかしたら、妹が保険に入るように喜代が仕組んだのでしょうか？」

「あの女は、そんな危ない橋は渡らないでしょう。人を雇《やと》って冬花さんにそんなことをしたら、今度は、その誰かから自分が脅《おど》される番になりますから」

「では、偶然の事故だったと。それを喜代はうまく利用した……」

「強運な女です。いや、結局殺されてしまったのですから、強運とは言えないですけれど」

「杉田さんは本当に偶然そこに？」

「ええ、偶然です」

「正直、そんな偶然ってあるのだろうかと思ってしまいます」

月光は、冬花を突き飛ばしたのはこの男なのではないか、と疑いの目で彼を見た。

「確かに、全くの偶然と言うのには無理がありますね。実は、冬花さんが鴨川の堤防へ出る石段を降りる姿を、僕は、それよりずっと前に見かけたことがあったのです。その時から、近くを通るおりには、彼女の姿がないか捜すようになりました。夕方、だいたい同じ時刻に彼女はそこを通ることがわかっていましたから。ストーカーのようだと思われるのが怖くて言えませんでした」

「そこまで、冬花のことを……」

「心配だったのです」

「でも、どうして、冬花はあなたに何も相談しようとしなかったのでしょう」

杉田の顔が悲しげに歪《ゆが》んだ。

「僕の力不足です。あの女の洗脳を解くほどの魅力が僕にはなかったということです。冬花さんの心にうまく入り込めなかった」

「すみません。余計なことを言いました」

「でも、その日から、冬花さんが以前よりずっと近くなったような気がしています。今までは、追いかけても追いかけても、彼女の姿が幻のように消えていく夢をよく見ました。

最近の彼女は、消えることなく、しっかりと僕の前に立っていてくれるんです」

杉田は先ほどとは一転して、無邪気な笑顔になった。こんな顔をされると、なんとも居《い》心地《ごこち》が悪くなるのだ。

「それから言い忘れていましたが、片川孝治《かたかわこうじ》の父親を殺した犯人について、病院の中に目撃者がいないのはどうも不自然だと思い、もう少し調べてもらいました。仮に目撃者がいなかったとしても、病院には監視カメラなどが設置されていますから、犯人が写っているのではないかと」

「そうですね。警察ではなんと？」

「そのことを森中に訊《き》いたところ、父親が転落した時間の十分くらい前に、病院内が停電になり、照明が一部消えたそうです」

「え、病院で停電……。医療機器も停まったのですか？」

「医療機器は、医療向け自家発電装置が稼働するので大丈夫だったそうです。しかし照明に関しては、オペ室のみで、病室の照明とカメラの監視システムには自家発電装置が配備されていなかったそうです。人命に関わらないからでしょう。犯人は、病院内の配線用遮《しゃ》断器《だんき》を落としてから犯行に及んだのです。これでは目撃者がいないはずです」

「犯人は、そこまで準備できる人間なのですね」

「病院の設備に詳しい人間ということになりますね」

「片川だったら、父親の見舞いに頻繁《ひんぱん》に行っていたので詳しかったかもしれませんね」

「しかし、彼にはアリバイがあります」

そうだった。そのことで、今夜、喜代と片川のアリバイを証言した「旬席・海香《うみか》」の女将《おかみ》に会いに行くことになっていた。

「それから、喜代の姉の川井亜由美《あゆみ》が殺された時のことですが、もう少し詳しく冬花さんに訊いてもらいました」

月光は、前回の資料を確認した。

「亜由美が殺された夜、画廊の常連客を町屋に招待して、パーティーをしていたのでしたね」

「ええ、そうです。その日は、片川孝治も川井喜代も冬花さんの町屋にいました。そこにいた客全員がそのことは証言しています。亜由美が殺されたのが、午後七時半から八時の間。警察から喜代に連絡があったのが九時過ぎです。三条京阪《さんじょうけいはん》の駅から犯行のあった墨染《すみぞめ》まで十五分で行けます。ですから、往復三十分に待ち時間や徒歩を含めても、四、五十分で行って帰ってこられます。一時間あれば、殺して帰ってこられるかもしれませんが、一時間もいなければ、他の者に気づかれます。それに、冬花さんが一階と二階を行き来していたので、目撃されずに通り抜けて外へ出るのは不可能です。冬花さんの記憶によりますと、途中で一階に降りてきたのは中山《なかやま》という評論家だけだったみたいです」

「他の人たちは、ずっと二階で互いの顔を確認し合っていた。つまり、そのパーティーに出席していた人間には全員アリバイがあったことになりますね」

「ええ、そういうことです。そしてもう一つ、パーティーが始まる前に亜由美本人から電話があり何者かに襲われて首を絞められたようなことを話していたそうです」

「それは、誰からの情報ですか？」

「冬花さんの証言です。その日の夕方、川井亜由美から、最初は喜代のスマホにかかってきて、喜代が出そびれたので、冬花さんの家の電話にかかってきたのだそうです。亜由美は寝ている間に誰かに首を絞められて殺されかかったと冬花さんに言ったそうです」

「じゃあ、犯人は、亜由美を絞め殺すのに一度失敗した。それで、二度目は花壇のブロックで殴って殺した、ということですか？　亜由美殺しの目撃者はいないのですか？」

「ええ。近所の人が発見したわけですが、付近での不審者の目撃情報もありません」

「喜代以外の人間が犯人だとしたら、いったい誰なのでしょう、亜由美を殺して得するのは？」

「喜代だけですね。あとは喜代の婚約者の片川孝治、くらいでしょうか」

「その二人には町屋のパーティーにいたからアリバイがあるわけですね。あっ、もう一人、亜由美の息子の卓隆《たくたか》は？」

「まさか、自分の母親は殺さないでしょう。小学校の高学年から引きこもりになって、母親だけが頼りだったのです」

「あくまでも可能性としてです。保険金の受取人になるわけですよね？」

「確かに保険金は受け取ったものの、喜代に全部横取りされてしまった形です。卓隆は社会性に乏《とぼ》しい少年で、保険という概念《がいねん》を理解していたかどうかもわからないのです。だから、喜代にいいようにされた。それに、彼も、あの日、冬花さんの家にいたそうです」

「そうでしたね。私は、やはり喜代が犯人だと思います。実行犯でなかったとしても、自分を絶対に裏切らない共犯者にやらせたのでしょう」

「共犯者……」

杉田はコーヒーを飲み干してから、思い出したようにメモ帳を見た。

「そういえば、喜代は何者かに脅されていたかもしれない、と冬花さんが言っていたそうです」

「それは、いったいどういうことです？」

「まず最初に、亜由美から聞いたそうです。Taro Takigawaという人物から脅迫《きょうはく》メールが来ていたと。そして、亜由美が殺された直後、喜代が冬花さんに、また、その人物からメールが来た、というようなことを漏らしていたそうです。しかし、そのようなメールは、喜代のスマホには残っていなかった。本人、もしくは犯人が削除したのでしょう」

「それは、誰なのでしょう?」

「わかりませんが、そいつが、川井喜代を殺した真犯人ではないでしょうか」

「平凡な名前ですね。犯人本人の実名ではないのでしょうね」

「名前は男ですが、まだ、男か女かわからないので、容疑者Tとでもしておきましょうか」

容疑者T。見えない敵の正体は謎のベールにつつまれたままだ。

「喜代が殺された時間の、冬花以外の関係者のアリバイは警察で調べたのでしょうか」

「親しい人物は調べたようです」

「片川孝治は?」

「彼のアリバイははっきりしないようです。自宅にいたと言っているそうですが」

その時、中年の男が二人のテーブルまで来て、軽く会釈《えしゃく》した。それが添田太郎だということは見てすぐにわかった。高い鼻にエラの張った顎《あご》、鋭い目つきのいかにも抜け目のない商売人という印象だ。

添田は、目頭《めがしら》をちょっと押さえてから、渋い顔で、運ばれてきたコーヒーを飲んだ。

「川井さんが亡くなったと聞いた時は、嘘であって欲しいと心の底から思いました。あんなにすばらしい人が殺されるなんて、全くもって、おかしな世の中です」

「川井さんとは商売上でお付き合いされていたのですね？」と、杉田が訊く。

「ええ、彼女は、私の建築デザイナーとしての才能を評価してくれていましたから。北区にある土地のテナントビルは、私の会社がデザインしたものです。彼女は、良き親友であり、良きビジネスパートナーでもありました。私たちは多くのプロジェクトを一緒に構想していたのです」

添田は、自分は喜代とは利害の一致する良好な関係だったのだ、ということを強調した。

「今後は、そのプロジェクトはどうされるのですか？」

「亡くなった直後、彼女の会社に何度か問い合わせてみましたが、他の役員連中は、無能で全く話にならないんです。結局、彼女と二人で構想していた計画は全て頓挫《とんざ》してしまいました。今の役員は全員名ばかりの頼りない連中ですからね。特に、あの片川という男の馬鹿ぶりときたら」

添田は心底馬鹿にしたように吐き捨てた。

「片川孝治は役員だったのですか？」

「ええ、名ばかりの専務でした。もう一人、リフォーム会社を経営する、左田雅太《さだまさひろ》という男も名前だけの役員でしたね。今頃、いろんな人間が群がって権力争いをやってるんじゃないですか。私はそういうのに巻き込まれるのはゴメンなんで、距離を置いています。片川が社長になったら、会社の金を好き勝手に使って、あっという間に潰《つぶ》してしまいますよ」

添田は、残念そうな顔をした。

「川井さんと最後に話されたのは、仕事の話だったのですか？」

「ええ、新しい土地にビルを建てる予定でした。翌日、その土地を見に行くことになっていたのです。話している最中に、誰かが来た、と彼女が言って、それで電話を一旦切ったのです。すぐにかけ直すと言っていたのに、十分経《た》ってもかかってこない。私も忙しかったので、それ以上待っていられなくなり、かけ直してみたが出ない。あの時、すでに犯人に襲われたか、殺されたかしていたのだと思います。翌日会う時間をどうしても決めたかったので、何度かかけ直しましたが結局繋がりませんでした」

「来訪者の手がかりになるようなことを何か言っていましたか？」

「いいえ。人影がガラスドア越しに見えただけだったのでしょう」

「それが誰かまでは、本人も特定できていなかったとお思いですか？」

「正確には『ちょっと待って、誰かが来たから、すぐにかけ直すわね』と言って電話は切れました。特定できていたら、誰か、とは言わないでしょう」

「明かしたくない人物だったのかもしれません」

つまり冬花ではなく、別の謎の人物だった。そう信じたかった。

「突然の来訪だったようです。あの画廊の二階へ勝手に上がってこられるのは、鍵を持っているごく親しい人物でしょう。でなければチャイムが鳴ったはずです」

「チャイムの音は聞こえなかったのですね」

「ええ、聞こえませんでした」

「しかし、必ずしも、聞こえるとは限らないのではないですか？　音量がさほど大きくなかったら、携帯で音が拾えないかもしれない」

「そのことは警察からもしつこく聞かれました。チャイムは鳴ったが聞こえなかった可能性は、確かにあります。しかし、インターフォンに来訪者の記録はなかったそうです」

「それも犯人は消すことができたでしょう」

「もちろんそうです。ですが、犯人は、あの西山《にしやま》冬花という人物だと、警察では確信していると聞いています。それをひっくり返すような証拠は挙《あ》がっていないのでしょう？　指紋だって、彼女のものしか出てこなかったんじゃないですか」

「指紋については、犯人は、おそらく手袋を塡《は》めていたのだと思います」

　杉田がすかさず言った。月光も続ける。

「添田さんは、冬花が犯人だとお考えですか？」

「さあ、よくわかりませんが、そんな大それたことをするような人には見えませんでした。大人しくて、献身的《けんしんてき》な人です。ですから、こうやって協力させてもらっているのです。ただ、警察の捜査はそんなにいい加減なもんじゃない。僕はむしろ、なぜ、彼女がそんな恐ろしい犯罪に手を染めたのか、そのことを知りたいですね」

「川井喜代には、とかく悪い噂が立っていたと聞きます。彼女は贋作《がんさく》を誰かに描かせて売っていたのではないか、というような噂も僕は耳にしたことがあります。その真偽についてどう思われますか？」

　贋作というのは初耳だったから、月光は驚いて杉田の方を見た。いったい彼は、誰からそんな情報を仕入れてくるのだろうか。

「やり手の人間には、とかく悪い噂がつきまとうものです。私は彼女から高価な絵を買っていますが、どれも一流の鑑定士の鑑定書つきですよ。贋作なんて一つもありません。だいたい贋作を誰かに描かせれば、そこから足がついてしまうでしょう。いつ裏切られるかわからないですから」

「なるほど、そうかもしれません。ところで、川井さんと話していた正確な時間はわかりますか？」

「ええ、履歴があるのでわかりますよ」

添田はスマホの画面を見ながら言った。

「四月二十日、午後八時十九分から十二分間、話しています」

「ということは、八時三十一分頃に、犯人は画廊を訪れたことになりますね」

死亡推定時刻の八時半前後とも合致する。警察もその時訪ねてきた人物が犯人だと考えているはずだ。

しかし、冬花が約束の三十分前に行くことは考えにくい。やはり犯人は別にいるのだ。

「ええ、多分、そうです。すぐかけ直すと言っていたのにかかってこなかった。こちらからかけ直したのが、えーと、八時四十三分。十二分後ですね」

添田はスマホの履歴を確認しながら言った。

「川井さんは出なかった」

「ええ、呼び出し音は鳴るのに出ない。それで何度もかけ直しました。三回目にかけ直したのが、えーと、五十四分ですね。その時は電源が切られていたようです。おかしいなと思いました。彼女はそんな無礼なことをする人ではありません。私たちは、常に、相手の都合を最優先にしていました。ですから、彼女の対応に腹を立てたりはしませんでした。何かあったのではないか、と心配していたら、案の定です」

「もう一つ。去年の夏、冬花さんの町屋で、カワイ画廊の常連メンバーとパーティーをしましたね。その時のこと、覚えておられますか」

添田は「ああ」と言って少し顔をしかめた。

「よく覚えていますよ。警察にいろいろ訊かれましたから。あの日の夜、川井さんのお姉さんが亡くなられました」

「ええ、そうです。来ていた客の中に途中で一時間以上姿を消した人はいましたか?」

「さあ、どうでしょう」

添田は、あの日の夜の模様を事細かく話し始めた。喜代も片川も、亜由美が殺された時間、冬花の町屋にいたことは確かだった。

「最後に、Taro Takigawa という人物をご存じですか」

「さあ、聞いたことありませんね」

そう言うと、添田はさっと腕時計を見て、「じゃあ、もう行かないと」と立ち上がった。

添田とは、店を出て三条通で別れた。

「冬花が警察に通報したのは、確か十時十分でしたね」

杉田と肩を並べて歩きながら、月光は、頭の中を整理した。

「冬花さんは犯人に襲われて、意識を失った。目が覚《さ》めてから警察に通報した時には、川井喜代が死んでからすでに一時間半以上が経過していたのです」

「冬花は、やはり、九時ちょっと前くらいに画廊へ行ったのでしょう」

「ええ。その時、犯人はすでに喜代を殺していたのですよ。携帯の電源を切ったのも犯人でしょう。誰かが入ってくる物音を聞いた犯人は、照明を消してどこかに身を隠した。そして、冬花さんが入ってくると、いきなり灰皿で殴りかかったのです。倒れた冬花さんは、割れたガラステーブルの破片で指を切った。犯人は殴られたショックで抵抗できなくなった冬花さんの首を絞めて気絶させ、逃亡した」

「問題はベルトです。喜代と冬花の血痕がついていたという」

「気絶した冬花さんの指から流れる血液を、犯人はベルトに付着させたのでしょう」

犯人は冬花の自宅を知っている人物ということになる。だが、なぜそこまで込み入ったことをしたのだろう。ベルトを洗って、冬花の家のタンスの奥にしまうなどという危ない橋をなぜ渡ったのか。どうやって家に侵入できたのだ。本当に、犯人は、冬花以外にいるのだろうか。

犯人が家に侵入した時、雪子《ゆきこ》はどうしていたのか、それも疑問だった。

あれこれ考えていると、不意にスマホが鳴った。スマホの画面を見ると、息子の幸太郎《こうたろう》からだった。なんとなく嫌な予感がした。

「幸太郎、どうしたの？　そっちは、みんな元気にしてるの？」

「お母さん、今、僕京都にいるんだ」

はあ？　と思わず聞き返した。やはり予感が的中した。

「京都ってあなた、それ、どういうことよ？」

「おばあちゃんと喧嘩《けんか》したの」

「またなの？　呆《あき》れた！」

「だって、ぼくのスマホを取り上げようとするんだもん」

「おばあちゃんのところにいる時くらい、スマホの電源は切っとけばいいじゃないの。せっかく大自然を満喫《まんきつ》できる環境なのにもったいないわよ」

「おばあちゃんと同じこと言うんだな」

「当たり前よ。おばあちゃんが正しいんですもの。京都のどこにいるのよ？」

「冬花叔母さんの家の前」

「住所を知ってたの？」

「まあね。でも、誰もいないよ」

「どうやって京都まで来たのよ？」

「キャンセルが出た千歳《ちとせ》から関西国際空港までの航空券を偶然ネットで見つけたんだ」

「よくそんなお金があったわね？」

「去年と今年のお年玉、全部使っちゃった」

最初から京都へ来るつもりで、住所を調べお金を持って北海道へ行ったのに違いない。

「雪子、今、おじいちゃんと一緒に水族館へ行ってるのよ。あなたも水族館へ行く？　おじいちゃんに連絡するわよ」

「やだよ。京都へ来てまで水族館なんかに行きたくないよ。それより、お母さん、今どこにいるの？」

「三条通を歩いているところ」

「じゃあ、そっちに行くよ」

「全く仕方がないわね。これから、コーヒーショップへ行くから、そこまで来られる？　鍵を渡すわ」

「わかった。お店の住所、教えてよ」

「住所だけで来られるの？」

「スマホがあるから大丈夫。ナビのアプリ使うから」

月光は、店の住所と名前を幸太郎に告げた。

「コーヒーショップ都《みやこ》か。じゃあ、今から行くよ」

そう言うと電話は切れた。

「息子が京都へ来てしまったんです」

「東京からですか？」

「夫の実家の北海道からです。姑《しゅうとめ》と喧嘩したみたいで……。まだ中学生なんですけどひねくれ者の上、強情《ごうじょう》でどうしようもない子なんです」

「北海道から京都まで来ちゃうんですか。フットワークが軽いんですね」

「そういうの、フットワークが軽い、なんて聞こえのいい言葉で表現するもんですか？姑が気の毒です。喧嘩して出て行っちゃうなんて」

「あはは、あなたに似て勝ち気な息子さんなんですね」

「似てるというのは、余計です。私は、姑と喧嘩したことは一度もありませんから」

「コーヒーショップ都」は、三条通より一本北の東姉小路町《ひがしあねこうじまち》にあった。幸い客は奥のテーブルに二人いるだけだった。

座る前に、夫の勇太《ゆうた》に電話したが留守電になっていた。

カウンターの向こうで、サイフォンコーヒーを淹《い》れているマスターの姿が見えた。アルコールランプに炙《あぶ》られて沸騰《ふっとう》した湯がボコボコと上下する様子が、昔の理科の実験室を思わせる。レトロで懐かしい光景だ。

スマホの呼び出し音が鳴った。着信画面を見ると夫からだったから、月光は立ち上がり店の外に出て、電話に出た。

「幸太郎のヤツ、脱走しやがった」

夫の勇太の悔《くや》しそうな声が聞こえてきた。

「こっちに来てるわよ。冬花の家の前からさっき電話があった」

「やっぱり、そっちか。東京の家に電話したけど、出ないからさ」

「お義母《かあ》さん、大丈夫？」

「自分も言いすぎたって、後悔してるよ。元気ないよ」

「お気の毒に。申し訳ないって、あなたからも謝っておいてね」

「ああ。ところで、そっちはどうなんだ？」

昨夜、夫には電話で報告していたが、今日の出来事を、簡単に説明した。

「大変な時にすまないが、じゃあ、幸太郎のことよろしくな。ゴールデンウィーク明けまでには、絶対に東京に帰ってくるように言い聞かせておいてくれ」

「もちろんよ。ちょうどいいから、雪子の面倒でも見させるわ」

やれやれ、という気分になった。

カウンターに戻ると、マスターがフラスコに漏斗《ろうと》をゆっくりと差し込んでいるところだった。フラスコの湯が、たちまち漏斗の方へ吸い上げられていく。コーヒーの良い香りが鼻孔をくすぐった。

コーヒーが目の前に置かれたタイミングを見計らって、マスターに声をかけた。

冬花が八軒町《はちけんちょう》に向かって歩いているのが何時だったのかさえ特定できれば、無実が証明されるのだ。

「そのことは、何度も考えたんですが、はっきりしないんですよ」

「何か思い出しませんか？　どんな些細《ささい》なことでもいいですから」

「あの日のことですけど……」

マスターが何か話そうとした時、幸太郎が店に現れた。月光は鞄から鍵を取り出して差し出したが、受け取ろうとしない。

「その前に、お腹空《す》いたから、何か食べたい」

平然とそう言うと、カウンターに座り、目の前のメニューを手にした。

「お金を渡すからコンビニでお菓子でも買って、家で食べてなさい。もう夕方でしょう。おじいちゃんが帰ってきたら、雪子と三人でどこかで食事するようにお願いするから」

「うわあ、このカツカレー、美味しそう！　カツがでかいな！」

こちらの話を完全に無視して、幸太郎がメニューのカツカレーを指さして声高に言った。

「ここで食べちゃだめ」

月光は冷たく言った。

「なんでだよ。腹減って死にそうなんだよ。長旅だったんだから」

「長旅って、あなた、か弱いお年寄りを傷つけておいて！」

「か弱い？　あの鬼瓦《おにがわら》みたいなオッカナイ顔したばあちゃんが？　あっちだって、多感な少年の心を傷つけたくせに」

全く、口の減らないヤツだ。

「まあまあ、いいじゃないですか、食べて行ってもらえば。せっかく北海道から来たんだから。ご苦労だったね」

杉田がおかしさを堪《こら》えた声で言った。

「カツカレー、この店の名物なんですよ。雑誌でも取り上げられました。ボリュームがあるから、外国人観光客にも人気なんです」

マスターの隣で給仕をしていた女性が言った。マスターと同年齢くらい、おそらく奥さんなのだろう。

幸太郎は、しめたという顔をしてすかさず言った。

「じゃあ、僕、カツカレーと抹茶アイス!」

なんて図々《ずうずう》しいヤツなのだ。腸《はらわた》が煮えくり返りそうになったが、杉田がいるので、拳《こぶし》を握りしめて、怒鳴るのを我慢した。

奥さんらしき女性が、鍋の火をつけて、カツカレーを作り始めた。

「すみません、話の腰を折ってしまって。あの日のこと、お話しください」

「四月二十日は、いつものように七時に店を閉めました。それから、片付けと翌日の仕込みをして、店を出ました」

「奥さんもご一緒だったのですか?」

月光は、カツを揚《あ》げる妻の方をちらっと見た。

「いいえ、女房は子どもが帰ってくるので五時には帰宅するんです。いつも、五時以降は私一人です」

「何度もお聞きして申し訳ないのですが、店を出た時間、思い出せないですよね?」

「片付けと仕込みに一時間から一時間四十分くらいは要するので、おそらく八時は過ぎていたと思いますが、どれくらい過ぎていたかまでは記憶にない。それがわかったらねえ」

マスターが申し訳なさそうな顔をした。

「店を出て、それからどちらかへ寄られたりされませんでしたか？」

マスターは一瞬奥さんに目をやり、しばらく考えている様子だったが、カツカレーができあがったので、幸太郎の前に置いた。

「確か、いつものように……」そう言って少し黙ってから、「そのまままっすぐ、家へ帰りました」と付け足した。

「帰宅した時間はわかりますか？」

「正確な時間は覚えていないんですよね。曖昧で悪いんだけど、少なくとも店を出たのは八時は過ぎていたはずですが……。九時台のニュースを見ていた記憶があるので、西山さんと会ったのは、多分ですが、八時過ぎから九時くらいの間でしょうか」

冬花のアリバイを証明するためには、マスターと会ったのは八時三十一分以降でないといけないのだ。店を出た時間にそれだけ幅があるのでは、どうにもならなかった。月光は落胆《らくたん》した。

「美味しい！　これを平らげたら、勝てる気がする」

「何に勝てるっていうのよ」

自然と不機嫌な声になった。それには返事せずに、幸太郎はガツガツ食べている。よほどお腹が空いていたのだろう。幸太郎がカツカレーを半分ほど食べたところで、月光は父に電話した。

父は、雪子と京都駅にいた。これからバスに乗って、帰宅するところだという。幸太郎が京都へ来ていることを父に伝えた。

電話を切ってから幸太郎に鍵を渡した。

「はい、お留守番しててね」

「お母さんたちはどこへ行くの？」

「あなたには関係ないの」

店を出てバス停の方角へ歩いている時、姑から電話がかかってきた。

「ほら、おばあちゃんからよ！」

幸太郎は、「ねえねえ、おじさん、ちょっと僕の話、聞いてくれる？」と、先を歩いている杉田に声をかけながら逃げて行った。なにやら二人でひそひそ話しているのを目にしながら、月光は、姑に何度も謝った。姑も、幸太郎にきつく言い過ぎたので謝っておいて欲しいとしょげきった声だ。

電話を切ると、杉田が、「さて、もうそろそろ五時ですね。じゃあ、これから金閣寺へ行きましょう」と時計を見ながら言った。

「僕も一緒に行く」

「だめ。さあ、お留守番しててちょうだい。おじいちゃん、一時間くらいで帰ってくるから」

幸太郎はつまらなそうな顔をした。

「そうだ、いい考えがある。さっきの君の推理、なかなかいいとこを突いていると思うんだ。だから……」と杉田は、幸太郎に小声で何やら耳打ちした。

「オーケー！」

幸太郎は急に元気な顔になって、鍵を握り締めて三条大橋の方向へはずむように歩いて行った。いったいどうやって息子を説得したのだろうかと首をかしげたが、杉田に訊いても、男同士の約束だと言うだけで、何も説明してくれなかった。


「旬席・海香」は金閣寺のバス停から歩いてすぐのところにあった。

のれんをくぐって、女将の横顔を見た瞬間、月光は胸に軽い衝撃を受けた。

「いらっしゃいませ」と杉田の方を見て言う、か細い声にも聞き覚えがある。カウンターに座ってまじまじと彼女の顔を見た。向こうはこちらに気づいていないようだ。

やつれて青い顔をした女は、冬花の元親友の高田《たかだ》ミカだった。思わず視線をそらしたくなるほど、悲壮な形相《ぎょうそう》をしている。その姿を見ただけで、彼女がどれほど追い詰められているのか想像できた。

なんと喜代は、高田ミカとも繋《つな》がりを持っていた。まるで蜘蛛《くも》が巣を張るように、彼女はいたるところに罠を張り巡らしていたのだ。

いったいどうやって、転校したミカに接近したのだろう。冬花にしたように、彼女に同情する振りをして言葉巧みに声をかけ救いの手と見せかけて、悪魔の手を差しのべ、自分が不幸にした女を更に自分の手先としてこき使い、追い詰め、楽しんでいたのだろうか。

熱燗《あつかん》とスズキの塩焼き、それに野菜の炊《た》き合わせを注文した。月光に気がつくかと思ったが、彼女は、こちらの顔を見ようともしなかった。高校も違い、数回しか会ったことのない月光の顔を、二十年近く経った今、ミカが覚えているかどうか定かではないが、それよりも彼女は何かもっと深刻な考えに囚《とら》われていて客に注意がいかないようだった。

調理に取りかかるミカの後ろ姿を見ながら、杉田に、目の前の女が冬花の高校時代の友人の高田ミカであることと、当時起きた事件について耳打ちした。杉田が驚いた顔をしたが、「なるほど、そういうことだったのか」と低く呟《つぶや》いた。

月光は自分の身分を明かすべきかどうか迷ったが、すぐには明かさないでおくことにした。

「また、お話を伺いに来ました」

熱燗と料理を運んで来たミカに杉田がそう言うと、彼女は初めて、目の前の客がこの店へ来た理由に思い至ったようだった。

「ああ、この前のお客さんですか……」

声がかすれていたが、あからさまに迷惑そうな顔はしなかった。

「ええ、もう一度だけ、川井喜代のことで訊きたいことがあるんです」

「熱心なんですね。いったい、あの事件の何がそんなに知りたいのですか？」

「この前、あなたは僕に嘘を言いましたね。川井喜代は時々来る客だが、よくは知らない、と。あなたたちは、実は高校時代からの知り合いだった」

ミカは、一瞬、顔をこわばらせたが、「もう彼女はこの世にいないのだし、全ては終わったことなんですよ。この店も今月いっぱいで閉めることになりましたから」と、何もかも吹っ切れたような投げやりな口調で言った。

「どこか別の場所へ移られるのですか？」

「いいえ。全てを辞めることにしたんです。この店も土地も人手に渡ってしまいました。何もかもおしまいなんです」

「いったい誰の手に？」

「喜代の経営していた会社に借金を肩代わりしてもらってて……。でも、彼女が死んでしまったので……」そこまで言って、ミカは、しばらく沈黙してから続けた。

「あなたは、いったい何が知りたいのですか?」

「実は、僕たちは、あの事件の真犯人を捜しているのです」

「真犯人? 犯人は捕まったのでは?」

「彼女は無実です。他に真犯人がいるのです」

「まさか。そんなわけありません」

そう言うと、ミカは、口を歪めて微《かす》かに笑った。

「ミカさん、あなたが妹のことを恨んでいるのはわかります。ですが、高校時代にあなたに降りかかった災難は、冬花がしたことではありません。全て、喜代が仕組んだ罠《わな》なのです」

「妹?」

ミカはまじまじと月光の顔を見て、それから「あなたは……あなたは」、そう言って後ずさりすると、「あなたが、いったいどうしてここにいるんですか?」と声を震わせながら言った。

「私のこと思い出しましたか。川井喜代は、私たちのことをどんなふうにあなたに吹き込んでいたのですか? あの高校での出来事にしても、全ては喜代の仕組んだことなのですよ。この店も土地も人手に渡ったと言いましたが、それはいったい誰のせいですか？　喜代に奪われたのでしょう？　どうか、冷静に考えてみてください」

「そんな、そんな話、聞きたくありません！」

ミカは耳を両手でふさいで、厨房《ちゅうぼう》の奥へ逃げるように消えていった。

「すみません。言い方がまずかったかもしれません」

月光は杉田の耳元で言った。

「僕たちは、ただ、真相が知りたいだけです。あなたと川井喜代の関係にしても、これほど長い歳月に、いったい何があったのですか？　一つずつ整理していきましょう」

杉田は落ち着いた声音《こわね》でミカに呼びかけた。

月光は、ミカが平静を取り戻してくれることにかけた。喜代が死に、何もかも失ってしまった彼女にはもう信じるものも守るものもないはずだ。

杉田と二人で、酒を飲みながら、ミカが自分たちの前へ来るのを待った。

三十分くらい経過した時、ミカは現れた。目が赤く腫《は》れていた。

「私には、もう失うものは何もないのです。土地と家が他人の名義になったことで、弟とは完全に絶縁状態になりました。母は病気が悪化して、入院しています。喜代の婚約者に相談したのですが、私がここに居続けることはできないと言われました」

彼女は寂しげに微笑《ほほえ》んだ。

「喜代の婚約者というのは、片川孝治のことですか？」

「ええ、そうです」

「あなたは、確か、彼のアリバイを証言していますよね、彼の父親が亡くなった時の」

「え、ええ」

「彼はその時間、本当にここにいたのですか？」

「……ええ、いました。あの夜は、喜代と二人でここに」

そんなはずはない。犯人は片川以外に考えられないのだ。ミカは、片川との取り引きの切り札として、その時が来るまで真実を口外《こうがい》しないつもりなのだ、ここを無一文で追い出されないために。

「喜代は、片川の父親が死んで、彼が相続した土地をうまく手に入れましたね。そのことで喜代のことを不審に思わなかったのですか？」

「あの二人は、どうせ結婚するつもりだったのですから、奪ったわけではないですよ。二人の財産みたいなもんでした。だいたい、喜代の方が商売は上手だったんです。彼女に土地を任せた方が、ビジネス的にはうまくやれたでしょう」

「結婚は決まっていたのですか？」

「ええ、今年の六月にすることになったと。急に決まったので、びっくりしました」

「びっくりする？」

「喜代は彼のことなんかちっとも愛していなかったんです。だから、結婚する気なんかなくて、ずっとお茶を濁《にご》していました」

「なのになぜ、急に結婚する気に？」

「自分の子どもが欲しくなったみたいです。年齢的にはぎりぎりでしたから」

「ああ、子どもですか」

喜代でもそんな気持ちになるのか。

「話は変わりますが、お姉さんの亜由美さんが亡くなったことはご存じですね。そのことについても、喜代のことを不審に思わなかったのですか？」

「ええ、喜代にはアリバイがあったと聞いています。多くの人が証言していると。その前年まで、夏のパーティーの準備は、私が全部してましたから、情景は浮かびます」

「しかし、彼女は、甥《おい》が受け取った保険金まで好き勝手に使っていたのですよ」

「そんな保険金のことは、私は何も知りません。甥って、卓ちゃんのことですか？」

「ご存じなのですか？」

「ええ、よう知っています。卓ちゃんはお母さんが亡くならはってからは、本当に可哀想でした。卓ちゃんには、父親がいるんですけど、再婚していて、彼を引き取ることを拒否したんです。父方の祖母は認知症で施設に入っているのでやはり、彼を引き取ることはできなかった。あっちの家族は、亜由美さんの葬式に誰一人出席しなかったんです。そんな薄情《はくじょう》な人たちに任せられないと言って、喜代が後見人を名乗り出て、面倒を見ることになったんです。喜代は優しい人やったんです」

喜代は、甥っ子の卓隆のことは可愛かったのか。いや、そうではない。卓隆のこともなんらかの形で利用しようとしていただけだろう。

「喜代と暮らしていたのですか？」

「いいえ。卓ちゃんはお母さんと暮らした墨染の家に一人でいました。喜代に頼まれて、私が週三回、食事を持って行って、掃除洗濯をしてあげてたんです」

「一人で大丈夫だったのですか」

「身の回りのことは、少しはできるみたいでした。食べ物は、冷蔵庫に入れておくと、勝手に食べていました」

「つまり、殆《ほとん》どほったらかしだったのですね」

「私もこの店が忙しかったので、それ以上のことはしてあげられませんでした。喜代がたまに様子を見に行っているみたいでした。とにかく無口な子で、声をかけても返事がないし、こちらの言っていることを理解しているのかどうかもわからないんです。身体に触れられるのを極端に嫌うし、どう接していいのか、わかりませんでした。しかも、彼はもう十九歳になってたんですよ」

「自分でバイトをするとかして、自立することはできなかったのですか？」

「それは無理やと思います。なのに彼の父親は、一人でやっていける、と言い張って面倒を見なかったんです。自分の都合の良いように事実をねじ曲げて、親の責任を放棄《ほうき》したんです」

「今はどうしてるんですか？」

「喜代が亡くなってすぐ、心配になって、あの家へ行ってみましたが、卓ちゃんの姿は見当たりませんでした。一昨日、やはり気になってまた行ってみると、家が売りに出されてました。きっと、父親が面倒を見ることになったんやと思います。今頃、どんな扱いを受けているのかと思うと心配ですけど」

「ミカさん、高校時代のあのお弁当事件のことですけど……」

「その話はやめましょう。思い出しとうないですから」

「冬花のこと、今でも、恨んでいるのですか？」

「さあ、もう忘れました。それより、どうして冬花が喜代殺しの犯人でないと思うのですか?」

「冬花さんが喜代を訪ねた時、すでに犯人が現場にいたのです。冬花さんは、犯人にいきなり殴られ、首を絞められて気絶した」

杉田が詳細を説明すると、ミカの顔色が曇った。

「あなたは、冬花が犯人であって欲しいと願っているのですね?」

ミカは、黙って考えている様子だった。

「自分の気持ちがわからないのです。私は、確かに冬花を憎んでいました。殺してやりたいほど激しく憎んでいたこともあります。でも、憎みながらも、高校時代に交わした、冬花とのたわいのない会話や無邪気な笑い声を思い出すと、混乱してしまうのです。記憶にある彼女を、私はどうしても憎みきれなかった。だから、私にはできひんかったのです」

「できひんかった? 何ができなかったのですか?」

ミカは、慌てて首を横に振った。

「ミカさんは喜代が殺された時、どこでどうされていたのですか?」

「その日は、お店で翌日の仕込みをしていました。それを証明してくれる人は誰もいませんからアリバイはありませんが、同時に、私には喜代を殺す動機もありません。喜代が死んで、ここを出て行かなくてはならなくなって困っているのですから」

「でも、家と土地を奪われたと知ったあなたは、喜代を憎んでいたでしょう」

「私は喜代から給料をもらっていたのです。お陰で、自分で店をやってる時よりずっと楽になりました。彼女には感謝しているんです。卓ちゃんの面倒を見ながらこの店を続けられたら、どれだけ良かったでしょう」

「彼女に家と土地を奪われたのにですか？」

「この店の経営に失敗したのは、私の責任です」

「この店をやろうと決心したのはあなた自身なのですか？」

「この店をやるように勧めてくれたのは喜代です。もちろん良かれと思ってのことです。失敗してからも、喜代は私のことを助けてくれたのです」

「そんなふうに思い込まされているのですね」

「違います！」

ミカは必死で首を振った。どうしてそこまで喜代を庇《かば》うのだ。本当のことを認めてしまうと、ミカは喜代と過ごした数年間を否定することになるからなのか。人は誰でも自分の人生に愛着があるから、その選択が間違いだったと認めるのが怖いのかもしれない。

「ところで、Taro Takigawa という人をご存じですか？」

「…………」

「ローマ字で Taro Takigawa と書きます」

ミカはしばらく考えている様子だったが、「あっ」と目を見張った。

「ご存じですか？」

「その人から悪戯《いたずら》メールが来ると喜代が言っていました」

「この人物に何か心当たりはありますか？」

「いいえ、ありません。でも、喜代はすでにこの世にいない人だと言っていました。どうしてこの世にいない人から悪戯メールが来るのか、不思議でしたが、彼女があんまり険《けわ》しい顔をしていたので、それ以上は訊けませんでした」

すでに、この世にいない……。犯人はなぜ、この世にいない人間の名前を借りたのだろう。再び、謎は深まった。

「もしかしたら……」

言いかけてミカは黙った。

「もしかしたら？」

「ミチルという人のことかな、とその時は思いました」

「ミチル？」

杉田の顔色が曇った。

「ミチルって、誰のことですか？」

「喜代の親友だった人です。自殺したそうです。すでに死んでいると聞いて、そう思ったのです」

「その人の自殺も、喜代の仕業《しわざ》でしょう。借金を背負わせて、自殺に追い込んだのですよ」

杉田が激しい口調で言った。

「あなたは、ミチルという人をご存じなのですか？」

ミカがいぶかしげな顔をした。

「あ、いや、ただの想像です。いかにも彼女がやりそうなことだから、そう思っただけです」

しばらく沈黙が続いた。

この辺で切り上げようと、杉田と顔を見合わせた時、ミカが絵が得意だったことを月光は思い出した。

「話は変わりますが、喜代が贋作を誰かに描かせていたという噂があるのですが、ご存じですか？」

「さあ、知りません」

「ミカさん、あなたは絵が得意で、高校生の時絵画コンクールの金賞に選ばれたこともあると聞いています。今でも絵を？」

「やめてください。そんなの、昔のことです。絵なんて描きません。まさか私が喜代に頼まれて、贋作を描いているとでも思っているのですか？　ばかばかしい。そんなこと、あるわけないじゃないですか」

ミカは、もうこれ以上話したくないというように、時計を見て、皿や箸を片付け始めた。

杉田と店を出たのは、八時過ぎだった。幸太郎のスマホに電話をしてみたが出なかった。父に電話してみると、近所で中華料理を食べて、七時過ぎに二人を家まで送ったという。

杉田と金閣寺のバス停まで歩きながら、月光は、先ほどのミカとの話を回想した。

「むしろ恨むべきは喜代だと、ミカさんは、実は気づいていたのかもしれませんね」

「恨んでいない、と口では言っていましたけれどね。僕も、彼女は喜代の正体に気づいていたと思います。ミチルが脅迫者ではないかと思うこと自体がそれを物語っていますよ」

「その人も喜代の犠牲者なんですか？　もしかして……」

杉田はミチルという女性を知っているのではないだろうか。だから、喜代のことを最初から恨んでいて、あれこれ調べていたのではないか。そう思ったが、先ほど彼は強く否定していたので、それ以上は訊けなかった。

「ミカさんは喜代の口車に乗せられてお店を出したものの、失敗して何もかも失ってしまった。冷静に考えれば、自分は騙《だま》されていたと気づいたでしょう」

ミカの憎しみの矛先《ほこさき》が喜代にも向かった。彼女を殺し、そこへ偶然現れた冬花に罪をなすりつけた。ベルトを冬花の家のタンスにしまうという手の込んだことをやってのけたのは、ミカが冬花のことも憎んでいたからだ。それに、彼女が殺人罪で捕まれば、自分は罪を逃《のが》れられる上に積年の恨みが晴らせる。

「ミカさんだったら、喜代を介して冬花の家の鍵を持っていても不思議ではありません」

「確かにそうですね。ただ……、喜代が死んだら、ミカさんはあそこを出て行かなくてはいけない。そこまで覚悟していたのかな」

「憎しみの方が上回《うわまわ》ったんじゃないでしょうか。損してもいいから殺してやりたいと思い、行動したのかも」

「犯人が高田ミカだとすると、Taro Takigawa は彼女ということになりますね。そうか、なるほど、それは辻褄《つじつま》の合う話かもしれない。どうりで、絵の話になった時、彼女は、感情的になったわけだ」

「どう辻褄が合うのですか？　杉田さんのおっしゃっている意味がわかりません」

「あ、いえ。憶測《おくそく》の段階でしかありませんけど。Taro Takigawaが、僕の思っている通りの人間だったらの話です。すでに死んでいるというのが確かなら、その憶測はかなりの確率で当たっていることになりますが」

ますますわからなかった。

「いったいどんな憶測ですか？　ミカさんは、ミチルという人がTaro Takigawaではないかと言っていましたけど」

「しかし、死人に脅迫メールは送れません」

「でも、たった今、すでに死んでいるというのが確かなら、杉田さんの憶測はかなりの確率で当たっているとおっしゃったじゃないですか。辻褄の合わないことを言わないで、ちゃんとわかるように説明してください」

「これは意外と単純なことなんです。いずれお話ししますよ」

杉田はそれ以上は話してくれなかった。

バス停に着いたので立ち止まる。この時間のこの辺《あた》りは、観光客がいないのでひっそりとしていた。月光の乗るバスが先に来たので乗り込むと、杉田が「幸太郎君が家にいなくても叱らないであげてくださいね」と背中に言った。

また、なんのことかわからないことを言う。

振り返って訊こうとしたが、二人を遮《さえぎ》るように、すーっと扉が閉まった。

帰宅してみると、雪子が一人でテレビを見ていた。

「あれ、幸太郎は？」

「出かけちゃった」

時計を見ると、八時五十分だった。こんな夜遅くに、いったいどこをほっつき歩いているのだ。

「何時頃に？」

「おじいちゃんとご飯を食べて、帰ってきてすぐに、ちょっと出かけてくるって」

杉田の言葉が頭をよぎったが、それでも、なんて無責任なヤツなんだと腹が立った。

「雪子を一人で放って行くなんて……」

「それより、お母さんはいつになったら帰ってくるの？」

月光は返事に詰まった。雪子には、お母さんは仕事で遠くへ出かけたが、もうすぐ帰ってくると言ってあった。

「もう少し待っててちょうだい。もうすぐ帰ってくるからね」

「おばちゃん、お母さんは……」

雪子はそこまで言ってから、迷ったように黙った。

「お母さん……人を殺したの？」

「お母さんは、何？」

　月光はびっくりして訊き返した。

「いったい、誰がそんなことを？」

「学校の友達が言うてたの。それ、ホンマ？」

「そんなの嘘よ。お母さんは、人を殺してなんかいないわよ。もうすぐ帰ってくるから心配しないで」

　雪子は、月光の目をじっと見つめていたが、黙って頷《うなず》くと、すり寄ってきた花子を抱きかかえて、「もう少しの我慢やしね。お利口さんで待ってなあかんえ」と話しかけている。まるで、自分自身に言い聞かせているようで、なんともいじらしい。目頭が熱くなった。

　雪子のためにも、一刻も早く、冬花の無実を証明しなくてはいけない。コーヒーショップのマスターからもう少し正確な時間が聞けるのではと期待していたが、たいした成果がなかったのは残念だ。

「雪子、お風呂は？」

「まだいい。九時から始まる番組を見てから入るの」

月光は、風呂にお湯をためる準備をしてから、コンビニで買ってきたプリンを雪子に持って行った。

幸太郎が帰ってきたのは、夜の十時ちょっと前だった。

「雪子を一人にしてこんな時間まで、いったいどこへ行っていたの？」

早速、きつい口調で問い詰めた。

「カツカレー食べたから、僕、勝ったよ！」

「何言ってるのよ。ちゃんと、質問に答えなさい！」

「コーヒーショップ都へ行ってきたんだ。あのマスター、何か隠してると思ったから」

「えっ、どういうこと？」

幸太郎はコーヒーショップの前に張り込み、帰宅するマスターの後をつけたのだと説明し始めた。マスターは少し遠まわりして屋台に立ち寄り、そこで一杯カップ酒を引っかけてから帰宅したのだという。

「それで、何がわかったの？」

「つまり、マスターはいつも屋台に寄って一杯やってから帰宅するんだ。屋台から家までの道のりではチューインガムを噛《か》んでいたよ」

「どうしてチューインガムなの？」

「臭《にお》いを消すためだよ。奥さんに内緒にしてるから」

「なるほどね。でも、それで何がわかったっていうの？」

「今日は八時三十分に店を出て、三十五分頃に屋台に寄って、帰宅したのは八時四十五分。四月二十日にマスターが、屋台に寄った時間さえわかれば叔母さんのアリバイが証明できるでしょう？」

「できそうなの？」

「それはまだわからない。マスターに声をかけたら、謝られたよ。奥さんの前では内緒にしてるから言えなかったらしい。警察には正直に話したけど、屋台に行った時間を思い出せないから、結局、アリバイは証明できなかったんだって。詳しいことを思い出して欲しいと必死で頼んだら、そういえば常連の客がいて、その人がかかってきた電話に出たことを思い出してくれたんだ。だから、もう一度屋台に行って、そのお客さんに頼んで着信履歴を確認したらいいんだよ」

「あなた、どうしてそんなこと思いついたの？」

「お母さんが、帰りにどこかへ寄りませんでしたか、と訊いた時、マスターは奥さんの顔をちらっと見て目が泳いだから、ぴーんと来たんだ。きっとどこかへ寄ったけれど、それは奥さんには内緒だってことに。しかも、その日だけに限らず、日常的にどこかへ寄ってるんだろうなって」

「どうして日常的だと思ったの？」

「いつものように、と言って、一旦言葉を切ってから、『そのままっすぐ帰った』と付け足しただろう。本当は、『いつものように〇〇に寄って』と言いかけて、奥さんがいるから、言葉を飲み込んだんだ。だから、いつものように、今日もどこかへ寄るだろうと思って。そのことを杉田さんに話したら、その推理は当たっている可能性があるから、マスターを尾行してみてはどうか、と提案してくれたんだ」

都を出た後、別れる前の二人のひそひそ話、そして男同士の約束とは、そういうことだったのか。

「珍しく頭が冴《さ》えてるじゃないの。正直、驚いた」

「役立たずと思った息子が、まさかこんなところで活躍してくれるとは夢にも思ってなかったんでしょう？　舐《な》めちゃいけないよ、この僕を。なんたって僕は、怖い母親を持ったおかげで、大人の顔色をビクビク窺《うかが》う才能を、それはそれは小さい頃から身につけてきたんだからね」

偉そうに言うわりに、あまり自慢にならない才能だ。

「その才能、学校でも生かせるといいのにねえ。先生の顔色を窺ったら、試験に出そうなところがわかるとか」

「試験の話はやめてよ。モチベーション下がるから。とりあえず、冬花叔母さんの無実を証明するのに一歩近づいたんだから、感謝してもらわないと」

「それはたいしたもんだと認めてあげる。とりあえずその常連客を見つけて、マスターが屋台に寄った時間を特定しないとね」

「杉田さんから聞いたんだけど、冬花おばさん、若松通《わかまつどおり》で花屋さんの奥さんとも出くわしてるんだって？　明日、僕、その花屋さんにも行ってくるよ」

「くれぐれも無理を言って迷惑かけないようにね。何か摑《つか》めること、期待してるわね」

冬花が雪子の元へ帰ってこられるかもしれない。一縷《いちる》の希望の光が見え始めた。

第八章

収獲の時期

二〇一五年四月

「あんたの狙いは亜由美《あゆみ》の保険金やったんやな。まんまと騙《だま》されたわ。卓隆《たくたか》を返してもらいましょうか」

山中徳一《やまなかとくいち》が険のある声で言った。山中は、卓隆が保険金を受け取ったことをどこからかかぎつけて、突然、父親の権利を主張してきたのだ。

「姉が亡くなった直後は、卓ちゃん引き取るの拒否しといて、今頃になって何を虫のええこと言うてはるんですか。姉の遺言状にも、自分に何かあった時は、私を後見人にする、言うてちゃんと書いてあります」

「私はあの子の実の父親ですよ！」

卓隆が不登校になった時、こんな子は自分の子じゃないと姉にさんざん暴言を吐いていたのに、今頃になって何を言ってるのだ、この男は。

「あなたには、親権を申し立てる権利も資格もありません。自分から親の責任放棄《ほうき》しといて、呆《あき》れたこと言わんといてください」

「とにかく、あの子は、家へ連れて帰らせてもらいます」

こんなことになるのではないかと予測して、山中が父親として失格だという証拠を家庭裁判所に提示して、親権停止の申し立てをしておいたのだ。

二年間、彼は卓隆の親権を行使することができない。卓隆に指一本触れる権利もないということだ。

「そんなことしたら、誘拐罪であなたを訴えますよ。京都府警に知り合いいてますから、すぐに逮捕されます」

「この詐欺師が！　あんたのペテンは必ず暴いてみせるしな。どうせ卓隆の金、全部自分のもんにしたんやろう。後見人失格やと、こっちが裁判所に訴えてやる」

「どうぞご勝手に」

まだ何か叫《わめ》いているので、喜代《きよ》はそっと受話器を置いた。すぐに感情的になるこういう輩《やから》とまともに話をするのは時間の無駄だ。いくら騒いだところでこちらに分《ぶ》があるのだから、放っておけばいい。

亜由美が亡くなってから、喜代は卓隆の通帳を作り、管理することになった。卓隆が受け取った保険金は、イギリスのオークションで絵を買うのに一時的に拝借《はいしゃく》したが、彼の口座に全額戻してあった。墨染《すみぞめ》の家の家賃と卓隆の生活費、それに彼の身の回りの世話をしてもらっているミカの給料をその口座から引き出していたが、それ以外のことには一切使っていない。卓隆のために必要な分しか使っていないのだ。

山中が裁判所に訴えたところで、後見人としての自分の行動にはなんの落ち度もないのだ。こうなったら、念のために、山中の親権を期限付きにではなく永遠に失わせるために、親権喪失《そうしつ》の審判の申し立てもしておかなくては。喜代は、早速、必要な書類を揃《そろ》えることにした。

卓隆には、亜由美が亡くなってからも、ずっと絵を描かせていた。金を生む打ち出の小《こ》槌《づち》をそう簡単に手放すわけにはいかない。だいたい、山中が卓隆を引き取ったら、何らかの形で卓隆が贋作《がんさく》を描いていたことがバレてしまうかもしれない。卓隆の面倒は、一生、喜代が見るつもりだ。彼はもうすぐ二十歳《はたち》になるので成年後見人の申請をしたいのだが、それには医師の診断書が必要だった。卓隆は病院嫌いで、連れて行こうとすると、パニックを起こすのだ。

姉の亜由美は、息子のことを、正常だと頑《かたく》なに信じていて、病院などには一切連れて行かなかった。その母親の強い思いが彼の心に刻み込まれているのだろう。どうせ他に行くところはないのだから、無理に申請する必要はないかと喜代は判断した。

それより気になるのは、姉の亜由美の不審な死に方だった。

多くの謎を残したまま、姉は死んでいった。そのことを考えると、喜代は一抹の不安に襲われるのだ。

亜由美を殺す計画を立てたのは、喜代だった。保険金が入ってくることもあったが、それだけが動機ではない。裏切り者が姉なのではないかと疑い始めたからだ。

亜由美は、卓隆に描かせている絵を、喜代が幾らで売っているのかを知ってしまったのだ。多分、冬花に売った絵が卓隆の作品だと気づき、さりげなく値段を訊《き》いたのだろう。

亜由美は自分たちが受け取っている額が少ないと仄《ほの》めかすようになった。それからというもの、あの脅迫メールの送り主が亜由美ではないかと疑うようになった。そう思って、姉を観察していると、この勘ぐりが的を射ているように思えてきたのだ。

喜代は、冬花に自分のアリバイを証明してもらうことで完全犯罪を目論《もくろ》んだ。

姉が死んで問題になるのは、卓隆に贋作を描かせていることが、家宅捜索をされた時にバレてしまうことだ。

計画を実行する前に、喜代は亜由美の家にある卓隆の描いた絵を別の場所へ移すことにした。

喜代は、京都府南丹市《なんたんし》の園部町《そのべちょう》に小さなログハウスを持っていた。亜由美には、二階の部屋だけでは手狭になったからという理由を伝えて、絵を全てそのログハウスに移した。

そうしておいてから、殺す前日の夜、喜代は食前に飲むダイエット効果のあるドリンク剤の中に睡眠薬を入れて、亜由美に渡した。

卓隆は、午後三時頃にぶらっと散歩に出る習慣があった。人と会話をしないし、目を決して合わさない彼は、外界と遮断《しゃだん》された世界に閉じこもっているのだが、肉体だけは街中を徘徊《はいかい》するのだ。冬花の家へ連れて行ってからはそちらへ行くこともあり、後からわかったのだが、あの日もそうだった。

喜代は亜由美の家の前に張り込んで、卓隆が出て行ったのを確認してから、家に侵入して、眠っている亜由美の首を絞めて殺した。殺してから時間を確認すると、午後三時半過ぎだった。その日の夜は、冬花《ふゆか》の町屋で、パーティーをすることになっていた。午後二時から冬花と一緒に料理を作っていることになっているので、自分のアリバイは成立する。

全ては予定通りだった。

その後、すぐに冬花の家へ行き、一緒に料理をした。そこまでは、計画通りだった。ところが、亜由美は死んでいなかった。

死んだはずの亜由美から電話がかかってきた時は、地獄から死人が戻ってきたのではないかとあらぬ妄想《もうそう》に捕らわれ、心臓発作を起こしそうになった。

亜由美は気を失っただけで、死んではいなかったのだ。殺し損ねた、そう思い慌てた。だが幸い、姉は自分が誰に首を絞められたのかには、気づいていなかった。卓隆と喜代の無事を確認してほっとしている様子だった。

亜由美を殺すことに失敗したが、警察嫌いの彼女は通報することもなく、全ては秘密裏に終わるはずだった。だが、その次に起こったことは、全くもって不可解だった。

誰かが、亜由美をブロックで殴って殺したのだ。誰が、何の目的でやったのか、それがわからなかった。しかし、喜代には鉄壁のアリバイがあったので、警察の尋問に落ち着いて答えられたのだけが幸いだった。

だが、その日の夜、また例のメールが来た。

「私のかわいい家畜へ

あなたを〝間抜けな駒〟に格下げします。

チキンの尻拭《しりぬぐ》いはこれでおしまい。

By Taro Takigawa」

間抜けな駒。この自分が間抜けな駒に格下げ。喜代は思わず、スマホを床に叩《たた》きつけたい衝動に駆られた。

コイツは、いったい誰なのだ。この上から目線の言葉遣いが気にくわなかった。

亜由美だと決めつけていたが、その姉は、もうこの世にいない。また、一から考え直す必要があった。

それにこの文面は喜代が亜由美を殺す計画を立てていたことを知っていたとも読める。亜由美を殺すのに失敗したから、自分は、間抜けな駒に格下げなのか。そして、自分の尻拭いをして、コイツが亜由美を代わりに殺した、ということなのか。その想像に、怒りと恐れの入り混じった感情が押し寄せてきて、身体から血の気が引いていった。

落ち着け。自分が姉を殺そうとしていたことを知っている人間など、いるはずがないではないか。そう思い直したが、一人だけ、その可能性のある人間に思い至った。

冬花だ。それを見抜けたとしたら、冬花しかいない。自分は彼女にアリバイを証言してもらう予定だったのだ。しかも、亜由美が何者かに襲われて殺されかけたことを、冬花は姉からの電話で聞いて知っている。

あの日の夜、冬花は町屋にいたが、殆《ほとん》どの時間、一階にいたので、誰にも目撃されずにあの家を抜け出し、墨染まで行って亜由美を殴り殺すことができたのではないか。

だが、問題は動機だ。いったいなぜ、彼女はそんなことをしたのだ。冬花が姉を殺す動機が思い浮かばなかった。密《ひそ》かに姉を恨んでいたのだろうか。だが、何も思い当たることはない。

待てよ。頭を冷やせ。冬花は一階と二階を行ったり来たりしていたのだから一時間も姿を消すことはできない。自分は何を血迷っているのだ。

だいたい、自分が姉を殺すのに失敗したから、その尻拭いをコイツがした、そんなことは考えられない。このメールの文章を自分は深読みしているだけだ。

亜由美の死と結びつけること自体、無理があるのだ。

だが、ふと、前回来たメールを思い出した。

「私のかわいい家畜へ

あなたの駒は使えません。

By Taro Takigawa」

これは、片川孝治《かたかわこうじ》の父親が死んだ直後に送られてきたメールだった。孝治は、自分は父親を殺していない。病院の前まで行ったが、殺す決意ができず逃げ帰り、ベッドに潜り込んで震えていた、と言っていたのを思い出した。彼は、自分の父親を殺した犯人は別にいると言っていたが、喜代はそんなことは聞き流していた。

誰かが孝治の代わりに父親を殺してくれた、そんな都合の良い話などあるはずがないからだ。孝治は自分で殺しておいて、それを認めたくなくて事実を曲げている、そう思っていた。

しかし、この「あなたの駒は使えません」というのが、孝治は父親殺しができなかった＝使えない駒、という意味だとしたらどうだろう。

チキンの尻拭いは臆病者の尻拭い、という意味なのか。孝治も喜代もチキンだとメールの送り主は嘲笑《あざわら》っているのか。

考えれば考えるほど、自分がコケにされている気がして、正気を失いそうなほどの怒りに支配された。しかし、正体のわからない相手にどう報復したらいいのか、わからない。まず、コイツが誰なのかを突き止めなくてはいけない。

後から聞いた話だが、孝治の父親が殺された時、病院が停電していたため、犯人の顔がカメラに写らなかったという。孝治には、病院に侵入する前に、外科医の手術着とマスクをしていくように指示してあった。しかし彼に、病院を停電させるほどの知恵があっただろうか。

その時思い出した。ミカはどうだろう？　もしかしたら、ミカの仕業《しわざ》ではないだろうか。確かミカは、調理師の専門学校の前に、コンピューターの専門学校に通っていたと言っていた。ミカは高校時代、理数系の科目が得意だったのだ。彼女は電機のことに詳しいのではないだろうか。ミカが病院を停電させたのではないか。

だが、ミカに孝治の父親を殺すことはできない。孝治の父親が死んだ時刻、喜代自身がミカの店で一緒に飲んでいたのだ。彼女にはアリバイがある。それに、彼女が孝治の父親を殺すには動機が弱すぎる。アリバイの証言で、五百万円を手に入れることになっていたが、それだけのために、孝治が失敗したことを知って、自分から手を汚して殺すなどということはしないだろう。

どうしても、話を一本の線に結びつけることができない。いろんな出来事を、一人の人物の仕業に絞《しぼ》ることに無理があるのだ。

もしかして、敵は複数で連係プレーを取っているのだろうか。

正体のわからない敵が、喜代の中でどんどん膨れあがり、巨大で不気味な様相を呈《てい》し始めた。

だが、亜由美が死んでから半年以上が経《た》った今日まで、全ての計画は喜代にとって都合良く運んでいた。自分が考えすぎだと、近頃では思えるようになっていた。

結局、ミカの家と店も手に入れることができたのだ。

「旬席・海香《うみか》」は、金閣寺にちなんだメニューを作らせて、試《ため》しにグルメ雑誌に紹介したら、意外と流行《はや》るようになった。喜代の画廊の常連も利用するようになったので、そここの利益が出るから改築せずに、そのままにしておいていた。

ミカの給料は、卓隆の貯金から、月々十五万円を引き出して渡していた。薄給だが、ミカはそれで充分《じゅうぶん》満足していた。借金の返済地獄から逃《のが》れられた上に、固定収入まであってありがたいと、感謝までしてくれるのだ。

ただ、喜代は、彼女にまだ満足していなかった。

ミカには、今度こそ、遂行《すいこう》してもらわなくてはいけないことがあった。

喜代は、ミカに電話した。

「どう、心の準備はできてる？」

「準備って、あ、あの……、結婚式は、いつになったん？」

ミカの声が震えている。やはり怖《お》じけづいているのだ。

「六月十日にパリで挙《あ》げることになったし。私がウェディングドレス着て、みんなに祝福されてる最中に、火の手が上がるようにしてや。保険金を受け取るのうちの会社やから、私が疑われたら元も子もないしね」

そう。自分が孝治とパリで結婚式を挙げている最中に、町屋が火事になり、冬花と雪子は焼け死ぬことになっていた。

あの町屋は、暫《しばら》く賃貸料を払っていたが、持ち主のデュボワ氏が事業に失敗し、どうしてもまとまった金が必要になったと言うので、相場よりかなり安い値段で買い取ることができたのだ。運は、面白いくらい、自分の味方をしてくれる。

そこで、燃やすという案を思いついたのだった。あの町屋も悪くはないが、すでにあるものでは、創造力を掻《か》き立てられることがない。喜代は、新しいデザインの建物の構想を練っている時が一番充足感を味わえるのだ。そういう意味では、添田太郎《そえだたろう》は喜代の最高のパートナーだった。彼は、喜代がどういったものを欲《ほっ》しているのかをよく理解し、更にこちらの想像を上回《うわまわ》る出来栄《できば》えのものをデザインしてくれる。

どうしてもあの家を燃やして、白紙から美しいものを築き上げたかった。

鍵は渡してあるから、ミカがあの家に侵入して火事を起こすのは、容易なことだった。

喜代は次の手順を踏むようにミカに提案した。

「まず、十日の昼間、冬花が留守の間に町屋にこっそり入って、二階のデッキテラスのガラスドアが開かないように、ドアの戸車を壊しておくの。出火しても、冬花がデッキテラスから逃げらへんようにせんとあかんしね」

「そ、そんな……」

「前に渡した鍵、持ってるやろう？　それから、夜中、母娘《おやこ》が寝入った頃に、再び侵入して火をつけるの。出火は、火の不始末に見せかけるためにキッチンから出たように偽装したらええ」

「どうやって偽装するの？」

「いい案、思いついたんえ。天ぷら用の油を利用したらええ。鍋に油を入れて、まず、そこにアルコールを染み込ませた紐《ひも》の一方を浸《つ》けて、もう一方を床に垂《た》らしておくのや。アルコールをあちこちに撒《ま》いてから、ガスコンロに火をつけて、鍋をそのままかけておいたら自然発火して、台所が火の海になる。そうなる前に、数十分はあるから、二階の冬花たちが寝ている部屋の扉に外側からつっかえ棒をして、母娘が出られへんようにするの。二階の部屋にも床、カーテンにアルコールを撒いて、着火ライターで火をつけてから、ミカは脱出したらええのよ」

食用油の発火点は、だいたい三百七十度なので、二、三十分で発火するだろう。火は、上からも下からも回って、家は全焼し、母娘は、逃げ遅れて焼け死ぬことになる。喜代は、霊の存在など信じていないが、焼死した母娘の情念のようなものがそこに宿ってくれれば、新しい建物に陰影が加わり、むしろ深みが増すだろうと思った。

生命保険以外に火災保険にも入っているので、三億円は会社に入ってくることになっていた。ミカには保険の受け取り額を五千万円と偽り、彼女の取り分は三千万円だと言ってあった。積年の恨みを晴らせる上に、大金が受け取れるのだから、こんないい話はないとハッパをかけているのだが、ここのところ、ミカに冬花の話題を振っても、以前のように瞳がギラギラと光ることはなくなった。借金地獄に追い詰められることのなくなったミカは、正気を取り戻し、冬花に対する憎しみも薄れているようなのだ。喜代は自分の誤算に焦《あせ》っていた。

二ヶ月前に、喜代が海外へ行っている時、似たような計画を提案したが、彼女は自分にはできないと言った。

喜代は、念を押す。

「これは、ミカ、あんたの生き死にに関わる問題なんえ。私かて、いつまであんたの面倒見てられるかわからへんのやからね。わかってる？」

これだけ言えば、陰の力でどうにかされるのではないかと勝手に解釈して、いつもだったら、ミカは怖がるのだ。

「わかってる。そやけどそんなことしたら私、殺人犯やない！　何も、冬花と娘の命まで奪わんでも、火事にして火災保険だけ受け取ったらええのと違うの？」

「火災保険だけやったら、たいした金額、入ってきいひん。いややったらええんよ。あんたみたいな中途半端な人、代わりやったらいくらでもいてるんやから」

「喜代には、感謝してる。お店やってみて、商売いうのんがどんなに過酷なものなのか、骨身に沁《し》みてわかったし。夜、布団でちゃんと眠れるありがたみを今、噛《か》み締めてる。全部、喜代のおかげや。だから、どうか私を見捨てんといて。お願い。卓ちゃんだって私に懐《なつ》いてくれてるし、私が必要やと思う」

「卓隆の面倒やったら、冬花でも見られるし」

「へ、冬花？　でも……」

ミカが火をつけなければ、冬花は生き続けるのだから、不要になるのはミカの方だ。そのことをミカはわかっていないのだ。

「卓隆は冬花にも懐いてる。だから、あんたでなくても、冬花でもええんや」

「冬花が私にとって代わるってこと？」

「その可能性もあるえ。あんたは不要になる。私を裏切ったもんがどうなるかは、想像に任せるわ」

「き、喜代にはいつも感謝してるし、だから、だから……」

受話器の向こうから、泣きそうな声が聞こえてきた。

「だったら、ちゃんと、約束守ってね。今度こそ絶対にね」

喜代は、低いドスの利《き》いた声で言った。

「家は燃やす、必ず。家だけは」

「どうやって？　冬花らの留守にしてる昼間にか？　そんなんしたら目撃されるえ」

「夜中に。でも、デッキテラスの戸は壊さへん。火は一階だけにつけるし」

「戸も壊しておいて。母娘は、逃げ遅れて死ぬの。燃やしただけやったら、報酬《ほうしゅう》は半分しかないえ」

「………」

「まあ、ええ。あんたの決心次第や」

そう言って受話器を置いた。

ミカが怖じけづいて母娘を殺さなかったとしても、家は燃やすだろう。燃えただけだったら一億円。もう少し高い火災保険に入っておいたほうがいいかもしれない。

保険金の使い道は、すでに決まっていた。外国人の富裕層向けにオシャレなデザインホテルを建てるのだ。

世界の金持ちが押し寄せてくるような、そんなホテルを、と喜代は想像した。

翌週の画廊の定休日、喜代は冬花の家へ行った。

喜代がパリへ行って留守の間に、町屋の塗装《とそう》をすることを急に思いついたのだ。早速、リフォーム会社を経営する左田《さだ》に来てもらうことにした。

鍵を開けて入ると、冬花を捜した。キッチンから水の流れる音が聞こえてくる。

「ここ、傷《いた》んできたから塗装しようと思って」

喜代は、キッチンで洗い物をしている冬花に言った。

「塗装……。そやけど、そんなに傷んでる？」

冬花は洗い物の手をやすめて振り返ると、不思議そうな顔でこちらを見ている。

「なんでも早めにやっといたほうがお金がかからへんのよ」

チャイムが鳴った。冬花が玄関へ行こうとするのを遮った。

「左田さんやわ。塗装の相談。私が出る」

左田は入ってくるなり、喜代の指示に従って家の中をチェックし始めた。

茶の間で、左田と交渉していると、冬花がお茶を運んできた。

喜代は、塗装の費用を思いきり値切った。そうすれば、何も言わなくても、左田が油性ウレタン塗料を使うことがわかっていたからだ。

油性ウレタン塗料は、値段が安く、作業も早く済むが、発火点が低くて危険なのだ。それが、喜代の狙いだった。

施工日は、六月八日と九日に指定した。

塗装後の十日に火事を起こせば、燃えやすくなったこの家は間違いなく全焼するだろう。冬花も雪子も逃げ遅れて跡形も残らないくらい綺麗に燃えてしまえば、火葬する必要もなくなる。

喜代は、この家が炎に包まれて燃える光景を想像し、束《つか》の間、恍惚《こうこつ》となった。

パリ郊外の古城でウェディングドレスを身にまとい、みんなから祝福されている時に、それは起こるのだ。その想像が、喜代に麻薬のような快楽を与えてくれるから、しまいには鳥肌が立ってきた。

三日後の四月二十日、喜代は片川孝治と結婚式の段取りの打ち合わせをすることになっていたので、北山《きたやま》の彼のオフィスへ寄った。

片川はオフィスで経理の書類に目を通していた。喜代の顔を見ると満面の笑みになった。

喜代がようやく結婚する気になったので、ここのところ機嫌が良いのだ。

「挙式はここ、デスクリモン城というところでするんえ。六月十日午前十時から」

二ヶ月足らずしかないが、無理を言って、この日に式場を押さえてもらったのだ。家族だけの挙式にしようと最初は思ったが、自分と孝治と彼の母親の三人だけでは、格好がつかない。パリ在住の日本人とフランス人に、急遽《きゅうきょ》メールで招待状を送り、三十人くらい参加してもらうことになった。

喜代はお城の写真を孝治に見せた。デスクリモン城は、一五四三年に建てられたルネッサンス様式の敷地面積、六十ヘクタールの美しいシャトーだ。

「すごい城だなあ。本当にこんな所で式を挙げるの、僕たち」

声が完全に舞い上がっている。

「ここの二階にルイ十六世の間というのがあるの。そこで式を挙げて、その後、高級シャンパンで乾杯して、一流シェフのランチを食べて、それから夕方まで飲んで踊るのよ」

午後六時まで、城を貸し切ることにしたのには理由があった。日本とフランスの時差は七時間だから、向こうで午後六時は、こっちの翌日の午前一時だ。その時間には、町屋は黒焦げになっているだろう。そう思うと、自然に、口元に笑みが浮かんだ。喜代の笑みに応じて、孝治もへらへら笑っている。

「ドレスを着た君はさながらマリー・アントワネットってわけだね。目に浮かぶよ」

マリー・アントワネットと聞いて、ちょっとムッとした。もう少し気の利いたことが言えないのだろうか。マリー・アントワネットの華やかな時期は好きだが、最期が良くないので嫌いなのだ。

「ギロチン刑にされた女と一緒にせんといてくれる」

「あ、ごめん。ルイ十六世っていうから、つい……」

「飲んで踊って、その後、馬車で白鳥の浮かぶ庭園を散策して、それからパリのメリディアンホテルに一泊。翌日からは、レンタカーを借りて、一週間のハネムーン旅行へ旅立つの」

ベンツで、パリから南へ五百キロ走って行き、南仏ニースの超高級ホテルで宿泊することになっていた。もっとも、これは、冬花の悲報が入ってきた時点で中止になる予定だ。新婚旅行の途中で、町屋が燃えたと知らせが入り、急遽、帰国することになっている。

とんだ結婚式になってしまうわけだが、得《え》るものは大きい。

挙式を思いっきり豪勢にすることで、火事の犯人が自分でないことを強調するのも狙いだった。

「喜代、君の企画力は本当にすごいね。僕なんかじゃ、とても思いつかないよ。君は僕をいつもステキな計画の主人公にしてくれるんだね」

孝治の間延びした顔を、喜代はマジマジと眺めた。あまりにも策がないので、情けなくなった。

孝治の依存心の強さには、ほとほとうんざりするのだが、結局、土地持ちであるということ、そこそこ見た目がいいこと、そして扱いやすいこと、この三つの理由で、彼を人生の伴侶《はんりょ》にすることにしたのだ。

「北区にあるお義母《かあ》さんの土地なんだけど、あそこに外国人の富裕層向けのホテルを建てる計画なのよ。今、添田《そえだ》さんと構想を練ってるの。京都は、外国人観光客で潤う街になりつつあるしね」

彼の母親は、夫を亡くしてから、益々《ますます》息子に頼りきるようになった。孝治に説得されて、息子が名ばかり専務の会社のために、北区の土地を手放すことを承諾したのだ。もちろん相場の半額以下の値段で買い取ったのだった。

「君だったら、さぞかし、オシャレなホテルを建てるんだろうな。お袋も喜ぶよ」

「お義母さんには、いつでも泊まれるようにVIPルーム用意しておくわね。外国人が気に入るホテルのランキング上位にしてみせるし」

「君は、いつも仕事のことで頭が一杯なんだね。結婚したら、少しは家庭のことも考えて欲しいよ」

「何を言うてるの。そのために結婚するんやないの、私たち。結婚したら、子ども二人は欲しいと思うてるんえ」

それを聞いた孝治は上機嫌になった。

「もちろんだ。僕ら二人の最強の遺伝子を後世に残さないといけないからね。未来永劫、繁栄する遺伝子を！」

孝治は力強く言った。

喜代は、正直なところ、子どもなどたいして欲しくなかった。

だが、最近になって、家庭のある人間のほうが信頼され、仕事がやりやすいことに気づいたのだ。子どもを持つことで、健全な家庭の持ち主であることを世間にアピールするのが、商売をする上で効果的なのだ。

仕事が成功しているだけではダメだ。家庭もちゃんとあり、優秀な子どもがいなくてはいけない。そうでなければ、本当の意味での勝ち組キャリアウーマンとは言えないのだ。

問題は、子どもは優秀でなければ絵にならないということだ。それには、孝治の遺伝子が半分も入ったのではダメだ。愚息ができたら、足を引っ張られる材料にしかならない。自分の人生にアキレス腱《けん》はいらない。

喜代はもっと優秀で強いアジア人の血を、アメリカの精子バンクで探すつもりだった。

画廊に戻ると、冬花がシャッターを閉めていた。時計を確認すると午後六時、閉店きっちりの時刻だ。

「喜代、新しい絵が届いてるえ」

冬花が画廊の隅を指さした。先日、イタリアへ行った時に購入した、人気が出つつあるイタリア人アーティストの油絵三枚だった。

冬花が帰ってから、喜代は近所のイタリア料理店へ行った。窓際の二人がけの席に座り、白ワインのハーフボトルと魚介類のシチュー、チョピーノを注文した。

魚と貝が凝縮《ぎょうしゅく》した濃厚なスープを味わいながら、北区の土地に建てるオシャレなデザインホテルについて、想像力を働かせた。

先ほど通り抜けてきた円山《まるやま》公園の桜がちらちら舞い降りてくるのを回想しているうちに、桜にちなんだ部屋をデザインすることを思いついた。外国人が好みそうな、モダンな中に和をとり入れた空間が、いろんな角度で脳裏に映《うつ》し出されていく。

次いで、新婚旅行から帰ってからのことを考えた。冬花の住んでいるあの町屋の燃え跡に何を建てようかと考えていると、わくわくしてきた。

空想の翼で飛ぶに任せているうちに、自分が念じることは、何でも叶《かな》うのだという全能感に酔いしれた。今夜は、なんてワインが美味《おい》しいのだ。

そういえば、喜代が冬花に再会したのは今からちょうど一年くらい前だった。あの時、冬花に出会ったことも、大きな運命の転機だったのだ。

冬花が火事で逃げ遅れたら、と想像してみる。彼女がいなくなるのは、ちょっと惜《お》しい気がするが、ミカと同じで、たいして使えないから、代わりだったらいくらでもいるだろう。

使えない者同士でいがみ合いをさせるのは、実にうまい手だ。これは優《すぐ》れた為政者が愚民を分割統治するのと同じ手口で、こっちが手を汚さなくても勝手に潰《つぶ》し合ってくれるから、手間が省けるのだ。

メールの着信音が鳴る。

スマホのメールをチェックして、喜代の手が震えた。

「私のかわいい家畜へ
そろそろ、収獲の時期が来ました。

By Taro Takigawa」

喜代は一呼吸置いてから、黙って画面を睨《にら》んだ。収穫ではなく収獲だというのか。ふざけている。怒りと恐怖で鼓動が速まっていくのと必死で戦った。負けてはいけない。怖がるから、舐《な》められるのだ。こういう時こそ、強い精神で挑《いど》まなくてはいけない。送り主がいったい誰なのか、何が何でも突き止めて、先回りして、私に挑戦してきたことを後悔させてやらねばならない。

喜代は気持ちを落ち着かせるとワインを飲み干して、会計を済ませた。

画廊に戻ると、包装紙を開いて絵を壁に並べた。一枚一枚手に取り、画廊の照明の下で色の加減を確認する。

三枚とも、イタリアらしい鮮《あざ》やかな色使いの絵で、喜代はそれが気に入っていた。光の当たり具合と、絵の配置によって、画廊の雰囲気ががらっと変わるだろう。春らしい明るい彩《いろど》りについて考えているうちに、どうしても今日中に画廊の模様替えをしたくなった。喜代は、早速冬花に電話をかけた。

「さっき届いた絵なんやけど、今日中に飾りたいから、今から来てくれる？」

「わかった。ほんなら片付けを終えて、九時くらいに行くわ」

「九時ね。二階にいるし、声かけて」

喜代はスマホを切ると、二階へ上がった。

ソファに座りバーボンのロックを飲みながら絵の配置について考えた。

九時までまだだいぶ時間がある。そうだ、明日、添田と北区の土地を見に行くことにしよう。

そう思い立ち、彼のスマホに電話した。彼はまだオフィスで仕事をしていた。

「明日の予定、どう？　この間買《こ》うた北区の土地、一緒に見に行かへん？　まだ駐車場になってるけど、来月には更地《さらち》にする予定にしてるし」

「ああ、あの片川君のお母さんの土地？　住所で調べたけど、いい場所にあるねえ。明日、ええですよ」

「あそこに、とびっきりオシャレなデザインホテルを建てたいの。外国人が好みそうなの」

一つ一つの部屋のデザインに手間をかけ、高級感のある調度品を置き、和とモダンの融合した個性的で、洗練されつくされた部屋を創るのだ。部屋の間取りを広く取り、数を少なくして、予約のなかなか取れない人気ホテルにするつもりだった。

部屋の値段はいくら高くても、世界には金に糸目を付けない富裕層がいくらでもいるのだ。喜代は自分の構想を添田に話して聞かせた。

「まかせといて。今、話を聞かせてもらっただけで、幾通りも、面白いデザインが浮かんでくるわ」

添田の言葉は自信に満ち溢《あふ》れていた。喜代がイメージしたものそのまま、いや、それ以上のすばらしい空間を、彼は必ず創り出してくれるはずだ。

喜代は、いい仕事をする相手とは、私情を交《まじ》えないことにしていた。だから添田とはあくまでもビジネス上の付き合いを保《たも》っているが、これほど相性の良い相手に巡り合えたことは幸運だった。

円山公園の桜の舞う光景と水の流れる音を、喜代は添田に話して聞かせた。

その時、ガラスドアの向こうに人影が見えた。

「ちょっと待って、誰かが来たから、すぐにかけ直すわね」

喜代は、電話を切った。

「ああ、どうしたん？」

来訪者に問うたが、返事はない。いつもと雰囲気が違っていた。

革手袋を塡《は》めた手が、棚に置かれた鉄製の彫刻を握りしめた。それは、去年、パリの蚤《のみ》の市《いち》で購入した、スペイン人の作家のものだった。高価なものではないが筒型に少しひねりが入っているデザインが気に入ったのだ。

来訪者は彫刻を握りしめたまま、じりじりとこちらに近づいてくる。

喜代は目を見張り、立ち上がった。

「まさか、あ、あんたが……」

声は情けないほど震えていた。

「た……、Taro Takigawa?」

やっとのことでそれだけ言えた。来訪者は黙って頷《うなず》いた。ぞっとするほど冷酷な視線がこちらに注がれている。喜代はその視線を見ているうちに、震えが止まらなくなった。自分は、完全に位負けしている。やはりそうだったのかという思いと、いや信じられないという思いと、二つの相反する思考が交差した。

握られた彫刻が、目の前で振り上げられた。こめかみに激痛を感じたかと思うと、次の瞬間、後ろに吹っ飛び、ガラステーブルに頭をぶつけて、仰向《あおむ》けに倒れた。さらに喜代は、来訪者によってガラステーブルに何度も頭を打ちつけられた。ガラスの割れる激しい音が鼓膜をつんざく。全身が痛みと痺《しび》れに覆われ、身動きできなくなった。

意識が朦朧《もうろう》としてくる。こんなはずではない。自分は、いったいどこで、何を間違えたのだろう。

――Taro Takigawaが、あんたやなんて……。

Taro Takigawa は、革のベルトを手にしていた。喜代のベルトだ。

それで首を絞められ、意識が完全に遠のいていく。

喜代は、ふいに、Taro Takigawa という名前の意味を理解した。

――そうか。そうやったんか。そんな単純なことやったんか。

なぜ、もっと早くに気づかなかったのかと、自分を嘲笑したが、もはや、手遅れだった。

――私は、あんたの家畜？　でも、あんたが、どうやって収獲するつもりなん？

それに答えるかのように、Taro Takigawa は喜代の耳元に口を寄せ、囁《ささや》いた。そして、更に強く喜代の首を絞めていった。

――そういうことか。あんたの方が一枚上手やったってことか。私の負けや。完全に負けや。でも、でも……、まだ、死にとうない。お願いや……。

助けてと、必死で叫ぼうとするが、声にならなかった。泣きたいのに、涙も出なかった。

目の前が暗闇に覆われ、意識は下へ下へと下降していく。必死で羽ばたこうともがいたが、羽がもがれていることに気づいた。落ちるスピードがどんどん加速していき、氷のように冷たい地面に叩きつけられた。

これが地獄？　無感覚の身体を起こして、周囲を見回す。自分は、もう二度と舞い上がることができないのだろうか。

辺りは濃厚な闇に覆われていた。そして、その向こうに一筋の光のようなものが一瞬見えたかと思うと、何もかもが消えてなくなった。

ああ、私は死んだのだ！

第九章

失踪、そして逆転劇

二〇一五年五月末

冬花《ふゆか》は、「アラビアの真珠」を一口飲んで、コーヒーの苦みと酸味のバランスの妙を味わった。イノダコーヒーへ来るのは、何年ぶりだろう。昔、姉の月光《つきみ》に連れてきてもらったことがあった。杉田《すぎた》が真向かいに座って、「アラビアの真珠」よりもう少し苦みの強いジャーマンブレンドを飲んでいる。

冬花は今、雪子《ゆきこ》と二人で嵐山《あらしやま》にある小さなアパートで暮らしていた。それまで住んでいた町屋とは違い、ワンルームの狭い住まいだったが、嵐山は自然が豊かなので、環境的には街中より良かった。また、嵐山の辺《あた》りは、いつも観光客で賑《にぎ》わっているので、寂しく感じることがないのも利点だ。猫は飼えないので、花子《はなこ》は左京区にある杉田の母親の住む家に預かってもらうことになった。雪子は、週末になると杉田の実家へ花子を見に行きたがる。仕事は以前働いていた、割烹《かっぽう》料理の店で再び雇《やと》ってもらえることになった。

それにしても、不思議でならない。冬花は、自分が釈放されるとは、夢にも思っていなかったのだ。

警察署での厳しい取り調べに屈《くっ》してしまったのは、事件当初、冬花が肝心《かんじん》な部分の記憶を失っていたからだった。

あの日、目を覚《さ》ましてみると、自分は暗闇の中にいた。痛みでガンガン鳴る頭を抱《かか》えながらふらふらと立ち上がり、窓の外の明かりを頼りに電気を点《つ》けて、はじめて喜代《きよ》が倒れているのを発見した。そして、自分がカワイ画廊の二階にいることをやっと思い出したのだった。

冬花は喜代に近づき声をかけたが、目は見開かれたまま微動《びどう》だにしなかった。死んでいるのだと気づき、慌てて警察に通報した。

駆けつけた警察官にいろいろと訊《き》かれたが、あろうことか自分が暗闇で何者かに殴られたという一番重要な記憶がすっぽり抜けていた。後になって弁護士から首を絞められたショックで記憶喪失になっていたと説明された。

そのような状態だったので、警察官に尋問《じんもん》されても、ただ喜代が倒れているのを発見したとしか説明できなかった。額《ひたい》や手に負った傷についてもしつこく訊かれたが、なぜ、自分にそんな傷があるのかも、その時は皆目《かいもく》わからなかったのだ。

記憶が戻ったのは、それから数日後のことだった。それからは、あの部屋で自分は何者かに殴られたと説明したが、警察はまともに取り合ってはくれなかった。その時、すでに冬花に不利な物的証拠が揃《そろ》っていたのだ。

警察から、喜代の首を絞めたベルトを決定的な証拠として突きつけられた時、もはや、自分には逃げ道はないことを悟った。家のタンスの中から出てきたというそのベルトは、喜代を絞めたものと形が一致している上に、喜代と冬花の血痕が付着していたのだから、それ以上の物的証拠はない。

このまま自分は犯人にされてしまうことになる。雪子が殺人犯の娘と囁《ささや》かれ、後ろ指をさされるのは、あまりにも可哀想だ。

娘の将来を悲観するあまり、警察署の布団の中で声を押し殺して泣いたこともあった。

姉の月光の話によると、杉田が冬花の無実を信じ、それを証明するために奔走《ほんそう》してくれたのだという。冬花は、なぜ彼がそこまで自分によくしてくれるのかわからなかった。

「杉田さん、本当にありがとうございます」

杉田はちょっと微笑《ほほえ》んでから、黙ってこちらを見つめている。彼の視線の熱が伝わってきて、なんだか気恥ずかしくなった。いつものように、視線をそらそうとしたが、なんとか思いとどまった。

「僕は、何もしていません。幸太郎《こうたろう》君がいい仕事をしてくれたのです。いい甥《おい》っ子さんですね」

幸太郎に聞いたところ、「誰にだって、ちょっとした秘密があるでしょう？　僕、マスターの秘密を嗅《か》ぎつけたの。それと、花屋の奥さんに関しては、むしろ犬のその日の行動に注目したんだ」とだけ返事がきた。

「詳しい話を聞かせていただけますか？」

「幸太郎君は、あの日、冬花さんが花屋さんとコーヒーショップのマスターに会った時間を特定することに成功したのです」

「どうやってそんなことが？」

「まず、花屋さんです。冬花さんは、愛犬の散歩をしていた花屋の奥さんに若松通《わかまつどおり》で会っていますね。花屋さんの愛犬の散歩を幸太郎君が尾行したところ、いろんな犬に出くわすことに気づいたのです。それで、僕と手分けして、他の犬の飼い主に訊いて回ったのです。すると、あるダックスフントが、その日、花屋さんのトイプードルと臭《にお》いを嗅ぎ合いじゃれ合っていたことがわかったのです。ダックスフントの飼い主は、自分の愛犬が花屋さんの犬と遊んでいるところをスマホで写真に撮っていました。その記録を確認したところ、それが午後八時四十二分であることが判明しました。その二、三分後に、花屋の奥さんに会っているので、恐らく八時四十五分、六分頃です。そのことをマスターに話して、帰りに寄った屋台で何時頃カップ酒を飲んでいたのかをもう一度思い出して欲しいとお願いしました。冬花さんの無実を信じる幸太郎君の熱意にほだされて、必死で記憶を辿《たど》っているうちに、その日、屋台で常連の客と一緒だったこと、その客が誰かと電話していたことを思い出してくれたのです。常連の客は、屋台で一杯やっているところに大切な仕事の電話がかかってきたことを覚えていました。着信履歴を確認してもらい、それが八時四十五分であることが判明しました。通話時間は三分。電話が終わった直後にマスターは屋台を立ち去っています。その二つの証言をあわせると、冬花さんは、四十五、六分頃に花屋さんと出会い、それから五十分頃かそれ以降にマスターと会っていることになります。そしてその時には、川井《かわい》喜代はすでに殺されていたわけです」

「私は、九時五分前くらいに画廊に着いたのだと記憶しています」

「ピッタリです。マスターと会った場所から画廊まで、徒歩五、六分くらいですから。あなたが行った時、犯人はまだ画廊に潜《ひそ》んでいたのですよ」

「結局、真犯人は？」

「まだ、わからないみたいです。初動捜査に誤りがあると、捜査は難航するそうです。喜代を殺し、あなたの首を絞めた犯人がどこかに潜んでいると思うと心配です」

「あれは、多分、偶然居合わせただけです」

犯人がまだ捕まっていないと思うと少し怖かったが、偶然居合わせただけだから再び狙われることはないと自分に言い聞かせた。

「そう願っています。冬花さん、あなたの無実が証明されて、本当に良かった」

「杉田さんには迷惑をかけてしまって、本当に申し訳ありません」

「そんな他人行儀な言い方、やめてください。僕は、冬花さんともっと深く繫《つな》がりたい。そう思うのですが、僕の気持ちを受け入れてもらえませんか？」

彼の言葉をどう解釈していいのか戸惑《とまど》った。冬花は、自分がそこまで愛されるに値しない女だと思った。

「そこまでどうして私のことを？　こんなに鈍くて冴《さ》えない女なのに。実際、杉田さんの忠告に耳を貸さずに、迷惑をかけてしまいました」

「僕の気持ちを理解していただけないのですね」

「……ごめんなさい」

「では、思いきって僕の秘密をあなたには打ち明けます。僕は学生の頃、ある女性と付き合っていました。彼女の方が僕のことを好きだということを、僕はわかっていた。正直、僕の方はそれほどでもなかった。僕の卒業した高校はかなりの進学校でした。なのに、高校三年で大病を患《わずら》ってしまい、志望大学に入れなかったのです。すっかり自信を失ってしまった僕は、自分のプライドを回復するために、彼女の愛を利用したのです。彼女に冷たくして、自分への気持ちを始終確かめるという方法で」

「どうやって気持ちを確かめたのですか？」

「約束の時間にはいつも遅れて行ったし、ドタキャンすることもしょっちゅうでした。当時、彼女は僕に会うことだけが生きがいだった。それがわかっていて、わざと冷たくして、彼女がいかに悲しむかを僕は確認していたのです。彼女が悲しめば悲しむほど、自分の価値が高まったように、僕は錯覚《さっかく》した。二人でクリスマスを祝うことを彼女はずっと楽しみにしていました。レストランも予約していたのに、僕は大学の友達とスキーに行くことを優先しました。クリスマスの朝、スキー場から彼女に電話して、今日は帰れないと電話した。電話口で泣かれました。それでも、彼女が僕についてくる、そのことを試したかったのです。僕は、そんな最低の男だったのですよ。今思い出しても、あの頃の自分は人間のくずだったと思うのです」

「杉田さんのような方でも、自分のことが嫌いになるような、そんな過去があるのですね。

その後、その人とは？」

「その女性は、元々繊細《せんさい》だった上に、僕の仕打ちにひどく傷つきました。当然ですよね。僕は故意に彼女を傷つけていたのですから。絶望した彼女は、支配的な女友達にのめり込んでいったのです。その女友達は、性質《たち》が悪くて、安物の絵画やアンティークをヨーロッパで買ってきては、彼女に高額で買わせていました。一緒にお店を出す計画を持ちかけられてもいたようです。彼女は借金してまで、その女の勧《すす》めるものを買うようになりました。彼女からそのことを相談されたことがありましたが、僕は、自分を差し置いてそんな女にのめり込んでしまった彼女が許せませんでした。騙《だま》される方が悪いのだと思い、彼女のことを冷たく切り捨てたのです」

「もしかして、それは……」

「ええ、その性質の悪い女というのは川井喜代のことです」

「だから、あなたは、私に並々ならない興味を示したのですね」

喜代が初めて店に来た日の帰り、彼に呼び止められたことを冬花は思い出した。あの時、喜代には気をつけた方がいいと彼は忠告してくれていたのだ。なのに自分は、そんな言葉に耳を貸さず、喜代に依存するようになっていったのだ。

「川井喜代があなたに接近していると知って見過ごせなかったのです。僕は、彼女が精神を病んで自殺してから、ずっと喜代の行動をマークしていました。　彼女がまた悪事を働くのではないかと見張っていたのです」

自殺したと聞いて思いあたる人物の名前が浮かんだ。

「その付き合っていた女性は……。もしかして、ミチルという人ですか？」

「そうです。ミチルのことを喜代から聞いたことがあるのですね」

「ええ。無二の親友だった、彼女が自殺して残念なことをしたと喜代は言っていました」

「金づるを失って残念だったのでしょう。彼女が自殺して、僕は自分が彼女にしたことを死ぬほど後悔しました。僕は利己的な愛を欲《ほっ》していたのです。愛するのではなく、愛されることでいい気になっていた。今思い出しても、そんな自分に吐《は》き気《け》がします」

今、目の前にいる杉田とは別人の話を聞いているようだった。彼のようにそつなく生きているように見える人間にでも若かりし頃の苦い思い出があるのだ。冬花は少しだけ彼に親近感を持った。

「愛されたいという願望は、誰にでもあるのではないですか？」

「自分が愛さないのに、愛されたいというのは、強欲だと思います。自分には、人間として決定的な欠陥があると思い、悩んだ末、結婚は諦《あきら》めました。愛せない人間は愛を生むことができない。一人の女性をちゃんと愛することができない自分には、これが分相応《ぶんそうおう》の人生なのだと、自身に言い聞かせてきました。ところがあなたと出会って、僕の中で凝り固まっていた、頑《かたく》なな何かが溶《と》けていったのです」

「ミチルさんへの思いと重なったのですか？」

「違います。そんなふうに誤解されることを恐れたから、僕は、ミチルの話はしなかったのです。僕は、ミチルのことを愛することができなかった。でも、あなたのことは愛しています。僕の心の深いところが、ずっとあなたと出会うことを渇望していた。それは、きっとミチルと会う以前からだったように思えたのです。もしかしたら、ミチルがあの世で僕のことを許してくれたから、あなたに出会えたのではないかと、僕は思っています」

杉田の熱意は嬉《うれ》しかったが、果たして自分はそこまでの情熱に応えられるだろうか。冬花はそれが不安だった。

「愛せない人間は愛を生むことができない、杉田さんはそうおっしゃいました。こんな私に愛を生むことができるのでしょうか？　私、怖いんです。杉田さんが私を過大評価しているようで」

「怖がらずに、飛び込んできて欲しい、僕のところまで」

杉田の気持ちは嬉しいが、やはりそんなに簡単に気持ちを切り換えることは冬花にはできなかった。

「もう少し時間をください。私、ついこの間まで、喜代にどっぷり頼りきっていたんです。そんな浅はかな女なんです。その記憶が、いまだに、私を苦しめるんです」

喜代が、今でも夢に出てくることがあった。彼女の笑顔に誘われて、ふらふらと近づいて行くと、突然鬼のような形相《ぎょうそう》に変わって、悲鳴をあげて目を覚ますのだ。

姉の話によると、喜代は、保険金欲しさに、冬花を殺そうとしていたのだという。彼女が死に、自分は命拾いしたのだと。

あんなに優しいと思っていた喜代の親切や気さくな笑顔が全部嘘だったことを知った冬花は、自分の信じていた世界を根底からひっくり返されたショックで、いまだに目眩《めまい》がするのだった。

冷静になって考えてみると、彼女にとって自分は、なんの魅力もなかったことに気づく。ただ、扱いやすいから利用されただけ。挙句《あげく》に、保険金のために、命まで奪われそうになったのだ。自分など、彼女にとっては、虫けら同然、いや、それ以下の存在でしかなかった。

雪子にまで危険が及んでいたかもしれない。それなのに心細さゆえに彼女に頼りきっていた自分は母親としても失格だ。

自分はなぜ、彼女のような恐ろしい人間を信用してしまったのか、そのことを考えると、命拾いしたことを手放しでは喜べなかった。むしろ、情けない気持ちで一杯になるのだ。そしてまた、寂しさに負けて誰かに依存してしまうのではないかと思うと怖くなる。

「急ぐ必要はありません。僕は、ずっと待ちます。何年でも」

彼の言葉が冬花を益々《ますます》不安にさせた。自分は、何もしなくても愛され、尽くされていい人間なのだろうか。いや、そんなことが許されるはずはない。

「杉田さん、あなたは私に優しすぎます。私みたいな頼りない人間に、優しすぎなんです。それが怖いんです。もっと、私を叱《しか》ってください。ひどい言葉を浴《あ》びせてください。そのほうが、まだ、気が楽になります」

「あなたに、ひどい言葉を浴びせることなんて、できませんよ。わかりました。あなたが納得するまで、僕はもう何も言いません。でも、時々、連絡を取らせてください。できれば、こうやって会ってください。それだけ、約束してくれませんか？　あなたと、関係が途切れるのだけは、絶対に嫌なんです」

「途切れるだなんて……、そんなこと、私も望んでいません。それに、雪子が杉田さんのお母さんにお世話になっていますし」

杉田の母親の近枝《ちかえ》は、二年前に夫を亡くし、左京区の大きな家に一人で暮らしていた。杉田には、兄がいるが、五年前に家族で海外赴任してから殆《ほとん》ど日本へは帰ってこないという。時々送られてくる二人の孫の写真を居間の棚に大切に飾っている近枝は、やはり寂しいのだろう。雪子が遊びに行くと、もう一人孫ができたみたいだと喜び、可愛がってくれた。

「そうでした。猫を人質に取っておいてよかった。近頃の母は、雪子ちゃんが遊びに来るのを生きがいにしています」

杉田の母親は、彫りの深い端整《たんせい》な顔立ちと優しい笑顔が魅力的で、それでいて独立心旺《おう》盛《せい》な、何もかもが杉田にそっくりな人だった。

杉田という存在、彼を取り巻く全てのものが冬花には眩《まぶ》しかった。だが、不思議とその眩しさに既視感を覚えた。それは、多分、彼が姉の月光に似ているからなのだろう。

帰宅して、夕飯の用意をしていると、東京に帰った姉から電話がかかってきた。

「どう元気にしてる？　新居は落ち着いたの？」

姉は、冬花が釈放されてからもしばらく京都にいて、住居探しと引っ越しを手伝ってくれた。

「お姉ちゃん、心配かけてごめん。ここ狭いけど、場所がええから風景に癒《い》やされるわ。雪子も元気にしてる」

「だったら、よかった。雪子、学校はどうなの？」

「まだ、行き始めたばっかりやけど、集団登校で一緒の子と仲良しになったみたいやわ」

「あの子、あなたが帰ってくること信じて一人でよく耐えてたわ。聞き分けが良くて、本当に我慢強い子よ」

冬花は、面会に来た姉から雪子のことを聞かされて、もう一度、雪子と一緒に暮らしたいと切に願った。

釈放されて、久しぶりに雪子を抱き締めた時、自分は、この子と二人でいられるだけで、贅沢《ぜいたく》なくらい幸せなのだということを身に沁《し》みて感じた。

「うん、今日、杉田さんに会《お》うて、話を聞いてきた」

「そうか。みんながどれだけあなたのために奔走したか、わかった？」

「うん……」

つい言葉足らずな返事になってしまった。先ほどの杉田との会話が、まだ自分の頭を支配している。

「なに、その気のない言い方。あなたは、どうしてみんながこんなに心配しているのに、そんなふうに淡々としていられるの？　あまりにも鈍すぎるわよ。そもそもあんなことになる前に、私に相談してくれればよかったのよ」

「相談するって言うても、そんなこと……」

そう言ってから、喜代にずっと依存していた自分を恥じた。自分は自力で生きていくことのできない人間なのだ。そんな弱さにつけ込んで近づいてきた喜代に自分は頼りきり、それが原因で姉や杉田に迷惑をかけてしまった。

「杉田さんにプロポーズされたんでしょう？」

「うん、された」

「された？　それだけ？　みんなをさんざん心配させておいて、なに、その平然とした口調。あなた、まるでお姫様ね！」

お姫様？　姉の目に自分は、そんなふうに映《うつ》っているのか。

「お姉ちゃんには、申し訳ない気持ちで一杯や。なんて謝っていいのか、言葉が出てきいひんの。ごめんなさい。それしか言えへん」

自然と涙声になる。

「謝ってもらいたいなんて思ってない。謝られたって、余計に腹が立つだけよ。許してもらおうだなんて思わないで」

「…………」

「ごめん、きつい言い方してしまったわね。ただ、ちょっと冬花が羨《うらや》ましくなっただけ。

小さい頃、あなたは身体が弱いからという理由で、お母さんの愛情を独占してた。私は、そのことでどれほど我慢を強《し》いられてきたか、あなたには想像できないことよね。随分《ずいぶん》、あなたを憎んだこともある。もしかしたら、わざと弱い振り、できない振りをしてるんじゃないか、あなたは実は狡猾《こうかつ》な子どもなんじゃないかって、疑いの目で見ていたこともある。お母さんがおろおろして心配してくれるの、さぞかし心地《ここち》いいんだろうなって、意地悪な目であなたを観察していたのよ。でも、あなたが病気で寝込んだりすると、そんな疑いを持った自分はなんてひどい人間なんだろうって、罪悪感に胸を締め付けられたわ。でも、あなたは、そんな私の気持ちになんか、何一つ気づいてない。ただ弱くて、大切にされてきただけ。そんなあなたは、こんな年になって、杉田さんみたいな男性と巡り合い、また、救いの手を差しのべてもらっている。私だって人間だから、困った時は必ず誰かが助けてくれると思っているあなたが、憎らしいと思うことがあるのよ。私は、なんでも自分で努力して勝ち取ってきた人間なの。あなたのように、受け身で、愛されて尽くされる人が、なんていうのかしら……、決して狡《ずる》いことをしているわけじゃないのに、そんなことはわかっているのに、やっぱり、私には、狡く見えてしまうのよ。あなたは何も悪くない、悪くないから余計に癪《しゃく》に障《さわ》るし、気持ちがもやもやしてくるの。私も大概《たいがい》、心の狭い弱い人間なのよ」

冬花は、何をやってもそつなくできてしまう姉に、ずっと劣等感ばかり感じてきたから、姉の言葉が意外だった。こんなふうに、自分の思いをぶつけてこられるのははじめてのことだったから尚更だ。

「私みたいな、出来損ないが羨ましいやなんて、理解できひんわ。努力で何もかも勝ち取ってしまうやなんて、カッコ良すぎるんよ。そんなカッコええこと、私は逆立ちしたってできひんことや。いつも胸張って生きてるお姉ちゃんが、眩しすぎて、たまらんかった。私は、お姉ちゃんといると、いっつも穴があったら入りたい、そんな気持ちで一杯になるんや。今もそうや。このまま消えてなくなりたいほど、自分が恥ずかしいんよ。私はお姉ちゃんの気持ちがわからへんかもしれんけど、お姉ちゃんかって、私のこんな情けない思い、わからへんのと違う?」

冬花もはじめて、姉に対する思いを正直にぶつけていた。今まで、姉には何も言えなかったのに、言いたいことが言える今の自分に驚いていた。

「へえ、そう? なんか、それ聞いてすっとした。溜飲《りゅういん》が下がったわ」

そう強がって言う姉の声が、涙声になっているのに冬花は気づいた。

「当分、冬花の顔、見たくないから京都へは行かないね」

そう言って、姉は、電話を切った。

冬花は姉の言葉を反芻《はんすう》しながら、杉田との会話を思い返した。

☽

事件から三ヶ月後、冬花は、嵐山の小さなアパートでの生活にすっかり慣れ、もとの割烹料理の店へ通う日々を淡々と過ごしていた。雪子は、当初は狭いアパートに不満を言っていたが、週末、杉田の実家へ行き、広い家で花子と思いっきり遊ぶのが、いい気晴らしになっているようだった。

そうやって遊びに行っているうちに、雪子は、杉田の母親の近枝から料理を教わるようになった。近枝はできるだけ市販のものに頼りたくないと、庭の畑で野菜を作っている。種蒔《たねま》きから料理までの過程を全部一人でやってのける逞《たくま》しい人なのだ。雪子は、今まで家事といえば、味噌汁に入れる豆腐や大根を切ったり、食器を洗うのを手伝ったり、冬花が頼んだことだけをやっていたのだが、本人が一から全部やりたいと言い出した。何でも、部分的にやったのでは、全体像がわからないから楽しくない。一から全部やると、頭の中に全体の設計図ができあがるので、自分が今どの過程のことをやっているのかがわかる。その方が想像力が膨らむし、完成した時の達成感も大きくて楽しいと近枝に教わったのだという。

　お金を渡しておくと、材料を買ってきてグラタンやハンバーグなど自分の好きな料理を作って、冬花の分までラップをかけてとっておいてくれた。

　かつてはテレビばかり見ていた雪子が、料理の本を図書館で借りてきて読むようになったのも驚きだった。豆腐作りをテーマにした夏休みの自由研究で、はじめて先生に褒《ほ》めてもらったのをきっかけに、あれほど嫌いだった学校の勉強も積極的にするようになった。

　ここ数ヶ月の間に、逞しく成長していく娘の姿を見て、冬花は頼もしく感じる半面、自分もぼんやりしていてはいけない、しっかり生きなければと自身を叱咤激励《しったげきれい》するのだった。

　穏《おだ》やかで平穏な日々が続いたある日、片川孝治《かたかわこうじ》から電話がかかってきた。どうしても会って、訊きたい事があると言うのだ。切迫《せっぱく》した声だった。

　たまたま姉から近況を訊《たず》ねる電話がかかってきたので、うっかりそのことを話してしまった。

「片川孝治が？　今頃になって、あなたに用事って、何かしら。それ、杉田さんに相談したの？」

「ううん。忙しいのに悪いから。お姉ちゃん、杉田さんのことあんまり好きじゃないでしょう？」

「好きとか嫌いの問題じゃないのよ。彼、どこか不自然な感じがして、信用できなかったの。でも、昔の恋人が喜代の犠牲になっていたと聞いて、彼の行動はある程度辻褄《つじつま》の合う話だなと、納得したのよ」

「じゃあ、今は信用してるの？」

「まあね。あなたの無実を証明してくれたのだから、悪い人ではないわね。片川孝治のこと、彼に相談した方がいいわよ」

「でも、そんなに頼ってばかりじゃ……」

「どうせあなたは人に支えられて生きていくのよ。それしかできないくせに強がり言わないで！　杉田さんには、私から連絡しとくから。それと、私のこと、もう当てにしないでね。こっちも仕事が忙しいんだから」

姉のほうから電話をかけてきたのではないか。そう思ったが、「わかった」とだけ答えて、受話器を置いた。

その日の夜、杉田から電話がかかってきた。片川から会って欲しいと電話があったことを、姉から聞いていた。

片川と会うのだったら、是非自分にも立ち会わせて欲しいと杉田が強く申し出たので、次の日曜日、三人で会うことになった。

冬花は、近所の「イクスカフェ」を待ち合わせ場所に指定した。ここは、日本庭園を見ながら、和スイーツを味わうことができる日本家屋を改装したカフェだった。京黒《きょうくろ》ロールという黒い生地に抹茶クリームの入ったロールケーキが雪子の好物なので、時々買いに来ることがあるのだ。

広い庭園が見える和室に、杉田と通された。

「いったい何があったんでしょう。事件の捜査で、何か進展があったのかなあ」

片川を待ちながら、杉田が言った。

「電話では説明しにくいので、会ってから、言うてはりました」

注文したグリーンティーが運ばれてきた時、片川が姿を現した。ひどくやつれた印象だ。

「ご無沙汰してます、冬花さん」

片川はそう言いながら、杉田にも会釈《えしゃく》して、目の前に座った。喜代といる時、自分など存在しないかのような扱いだったので、名前を知っていることに、冬花は驚いた。

どちらかというと、甘い笑顔を絶えずたたえていた彼だが、今日は鬼気迫る表情をしていた。人の表情を読むのが苦手な冬花にも、彼の焦《あせ》りが伝わってきた。

片川はコーヒーを注文し、水を一口飲んでから話し始めた。

「突然、すみません。実は、冬花さんに訊きたいことがあるのです」

片川は杉田の方を見て言った。

「なんでしょう?」

杉田は冬花の方へ視線を投げかけてから訊く。

「卓隆《たくたか》君の居所《いどころ》を捜しているのです。時々、あなたの住む祇園《ぎおん》の町屋に行ってたでしょう?」

卓隆。意外な名前だった。

「卓隆君は、確か、実父の山中《やまなか》さんが引き取ったと聞いていますが」

杉田が言う。

「それが、山中さんに聞いたところ、彼のところにはいないというのです」

「どこかへ預けられはったんと違いますか?」

「最初は、僕もそう思いました。それで、山中さんを問い詰めた挙句、口論《こうろん》になったのです。そのことで、彼とはずっと揉《も》めていましたが、どうやら、本当に、卓隆君の居所を知らないみたいなのです。山中さんも、どこへ行ったのか捜している、と言うのです。卓隆君の身内といったら、山中さんしかいないので、施設に預けるにしても、彼に手続きしてもらわないといけません。そう考えると、誰かが彼を匿《かくま》っているとしか思えないのです」

「でも、どうしてそんなことを?」

「実は、喜代の残した会社と画廊が、ある大手不動産会社の手に渡ってしまったのです」

「なんですって！　どういうことですか？」

「そこの会社の顧問《こもん》弁護士から株は全て買い取った、という通知が来て、我々は仰天してるのです」

「誰が売ったのですか？」

「卓隆君の代理人と称する弁護士です」

杉田は何かに気がついたように目を見張った。

「そうか。よく考えてみれば、彼は川井喜代さんの甥っ子だから法定相続人なのですね。つまり、卓隆君が株を相続し、それを一部上場企業に売却したというわけですか？」

「ええ。葬儀が終わって、喜代の財産を彼と一緒に整理しようと思って墨染《すみぞめ》の家へ行ってみると、彼の姿が見当たらない」

「彼はあなたの知らない間に、株を売ったということですか。しかし、よく考えてみれば、相続したのが彼だとしたら、そこに違法性はないでしょう」

「ええ。しかし、彼には意思能力がありません。相続の手続きとか、株の売却などは、彼にできることではない」

「つまり、その弁護士が手伝ったわけですか？」

「ええ。代理人と称する弁護士が委任状を持っていて、相続の手続きは全て自分に任されていると言い張り、勝手に喜代の財産を整理してしまったんです。卓隆君と直接話がしたいといくら言っても、取り合ってもらえませんでした」

「じゃあ、株の売買もその弁護士が手続きしてしまったのですか？　そんなこと、本当にできるのですか？」

「卓隆君を匿うことのできる第三の人物の協力があればできます。いや、どちらかというと、その人物が主犯でしょう。その人物は、その不動産会社の社長や弁護士とグルなのだと思います。こちらでも弁護士を雇って争うつもりです」

「その人物に、心当たりはあるのですか？」

「高田《たかだ》ミカですよ。ミカは喜代の家の鍵も画廊の鍵も持っていました。卓隆君も彼女に懐《なつ》いていた。彼女だったら、喜代の財産を整理するのに、弁護士に立ち会ってもらうことができたでしょう。彼女でなければできないことです」

高田ミカ。冬花は、その名前を聞いてドキリとした。ミカの名前がどうして今頃になって出てくるのだ。卓隆とミカにはいったいどういう繋がりがあるのだろう。さっぱりわからなかった。

「あなたは、高田ミカが卓隆君を匿っているとお考えですか？」

「ええ、喜代からの依頼で、ずっと彼女が卓隆君の面倒を見ていたのです。ミカは喜代の葬儀の時も、ずーっと卓隆君に付き添っていましたし、そのまま彼を連れて帰りました。匿っているのではなく、拉致《らち》したと言っても過言ではないのかもしれません」

「面倒を見ていたというのは、高田さんからも聞いています。しかし、葬儀が終わって墨染の家へ行ってみると、卓隆君の姿は見当たらなかったと彼女は言っていました」

冬花は、杉田がミカのところへも話を聞きに行っていたことをはじめて知った。

「それは嘘です。喜代が死んだ直後、リフォーム会社をやっている左田《さだ》君が、金閣寺の店付近で卓隆君を見かけたと言っていましたから」

「『旬席・海香《うみか》』ですか？」

「そうです。あなたに彼女は嘘をついた。それが、彼女が犯人である証拠です。後ろめたいことがなければ、正直に話しているはずです」

「高田ミカさんは、今、どこでどうしているのですか？」

「それがわからないから、少しでも手がかりが欲しくて、冬花さんに聞きに来たのです」

「私は、何も知りません。ミカとは、高校の時、付き合いがあっただけで、その後のことは何も聞かされていませんから」

「喜代から聞いていないのですか？」

片川は、意外だと言いたげな疑いの目で冬花を見つめた。

「喜代とミカは付き合いがあったのですか？」

「それも知らないのですか？」

「全然知りませんでした」

片川は呆《あき》れ顔で、再びまじまじと冬花の顔を見た。

「川井さんは、冬花さんには、自分とミカさんの関係を意図的に隠していたのですよ。彼女は、本当に知らないのです」

杉田が補足してくれた。

「私、高校の時、ミカのことひどく傷付けてしまって。だから……」

嘘つき、最低！　と叫んで、泣きながら帰って行ったミカの姿が、ありありと目の前に浮かんできて、思わず瞼《まぶた》を閉じた。その後、ミカは自殺を図ったのだ。自分が親友を自殺未遂に追い込んでしまった、その罪悪感に苦しみ、冬花はいまだに悪夢を見ることがあった。

「君のせいじゃないよ。あれは、誤解だったんだよ」

「杉田さん、知っていたんですか？　なのに、どうして……」

またもや、自分は蚊帳《かや》の外なのだ。そんなことにはもう慣れっこだったが、自分自身のことだけにショックだった。

「月光さんから聞きました。冬花さんから打ち明けられたら、僕の意見を話すつもりでした。それまでは触れないでおくつもりだったんです。あなたの気持ちを考えてのことです」

冬花は杉田の優しい眼差《まなざ》しに応じて、黙って頷《うなず》いた。

「こんなわけですから、冬花さんは何も知らないのですよ。ミカさんの居所、知っているはずがないでしょう。警察には相談されたのですか？」

「犯罪性を証明できないので、警察では何もしてくれません。卓隆君はもう二十歳《はたち》なので、本人の意思でどこかへ行ったのだと見なされています」

「なるほど。でも、実際は卓隆君には意思能力がないのですよね？　調査機関で捜してもらうことはできないのですか？」

「調査機関では、親子など血の繋がりのある者が依頼しないと捜してくれません。昨今《さっこん》は、ストーカーの犯罪が問題になっているので、赤の他人の場合、よっぽど正当な理由がない限り捜してはくれないのです」

「卓隆君の父親だったら、依頼できるのでは？」

「それが、喜代が山中さんの親権を失わせるために、親権喪失の審判の申し立てをしたのです。ですから、たとえ、卓隆君に意思能力がなくても、彼は卓隆君に親権を行使できないのです。それも、高田ミカは見越していたのです。そのことを山中さんから聞かされて、はじめて僕は彼の言っていることが本当だとわかったのです」

「なるほど。しかし、あのミカさんは、そんな大胆なことをやってのけられる人なのですか？」

「だから、彼女一人の考えじゃないと思います。買収した会社とか、弁護士とか、みんなグルなのですよ。僕の両親の土地も全て、その会社に奪われてしまったんです」

片川は泣きそうな顔になった。

「川井さんを殺した犯人の捜査、進展しているのですか？」

「難航しているみたいです。僕は高田ミカだと思います。しかし、証拠がないので、警察は僕の話を聞いてくれません」

「証拠がないのでは、仕方ないですね」

「卓隆君のことで、もう一つ、冬花さんにお願いしたいことがあるのです。いいですか？」

「はい、なんでしょうか？」

「彼には、意思能力がなかった。そのことを裁判で証言して欲しいのです。そうすれば、株の売却などの取り引きも無効になるかもしれません」

「確かに、会話は殆ど成立しなかったですが……、でも、私にはわかりません」

「精神科の医師の診断書はないのですか？」

杉田が訊ねた。

「それが、卓隆君は病院が嫌いだったので、彼の母親も喜代も彼を病院へ連れて行ったことがないのです。そのことも、高田ミカは知っていました。実に巧妙《こうみょう》だと思いませんか？」

「つまりこういうことですか。高田ミカは、喜代が死ねば、法定相続人が卓隆君になることを知っていた。しかも、彼は二十歳になっているので、自分の意思で相続の手続きをして、株を売却する権利も持っていることも」

「卓隆君の代理人の弁護士は、卓隆君が自分の意思でやったのだと主張しています。なのに、本人には会わせてくれないのですよ。怪しいと思いませんか？　だいたい、喜代は僕と結婚することになっていたんです。それなのに……」

杉田が、なるほどと漏《も》らした。

「だから、あなたと結婚する前に殺されたのだとお考えですか？」

「そうです。結婚してから殺したのでは、僕が彼女の遺産を相続することになるでしょう？　その前に殺す必要があったのですよ。辻褄の合う話でしょう？」

「全ては計画的だったわけですね。川井さんの葬儀が終わると、ミカさんは卓隆君の面倒を見る振りをして、彼を金閣寺の家へ連れて行った。だが、自分の家では、店に来る常連に、彼の姿を目撃される恐れがある。実際、左田氏に目撃されていますから。そこで、卓隆君をどこかに匿った。僕たちは、その時期に一度、彼女の店を訪れています。彼女はあなたに相談したが、自分が店に居続けるのは難しいと言われた、と言っていましたが？」

「いえ、彼女は最初から出て行くつもりでした。引っ越しにまとまったお金が欲しいと言われて、手切れ金代わりに百万円渡しました。その時は、まさか、彼女が卓隆君を匿っているとは、夢にも思いませんでしたから。彼女は僕にも、卓隆君の居所は知らない、多分父親が連れて行ったのだろう、と言っていたので、僕はその言葉をそのまま信じていました」

「あなたからお金を受け取ったミカさんは、卓隆君とどこかへ身を隠し、弁護士に依頼して、密《ひそ》かに相続の手続きをし、大手不動産会社に株を売却した。そういうことですね。それにしても、タイミングよく、株の買い手が見つかりましたね」

「最初から、その大手不動産会社は喜代の会社を狙っていたのですよ。借入金が一円もない、優良会社ですから。それで、ミカとうまく手を組んだのでしょう。僕は、会社の経営能力のない卓隆君が株を持っていても仕方がないので、株は譲渡《じょうと》してもらうつもりでした。できれば、遺産の相続も放棄してもらいたかった」

「仮に、卓隆君が遺産を放棄したとしても、財産はあなたのものにはならないでしょう」

「喜代の財産は、僕と二人で築き上げたものなんです。全て、僕が相続する権利がある、そうでしょう？」

「心情的に言えばそうですけれども。遺言状はなかったのですか？」

「僕たちは結婚するつもりだったのです。そうすれば、二人の共同財産のようなものです。遺言状など必要なかったのです」

「それにしても、ミカさんの行動は実に素早いですね。条件的に何もかも揃ったところで実行している。あなたは、一度も彼女のことを疑ったことはないのですか？」

「僕は、てっきり卓隆君の父親の仕業《しわざ》だと思っていたのです。山中さんと揉めている間に、まんまと出し抜かれてしまった。なんて狡猾で卑劣な女なんだ」

「どれくらいの額の現金が卓隆君の口座に入っていたのですか？」

「会社の株についた値は十五億です」

「十五億、凄《すご》い額ですね」

「土地と建物の価値の計算だけで、そのくらいは軽く行くでしょう。画廊は、絵の価格などを入れて七億円」

「つまり二十二億で、その大手不動産会社は株と画廊を買い取ったのですね」

冬花は、呆気《あっけ》に取られて、二人の顔を見比べた。いったい全体、どういうことなのだろう。途方もない額の話なので、ついていけなかった。いったいいつの間に、そんな複雑な人間の繋がりができていたのだ。喜代とミカとの間に交流があったことなど、自分は露ほども知らなかった。

「そういうことです」

「きちんとした額が払われたと思われますか？」

「え、ええ、まあ。それなりの。ミカはしたたかな女ですから、喜代の会社や画廊の価値をよく知っていたんです。正当な値段で売ったのですよ」

「卓隆君と一緒にいれば、ミカさんはそのお金を自由にできるのですか？」

「どうにでもなるでしょう。養子縁組をするか、もしくは夫婦になってしまえばいいのです。卓隆君をうまく手なずけていますから、書類を揃えてハンコを押させればいい。簡単ですよ。そうなれば、全て自由にできるでしょう」

「確かに、それだともう何もできませんねえ。残念ながら、僕たちにもあなたに協力できることはありません」

杉田の声は、心なしか冷たく感じられた。

片川は、「ああ、なんてことだ！」と言うと、両手で頭を抱《かか》え込んだ。

片川とはイクスカフェの前で別れた。肩の力を落として京福《けいふく》電鉄の嵐山駅の方角へとぼとぼと歩いていく片川の後ろ姿が、なんだか哀れだった。ダンディーにブランドもののスーツを着こなしていた、以前の彼の颯爽《さっそう》とした姿は、見る影もなかった。

「杉田さん、ありがとうございます。って、私、そればっかり言ってますね」

「ちょっと一緒に散歩しませんか。ここら辺に来るのは久しぶりなものですから」

杉田が渡月橋《とげつきょう》の方角に歩いて行くのに、冬花は続いた。

「卓ちゃん、ミカに匿われてるって言うてはりましたけど、今頃どうしてはるんかしら」

渡月橋を渡っている途中で、ふと卓隆のことを思い出した。町屋にあった黒ぴかの部屋で、雪子と二人でいた頃の彼の綺麗な顔が目に浮かんだ。彼の周囲だけが、独特の光を放ち、この世のものとは思われない空気が漂《ただよ》っていたような気がした。

「ミカさんと平穏な生活を送っているかもしれません」

「片川さんの話だと、ミカはえらい悪人みたいに聞こえました」

「それは、彼が自分に都合良く言っているから、そう聞こえるだけですよ。どうせ卓隆君の相続した株を、タダ同然で取り上げるつもりだったんでしょう。そのことで、彼の父親と相当揉めていたんですよ。それにしても、ミカさんはやり手だなあ。二人が喧嘩《けんか》してる間に、ちゃっかり高値で喜代の会社を売ってしまうなんてね。鮮《あざ》やかとしか言いようがない。まあ、あの片川という男が、とんでもなく考えの甘い間抜けなヤツとも言えますけど。なんだか、小気味が好いなあ。いえ、ミカさんが一連の殺人事件の犯人だとしたら、味方にはなれませんけれども」

渡月橋を渡りきると、桂川《かつらがわ》を上流に向かって歩いて行った。川の流れる音を聞きながら、緑の生《お》い茂る自然の中を歩くと、生命力がみなぎってくるのを感じた。休みの日に時々この辺を雪子と散歩することがあった。

「ミカ、喜代と交流があったんですね。卓ちゃんの面倒見てたやなんて、私、ちっとも知りませんでした」

「利用してたんですよ、ミカさんを。彼女、喜代に自分の家を巻き上げられてしまったんです。どこまでもあくどい女です」

「それでミカは、喜代を殺したんですか？　そんな怖いことする子だったのでしょうか……」

「窮鼠《きゅうそ》猫を噛《か》むって言うでしょう。相当、追い詰められてたみたいでした。冬花さん、殴られた時のこと、何か思い出しませんか？　犯人が男だったか女だったかだけでも」

「暗闇でいきなり殴られた、という記憶しかないんです。何かが飛んできたんかと思いました。あれ、ミカやったんでしょうか？　私、ミカに恨まれてたから、仕方がないのでしょうけれど……」

「咄嗟《とっさ》に冬花さんだとは判別がつかなかったかもしれません。それに、恨まれてるって言っても、高校の時のあの事件は、誤解だったんですよ。実際、冬花さんは、何もしていないじゃないですか。全部、喜代が仕組んだことだったんですよね。ミカさんもそのことをわかっているみたいでしたよ。冬花さんと交わした、たわいのない会話や無邪気な笑い顔を思い出すと、どうしてもあなたのことが憎みきれないって言ってましたよ」

「ミカがそんなことを……」

冬花は、高校時代の、ミカと親密だった時のことを思い出した。あの頃は、彼女といるだけで学校生活が楽しかった。姉の言う通り、喜代さえ現れなければ平穏《へいおん》な高校時代を送れていたのだ。いや、喜代だけの責任ではない。自分が悪いのだ。安易に人に依存してしまう自分が。

冬花は、杉田と一緒に川上の方へゆっくりと歩いて行った。しばらく、細い道が続くが、渡月橋から二十分ほど歩くと川幅の広いところに出た。岩でごつごつした岸辺に立って釣りをしている人、川の水を眺めようと下り立つ人が視界に入ってきた。雪子と来た時は、いつも一緒に岸辺に下りて、川の水に触れ、魚が泳いでいるのを観察するのだが、今はただ川の流れを眺めるだけで満足した。観光客を乗せた屋形船が、翡翠《ひすい》色の水の上をゆっくりと走って行く。

川上へ行く道が終わったところに、千光寺《せんこうじ》という寺へ続く石段があった。千光寺は、正確には大悲閣《だいひかく》千光寺と言い、江戸時代初期、大堰川《おおいがわ》工事犠牲者の菩提《ぼだい》を弔《とむら》うために、豪商、角倉了以《すみのくらりょうい》が観音堂《かんのんどう》を建てて移り住んだ禅宗の寺だった。大悲閣というのは観音像を祀《まつ》るお堂のことを指し、本堂には千手《せんじゅ》観音菩薩《ぼさつ》が安置されていた。

ここまで来て、引き返すこともあれば、寺院までの石段を登ることもあった。

「登りますか?」

「上に何があります?」

「角倉了以の像と観音菩薩が大悲閣に安置されています。それに、客殿から、保津川《ほづがわ》と京都の街が見渡せますよ」

「じゃあ、せっかくですから上まで、登りましょう」

二人で石段を登って行った。

五分ほどで寺院に着いた。冬花はハンカチで額の汗を拭《ぬぐ》った。大堰川の切り立った岩肌に建てられた観音堂は、天空にそびえる寺院のようだった。ここから、嵐山の美しい自然と京都の街が一望できるのだ。

「風が気持ちいいですね。登った甲斐《かい》がありました」

角倉了以の像と観音菩薩に手を合わせてから、客殿へ行った。

ここから京都市街を見下ろすと、自然の壮大な力によって自分は生かされていることに、冬花は気づくのだった。この自然の前で、自分はなんとちっぽけで無力な存在なのだろう、そう思うと、感謝の気持ちが身体の中から溢《あふ》れてきて、謙虚な気持ちになれた。

杉田の横顔を見る。彼は手すりから身を乗り出し、真剣そのものといった面持ちで、保津川の流れに見入っていたが、顔を上げると京都の街の方へ視線を移した。

彼の視線の先に、京都の街並み、そして遥《はる》か遠くに東山の連峰が見渡せた。

最終章

犯人の素顔

二〇一六年八月

月光《つきみ》は、できたての卵焼きをまな板の上で切って、二つのお弁当箱の端っこに入れていった。次に、唐揚げ、ナスのごま和《あ》え、万願寺とうがらしとサツマイモの天ぷら、ソーセージ、アルミの容器に取り分けたマカロニサラダを詰めて、最後にミニトマトとブロッコリーで隙間《すきま》を埋《う》めていく。

ナスと万願寺とうがらし、サツマイモ、ミニトマトは、冬花《ふゆか》が送ってきたものだった。あれから冬花は何を思ったのか、畑を借りて、雪子《ゆきこ》と一緒に野菜の栽培をするようになった。いずれは、割烹《かっぽう》の店で使ってもらえるほど畑仕事の腕を上げて、更に将来は自給自足を目標にしているというのだ。

杉田《すぎた》との関係は、相変わらず続いているようだが、二人はまだ結婚には踏みきっていない。冬花は、誰にも依存することなく、自分の力で生きられるようになりたいと思っているのだ。少なくともその自信がついてから、彼のプロポーズを受けたいと言っているらしい。冬花の気持ちを理解して、杉田は気長に待ってくれている。

そんな妹が、月光にはちょっぴり頼もしく感じられるようになっていた。

キッチンテーブルの上で、起きてきた夫がコーヒーの豆を挽《ひ》いている。

幸太郎《こうたろう》が郵便受けを見に行き、新聞を取ってきた。

「ねえ、お母さんに郵便物が届いているよ」

それは、A4サイズくらいの大きさの茶封筒だった。

「変ねえ、こんな朝早くに……」

「切手、貼ってないよ。直接、郵便受けに入れてあったみたい」

「誰から?」

「わからない。樋口《ひぐち》月光様としか書いてないから」

月光は、お弁当をランチバッグに入れて、キッチンテーブルの端っこに二つ並べて置いてから、封筒を受け取った。

手書きで、月光の名前が書かれているが、切手は貼っていなかった。中に何か硬いものが入っている。

「大丈夫か？　封筒を開けたら毒の粉が舞い上がるなんてこと、ないだろうな」

夫がハサミを持ってきて、注意深く封筒の端を切って中身を確認した。

中には、白い長４の封筒とＤＶＤが一枚入っていた。

封筒を裏返すと、そこに高田《たかだ》ミカと小さく書かれていたから、月光は自分の目を疑った。

高田ミカのことは、杉田から聞いていた。

ミカは、卓隆《たくたか》を裏で操り、喜代《きよ》から相続した財産を大手不動産会社に二十二億円で売って、そのまま卓隆と姿をくらましたと噂されている。あれから一年の月日が流れているが、警察の捜査がどこまで進んでいるのかはわからなかった。しかし、ミカが逮捕されたという話は耳に入ってきていない。

そのミカが、なぜ今頃になって、月光に連絡してきたのだろう。

封筒の中には、青いインクで文章が書き連ねられた便箋が五枚入っていた。ミカの性格を表すような、繊細《せんさい》で細いが筆圧は高い字だ。

樋口月光様

突然お手紙差し上げること、お許しください。何から説明してよいのやら、頭の整理がつかないままこの手紙を書き始めています。

今から、三ヶ月くらい前のことです。片川孝治《かたかわこうじ》が突然、私の働いている葛飾区《かつしかく》の施設へやって来ました。

話が前後しますが、あれから私は京都を離れて、東京で介護の仕事に就《つ》くことになりました。

この手紙を書こうと決意したのは、月光さん、偶然、あなたのことを先ほど、大井町《おおいまち》の駅で見かけたからです。どうしてもお伝えしたいことがあったので声をかけようと思いましたが、京都で最後に気まずいお別れをしたので、勇気が湧《わ》きませんでした。

でもこの偶然には何か意味があるように感じられましたので、失礼とは思いましたが、あなたの後をおいかけさせていただきました。そして、大森駅から歩いて十分くらいのマンションにあなたが入っていくのを見届けたのです。

今、家に帰ってきて、この手紙を書いています。早ければ、明日の朝一番の電車で、あなたのお住まいまで、この手紙を届けるつもりです。

月光さんがおっしゃっていた通り、私は、喜代のことが、ある時から信用できなくなっていました。金閣寺の土地と家が喜代の会社の名義になった頃から、心の奥底にもやもやとした疑惑が湧いてきては、必死でそれを揉《も》み消すということの繰り返しでした。月光さんに指摘された、贋作《がんさく》疑惑についても、それを卓ちゃんに喜代が描かせているこ とを、実は私は知っていました。

まだ、亜由美《あゆみ》さんが生きている頃のことでした。友達と熱海《あたみ》へ一泊旅行に行くので、留守中に、卓ちゃんの食事を作ってやって欲しいと頼まれました。掃除の必要はないと言われていましたが、簡単に雑巾がけをしておこうと思って、バケツを探したのですが見当たりません。探しているうちに、二階の奥の部屋に辿《たど》り着きました。

中に入ってみると、そこには名だたる巨匠の絵が保管されていました。倉庫代わりに使っているのだと思いましたが、よく見ると、まだ絵の具の乾いていないものもあったので、それが描かれたばかりのものであるとわかりました。

その時、私は、お店に食べに来た亜由美さんが不可解なことを言っていたのを思い出したのです。喜代の画廊にある名画のことが話題になった時、「実はな、ここだけの話やけど、あの絵、卓隆が描いたんよ」と亜由美さんが大真面目《おおまじめ》な顔で言うので、私は、「えっ、なんですって?」と驚いて聞き返しました。すると、しばらく沈黙した後に、「嘘、嘘、冗談に決まってるやんか」と言って、笑っていました。あの時の亜由美さんの真剣な眼差《まなざ》しが私の心にずっと引っかかっていたのです。あの話は冗談ではなく本当のことだったのだと私は悟りました。もしかしたら、亜由美さんは、そのことが内心自慢で、私に教えたかったのかもしれません。

私は見てはいけないものを見てしまったと思い、怖くなり、慌ててその部屋を出て一階に降りました。卓ちゃんは相変わらず知らんぷりで、茶の間で一人スマホをいじっていました。私は何事もなかったような顔で墨染《すみぞめ》の家を出て、それからそのことは忘れることにしました。

亜由美さんが殺された後、二階の部屋にあった卓ちゃんが描いた贋作がなくなっているのに気づきました。警察の家宅捜索を恐れて喜代が移動したのだとしたら、亜由美さんが殺されることを喜代は知っていたことになります。その時から、私は亜由美さんの死に喜代が関わっているのではと疑いを持ちました。それでも、私は見て見ぬ振りをするしかなかったのです。

どうして、彼女からもっと早く逃げなかったのか、と月光さんは思われるかもしれません。世間知らずな私は彼女の言葉を鵜呑《うの》みにし、すっかり騙《だま》されていたのです。

彼女の〝洗脳〟から目が覚《さ》めてみると、今度は彼女の恐ろしさを知り、逃げる勇気が湧きませんでした。

喜代は、自分のバックには、政財界を動かすことができるほどの力のある先生方がついていると、よくほのめかしていました。どこまで本当なのかはわかりませんが、実際時折、画廊に議員の先生や財界人が来ていたことは確かでした。

彼女は、そのことで、私を脅迫《きょうはく》しているつもりだったのです。最初の頃は、確かに私は彼女のバックの力を恐れていました。しかし、仮にそのような人脈があったとしても、私のような小物を相手になどしないことは、冷静になって考えればわかることです。

結局、私が恐れていたのは、彼女のバックではなく、彼女そのものでした。

彼女の執念深くて激しい性格が怖かったのです。逆らったら、絶対に許さないでしょう。どんな汚い手を使ってでも、私を潰《つぶ》そうとするに違いない。そのことを私は恐れるあまり、彼女から逃げられなかったのです。

しかし、自分を騙し騙し生き続けるのは容易なことではありません。喜代に依存している限り、彼女の悪意に目をつぶり、何もかも見て見ぬ振りをしなくてはいけない。自分を欺《あざむ》き続けて、生きていかなくてはいけないことに、私は苦しんでいました。

このままでは、本当の意味で自分の人生を生きていることにはならない、自分は死んだも同然だ、そのことに気づいた時、私は決心しました。

喜代にどんな嫌がらせをされても、自力で生きていこうという目標を持つようになりました。

私は以前挫折《ざせつ》した介護職の資格を、通信教育で密《ひそ》かに取得することにしました。

月光さんにはお話ししませんでしたが、喜代は私に冬花の住んでいる町屋を燃やすように指図《さしず》していました。母娘《おやこ》を焼死させて、多額の保険金をせしめるつもりだったのです。正気の沙汰《さた》ではありません。いくら高校時代のことを恨んでいたといっても、私にそんなことができるわけがありません。冷静に考えればわかりそうなものですが、彼女はもうすでにどうにもならないくらい狂っていたのです。

お金で成功するうちに、お金を儲《もう》けることで得《え》られる快楽の中毒になり、それが、彼女の理性を蝕《むしば》んでいったのでしょう。

喜代は元来《がんらい》良心のない冷酷な人でしたが、強靭《きょうじん》な意志と理性のある人でした。冷徹な判断力が彼女の武器だったのです。

その判断力を失ってしまった彼女は、お金のためだったら、危険を顧《かえり》みずにどんな残虐なことでもする狂気に取り憑《つ》かれてしまったのです。

いつ頃からでしょう。

多分、片川孝治の父親が亡くなった頃からです。

あの時、私がアリバイを証言したにもかかわらず、彼は妙なことを言っていました。父親を殺したのは、自分ではない。病院を停電させることなど自分にはできない。犯人は別にいる、と。もちろん喜代はそんな話を聞く耳は持っていませんでした。

その後、喜代の事業は何もかもが、彼女の思い通りに運んでいきました。そこで彼女は、何かを錯覚《さっかく》したのだと思います。自分の能力以上の力が自分にはあると過信するようになったのです。欲望と客観的思考のバランスをなくした彼女は、何かがフェイクであるにもかかわらず、それを直視し、分析する能力を失ってしまったのです。

このフェイクについては、後ほど、お話ししますが、彼女の人生には、ある大胆なフェイクが潜《ひそ》んでいたのです。もちろん、私もそのフェイクの正体に全く気づきませんでした。最初は小さくて目立たない存在でしたが、それはまるで寄生虫のように喜代の身体の栄養を吸いつくして成長し、ついには喜代の肉体を突き破ってしまったのです。

そのフェイクに翻弄《ほんろう》され、地に足の着かなくなった彼女は、もう自分の足下《あしもと》を見ることができなくなっていました。そして、彼女の野心は際限なく膨れ上がっていったのです。

彼女の目は、普段は死んだようにどんよりと濁《にご》っているのに、お金の話になると爛々《らんらん》と薄気味悪い光を放つようになりました。お金の魔力にすっかり取り憑かれていたのでしょう。しまいには、まるで生き霊《いりょう》のように私の目には映り、目を合わすのも恐ろしくなりました。このままでは、自分もあの生き霊の餌食《えじき》になってしまう。心底震え上がりました。

とにかく逃げたい、そう思い、機会を狙っていたのです。

喜代から、冬花の家を燃やすように言われた時、私はいよいよ彼女から逃げる時が来た、そう思い、東京で介護職の求人を必死で探しました。なぜ東京かというとお店をやっていた時、東京から来てくださる優しいご夫婦がいて、その人たちに身の上話をするようになっていたからです。そのご夫婦は、足立区《あだちく》で小料理屋をやっていて、京都へ来た時は、研究のためにあちこち食べ歩いていたのだそうです。私のお店の料理を気に入ってくださったので、それが縁で親しくなりました。最初は、そのお店を手伝って欲しいと頼まれたのですが、それは断りました。私は誰にも頼らずに、一人で生きていきたかったからです。

仕事だったら東京のほうが見つけやすいと、そのご夫婦に勧《すす》められました。それに、東京のような大都市だったら喜代の人脈も及びにくいでしょう。自分を探し出すのも難しいと思い、東京へ来る決心をしました。母の移転先の病院や住居を探してくれるなど、そのご夫婦には、いろいろ親切にしてもらいました。

私は、今、葛飾区の介護施設で正職員として働いています。夜勤のあるきつい仕事ですが、自分の力だけで生きている、そう思えるだけで幸せです。それに、私は、再び好きだった絵を描き始めました。キャンバスに、創造したものを自由に描くことができる自分に満ち足りています。私はやっと心の安らぎを取り戻すことができたのです。安らぎだけではありません。もっと大切なものです。おわかりですか？

そう、人間にとって最も大切な自尊心を、私は取り戻したのです。

逃げる前に、喜代があっけなく殺されてしまったのは、予想外のことでした。私は、冬花が殺したのだと思っていました。

冬花も喜代の邪悪な欲望の犠牲者になっていたでしょうから、彼女から解放されたい一心で殺したのだと、私はそう思い込んでいたのです。ですから、月光さんが杉田さんとお店に見えた時は、お二人の話を半信半疑で聞いていました。

冬花の無実が証明されたことは、後日、私のところへ訪ねてきた京都府警の刑事さんから聞きました。私も喜代殺しの重要参考人のリストに挙《あ》がっているので、任意で署まで同行して欲しいと言われました。

卓ちゃんが喜代の財産を全て相続し、姿をくらましているということを、その時はじめて聞きました。

刑事さんには、今の私の状況を正直に説明しましたが、なかなか信じてもらえず、何度も取り調べを受けました。卓ちゃんの居所についても、しつこく訊《き》かれましたが、本当に私は何も知らないので、ただわからないと答えるしかありませんでした。実父の山中《やまなか》が匿《かくま》っているのではないかと私が言いますと、刑事さんはそちらも並行して調べているところだと言っていました。

喜代が殺された日の夜、私はいつも京野菜を売りにくるお兄さんから、タラの芽、たけのこ、アスパラガスを買ったことを思い出しました。そのお兄さんは、昼間、住宅街で野菜を売り終わってから、夜の九時頃に私のところへ来るのです。喜代が殺された時間、私は、ちょうどそのお兄さんの訪問を受けて野菜を買っていたので、アリバイが成立し、容疑は晴れました。

私は、やっと喜代から解放されたのだと思い、心の底から安堵《あんど》しました。

そこまで読んで月光は、顔を上げた。

この文面が本当ならば、彼女は一人で生きていることになる。だとすると、卓隆を匿っているのは、ミカではなかったのだ。しかも、喜代を殺した時間には、彼女にはアリバイがあるという。

警察は冬花の無実が証明されてすぐに、ミカを重要参考人と見なし、取り調べをしていたのだ。

ミカが無実だとしたら、喜代を殺したのは誰なのだろう。

一連の事件をもう一度、一から考えてみた。

ある人物の顔が浮かんだ。月光が前から疑っていた人物だ。彼には、この一連の事件においで、アリバイがないのではないか。Taro Takigawa が彼だとしたら。しかし、なぜ喜代を殺す必要があったのだろう？　動機がわからなかった。

「コーヒー、入ったぞ」

夫が月光のカップにコーヒーを淹《い》れてくれた。

焼けたトーストにバターと苺ジャムを塗って、一口かじって、コーヒーを飲む。

「ねえねえ、なんて書いてあるの？」

幸太郎が身を乗り出して訊いてきた。好奇の目でこちらを見ている。

「ミカさん、東京にいるんですって」

「へえ、居所《いどころ》、わかったの？　東京で何してるの？」

夫の勇太《ゆうた》が訊く。

「介護の仕事ですって」

「卓隆という人は？」

「どうやら一緒じゃないみたい」

「じゃあいったい誰が彼を匿っているんだろう？」

「私にも、よくわからないわ。私たちには知らされてなかったけど、ミカさんには喜代を殺した時間のアリバイがあったんだって。だから早い段階で、警察の捜査の対象外になっていたのよ」

「じゃあ、片川という人が勝手に、ミカさんの仕業《しわざ》だって思い込んでいたってこと？」

「みたいね。今でも、そう思い込んでいるのかもね。幸太郎、さあ、もう学校へ行く時間でしょう？　遅刻するわよ」

そう言いながら、月光は時計を見る。手紙の続きを今すぐにでも読みたいところだが、自分にもその時間がないことを知る。

入っていたDVDを手に取ってみた。何も書いてないので、内容はわからない。

「それ、ちょっと見てみようよ」

幸太郎がせがんだ。

「ダメだってば、時間がないんだから。今晩、見ることにするわ。時計を見てごらんなさい。あなた、もう遅刻よ」

「私、もう行く！」

事件のことになど、全く興味のない恵子《けいこ》が、真っ先に家を飛び出した。

「さあ、あなたも、さっさと食べて行きなさい」

幸太郎が不満な顔をしながら、トーストを平らげた。

月光は、テレビ台の引き出しにDVDを片付けた。

幸太郎がシンクまで運んだ食器類を、食器洗い機に並べて、スイッチを入れている間に、夫がキッチンテーブルを布巾《ふきん》で拭《ふ》いて、朝の慌ただしい食事と片付けが済んだ。

月光は、ミカから来た手紙を通勤鞄の中にしまい、幸太郎を見送ってから、自分も出かける準備をした。手紙の続きは、昼食の時間に読むつもりだった。

「今日は車で行くから、駅まで送るよ」

夫は時々、仕事の関係で他県へ出張することがあり、そういう時はいつも車で最寄駅まで送ってくれた。

「そう、助かるわ。そうしたら、いつも乗る電車の次のにだったら間に合うわ」

駅までの車と電車の中で、今日一日のスケジュールを急いで確認して、頭の中を整理した。

夫に駅まで送ってもらったお陰で、ギリギリ間に合って会社に着いた。まず、メールチェックをしてから顧客《こきゃく》と電話での打ち合わせを済ませ、グループ全体の仕事の状況をチェックする。

それから、昨日、準備しておいた、新しい企画のチームミーティング用の資料を読み返す。これは、今、月光がもっとも力を入れている企画なのだが、ミカの手紙が気になり、資料になかなか集中できなかった。

杉田の話によると、片川はミカに出し抜かれたと知り、血眼《ちまなこ》になって彼女の居所を捜していたらしい。彼は、ついにミカを見つけたのだ。だが、彼女が卓隆と一緒ではなかったと知って、納得したのだろうか。

いずれにしても、一連の事件には、別の黒幕がいるということだ。待てよ、その仮定が成立するのは、あくまでもミカが正直に書いていれば、の話だ。

もし、これが嘘だとしたら？

だが、嘘をわざわざ自分に伝えるメリットがあるだろうか。しばらく考えたが、月光はないと判断した。

彼女の言う、ある大胆なフェイク、つまり偽物？　とはいったい何のことなのだろう。

その時、先ほど浮かんだ人物に、喜代を殺す動機があることに気づいた。

ミチルという女ではないだろうか。彼はミチルの恋人だった。自殺した恋人に代わって、喜代に復讐《ふくしゅう》したかったのだとしたらどうだろう。

手紙の続きを読みたい衝動に駆られたが、なんとか意識を仕事モードに戻して、自分で作成した企画書に最後まで目を通した。

十時半から、一時間半のミーティングだった。しょっちゅう上《うわ》の空になることがあったが、その都度、部下に質問されて、我に返った。

幸い企画の内容が好評だったため、ミーティングはスムーズに運んだ。

月光は、会社から少し離れた場所にあるイタリアンで昼食を摂《と》ることにした。

テラス席に一人で座り、ホタテとアスパラガスのジェノベーゼ風パスタを注文してから、ミカの手紙を広げる。


思えば、冬花と私がはじめて喜代の犠牲になったのは、高校時代のことでした。あの頃から彼女の支配が始まっていた、そう思い返してみると、恐ろしいくらい辻褄《つじつま》の合う話だったのです。抜けていたパズルのピースが私の頭の中で収まった時、現れた真相があまりにもおぞましくて、背筋がぞっとしました。月光さんがおっしゃっていた通り、全ては、喜代が仕組んだことなのだと今は確信しています。彼女の性格を熟知した今となっては、いかにも彼女がやりそうなことだと頷《うなず》けるのです。彼女は、長い年月をかけて計画的に、私たちを支配し、利用し、破滅させて、楽しんでいたのです。

喜代に再会した時、何も知らない私は、彼女の話を鵜呑みにしてしまいました。巧みな誘導に乗せられて、冬花を殺してやりたいほど憎んでしまったのです。自分は、なんて馬鹿だったのでしょう。

冬花のことを不当に恨んだことを今は後悔しています。しかし、もうそれは済んでしまったこと。喜代はすでにこの世にいないので、いつまでもそのことを悔《く》やんでも仕方のないことです。

それよりも、本題に入りましょう。

あの片川孝治が、私の働いている施設へ突然訪ねてきた、とすでに書きましたね。どうやって私のことを見つけたのかと不思議に思いました。まさか、警察が彼に、私の居所を教えるはずはないでしょうから。

どうやら私がお世話になった老夫婦から、私の勤め先をうまく聞き出したみたいです。「旬席・海香《うみか》」の常連だった左田《さだ》という男が、老夫婦と何度か店で一緒だったことを思い出しました。ご夫婦は、自分がやっているお店の話をよくしていましたから、左田はその店の場所や特徴を記憶に留めていて、特定し、訪ねて、私のことを遠回しに訊いたのでしょう。いくら身の上話をしていたと言っても、私と喜代の複雑な関係までは話していませんので、ご夫婦は、私が葛飾区の施設で介護の仕事をしていることを左田にうっかり漏らしてしまったのです。

片川は、私の顔を見るなり、卓ちゃんの居所を訊いてきました。いくら知らないと言っても聞き入れてくれません。とにかくしつこくつけ回されました。

彼は、喜代の財産全てを、卓ちゃんが相続したことにひどく憤慨《ふんがい》していました。そんなことは私とはなんの関係もないことだと言うと、片川は、とぼけるな、と怒鳴り、私が卓ちゃんを金閣寺の家に匿っていたのを知っていると責めました。

ええ、確かに、一時的に私は、卓ちゃんを金閣寺の家に住まわせていました。そのことがあったから、警察に疑われたのです。

なぜ、そんなことをしたのかと言うと、卓ちゃんの父親の山中がいかにひどい人間かということを、亜由美さんから何度も聞かされていたからです。引きこもりになった卓ちゃんに暴力をふるって骨折させたこともあるそうです。卓ちゃんの命に関わることだと思い、それが一番怖かったので、亜由美さんは離婚して家を出たのだそうです。ですから、父親に引き取られたら、卓ちゃんはひどい目に遭わされるだろうと思い、心配だったので、葬儀が終わってしばらくの間、金閣寺の家で、卓ちゃんを預かっていました。月光さんにそのことを話さなかったのは、あらぬ疑いをかけられたくなかったからです。いえ、正直、疑いをかけられても仕方のないことです。私は、卓ちゃんが喜代の財産を相続することを知っていました。彼が喜代の法定相続人であることは、法律に詳しくない私にでもわかりますから。

卓ちゃんが心配だから、というのは事実ですが、喜代の巨額の財産が卓ちゃんの手に入ると知って、彼の側《そば》にいたい、という思いを抱くようになったのも事実です。自力で生きていこうと決心しておきながら、気持ちが揺らぎ、一時でもそのような下心を持ってしまったことを、今では、恥ずかしく思っています。

卓ちゃんは、それから一週間くらいで、私のところから出て行ってしまいました。墨染の家へ捜しに行きましたが、姿が見当たりませんでした。実父の山中が彼を引き取ったのだろうと思い、それ以上彼を追求するのは諦めました。

片川は、私が卓ちゃんの相続した会社や画廊を一部上場企業に売り飛ばして、そのお金を自由に使っていると思い込んでいました。私がうまいことして警察の追及を逃《のが》れたと言って、ひたすら私を罵倒するのです。

私にはアリバイがあるから警察の疑いが晴れたのだと、片川には何度もそう申しました。しかし、何を言っても、警察の捜査など信用できないと言って、彼は聞く耳を持ちません。私のことを職場で待ち伏せし、帰りの駅までの道をついてきて、犯罪者扱いするのです。

彼があまりにもしつこく私のことをつけ回すので、ストーカー被害に遭っていると言って、近くの交番に助けを求めました。警察に注意されて、彼はようやく諦めたようでした。

片川は私の前に姿を現さなくなりましたが、それでもしばらく、誰かにつけられているような気配を感じました。いっそのこと、徹底的に後をつけてもらえば、私が卓ちゃんを匿っていないことがわかるだろうと思い、堂々と歩くように心がけました。

そんなことが続きましたが、結局、片川からは何も言ってこなくなりました。

私の方も、日々の仕事に追われていたので、片川のことも卓ちゃんのこともやがて記憶から薄れていきました。

そんなある日のことです。

その日、私は、夜勤明けで疲れきって帰宅し、出来合いの総菜とおにぎりを食べながら、ぼんやりとテレビを見ていました。

食べ終わった頃に睡魔が襲ってきてうとうととして、目を覚ました瞬間、突然目の前に現れた人物の顔を見て、自分はまだ夢の中にいるのだと思いました。

その人物は、何かインタビューに答えているのです。話の内容に耳を傾けているうちに、その人は、どうやらビジネスで成功し、インタビューに答えているのだということがわかりました。

夢の中にいると思いながらも、話を聞いていました。

その人は、ネオボイス社というスタートアップ企業の社長で、新しいアルゴリズムを導入したアプリを開発して、わずか一年足《た》らずで同社を年商二十億円にまで成長させたと紹介されていました。まるで、夢のようなサクセスストーリーです。

彼がそのアプリを開発したのは弱冠十七歳の時で、開発した当初は、アメリカの大手メディアに売り込んでいたそうです。

自分が夢の中にいるのだと確信したのは、その人がテレビ画面の中にいることが絶対に信じられなかったからです。

その人は、質問によどみなく答えていました。子どもの頃、周囲の子どもたちの頭の回転があまりにも遅くて、まるでスローモーション映像の中にいるようでじれったかったこと、授業が簡単すぎて、退屈で仕方がなかったこと、などです。

睡魔と戦いながらテレビを見ていましたが、強い眠気に勝てず、再び眠りに落ちてしまいました。

自分はなんて不思議な夢を見たのだろう。

そう思いながらも、妙にリアリティーのある話だったような気がしました。それに、なぜ「ネオボイス社」などという名前が夢の中に出てきたのかと首をかしげました。

念のために、新聞でテレビ欄を確認すると、午後一時からの番組に「アルゴリズムを生み出した世界の天才起業家たち～日本人編～」というものがありました。

　では、あれは夢ではなかったのかと思い、私はもう一度、番組を見たくなり、ネットで探してみると、幸い、深夜に再放送の予定が出ていたのです。

月光さんにお送りしたＤＶＤがその番組を録画したものです。

その人がインタビューに答えているシーンを見てください。

それで、全てがおわかりになるかと思います。

私の見解を、最後に少しだけ述べさせてもらいましたが、まず映像を見ていただければ幸いです。

月光は、手元にＤＶＤがないので、続きを読んでしまおうかと思ったが、思い直して、便箋を折りたたんで封筒にしまった。

　その日、帰宅した月光は、恵子と幸太郎が塾に行って留守なのを確認してから、ミカから受け取ったＤＶＤを居間にあるテレビのデッキに入れた。

その時、チャイムが鳴った。

冬花の作った野菜が宅配便で届いたのだった。月光は、野菜の入った箱を台所に運んでから、居間に戻った。

ソファに座って、リモコンを右手に握り、再生ボタンを押す。

今日のゲストは、ネオボイス社のCEO、川井《かわい》卓隆だと熟練の女性キャスターに紹介されて登場したのは、白いカッターシャツにジーパン姿、黒縁眼鏡をかけた若者だった。

月光は彼の名前を聞いて自分の耳を疑った。

弱冠二十歳にして会社を立ち上げ、音声認識プログラムに複数の新しいアルゴリズムを導入したアプリ「phoneticat」を開発して、わずか一年で年商二十億円にまで成長させたという。

彼の開発したアプリは、発表されるとすぐに、評判がインターネット上を駆け巡り、権威のあるテクノロジー系メディア「TechCrunch」でも紹介されるなど、ITの革命的アイデアとして世間に広く知れ渡っていったのだという。

月光はその青年の目を見て、高校時代にぞっとしたあの視線に酷似《こくじ》していることに気づき、身構えた。そうか、そういうことだったのか。もっと早くに彼の顔を見ていたら、この冷酷な視線が何を企んでいたのか、見抜けたかもしれないと思った。

「自力でアプリの開発からスタートアップ企業の立ち上げまでされたということですが、どうやったらそんなことが可能なのでしょう？　若手の起業家の中には、億万長者が運営するプライヴェートファンドから声がかかった、といったようなことを聞きますが、川井さんの場合、資金面はどうされたのですか？」

「億万長者から声がかかる、ということは当初はなかったですね。資金面では、ただラッキーだっただけです。誰に出資してもらうこともなかったのは、お金のある親戚に助けてもらったからです。もちろん、今は名だたる大企業からも声がかかるようになりましたから、事業を拡大するために、出資を受けるつもりですが」

「今回のような、音声に関するアプリの開発は、どういうきっかけで思いつかれたのですか？」

「僕は幼い頃から、複数の人間が話している雑音が非常に苦手でした。なぜ、人間の聴力は複数の声を同時に鮮明に聞き分けることができないのだろうか、と疑問に思っていたのです。コンピューターにだったらそれができるだろうと思っていました。ところが、これだけコンピューター技術が発達しているのに、音声認識の分野はまだ人間に匹敵するような能力を有していない。人間にできることの殆《ほとん》どは、いずれコンピューターが上回るようになる。僕は幼い頃からずっとそう考えていましたから、そこに固執《こしつ》したのです」

「今回開発したアプリによって、音声認識ソフトが飛躍的に向上したと言われていますが、今後もこの分野での開発を続けるおつもりですか?」

「音声だけに留《とど》まるつもりはありません。アルゴリズムの得意分野ではないことに、あえて挑戦していきたいですね」

「アルゴリズムの得意分野ではないこと、というと?」

「人間の非合理的な行動を予測したり、分析したりするのは、アルゴリズムは苦手なんです。ですが、今ではこの分野での研究もかなり進んでいます。直感を形成している人間の特徴である微妙なニュアンスや感情など、数量化できないものを掘り下げて研究するボットの開発に、僕自身も挑みたいと思っています」

「アルゴリズムが人間の感情まで侵食していくことによって、ボットが人間に取って代わる時代が来ると思われますか?」

「全ての領域ではありませんが、すでに、その時代は来ています。これから更に多くの分野でそうなると思います」

「あなたは小学校の高学年から学校へは行っていないと聞きましたが、それはどうしてだったのですか?」

「退屈だったからです」

「退屈？　学校が退屈だったのですか？」

　キャスターは唖然《あぜん》とした顔になる。

「級友が話している内容も学校で先生が教えている内容も、何もかもが僕には退屈でした。まるでスローモーション映像のようで間怠《まだる》くてしかたなかったのです」

「なるほど。同世代の子どもとの交流は間怠かったのですね」

「だって、みんなが足し算、引き算を一生懸命やっている時、僕は頭の中で、微分積分と新しいアルゴリズムを構築することに熱中していたのです。級友の話など、じれったくて聞いていられませんでした。それでも、学校という集団では、目立っちゃいけないので、無理に周囲と合わせていました。それも時間の無駄だと思ったので、僕は、学校へ行くのを自発的にやめたんです」

　自発的にやめた。聞くところによると、彼はいじめに遭ってやめたという。つまり、それも彼の自作自演だったというわけなのだろう。

　月光は、喜代に抱《いだ》いた薄気味悪さを通り越して、何か殺伐《さつばつ》とした空気にさらされたようで、心が凍《こご》えていくのを感じた。

「じゃあ、どこへも行かずに、独学で勉強されたのですか？」

「ええ。スマホ一つで全てが可能でした。コードの記述は十代半ばに全部習得しました。

音声に関する沢山の論文をネットで探して、読みふけりました。すでに開発されているものの性能についても英文でくまなく読んで、それらの弱点を分析し、解決策を見つけることに集中したんです。学校で退屈な授業を聞いているより遥《はる》かに刺激的で楽しかった」

「本当にスマホだけで、ですか？」

「今、僕たちのポケットの中にあるスマホは、一九八〇年代のスーパーコンピューターより遥かに高性能なんです。この小さくて薄型の多機能携帯電話機は、デスクトップコンピューターを追い抜き、アルゴリズムが僕たちの生活に浸透《しんとう》する際の、最も新しい媒体となっているのです」

「もし、スマホがなかったら、あなたはどうしていましたか？」

「引きこもって、何もせずに一生を終えていたでしょう。自分の頭をもてあまして、発狂するか薬物依存症になっていたかもしれない」

そう言って、彼は苦笑したが、笑っているのは唇だけで、目は笑っていなかった。彼は、続けた。

「僕は自分と似たような仲間が世界中にいることを知り、彼らと常に情報交換をしています。インターネットは、僕たちのような特殊な能力を持つ人間が活躍できるすばらしい場を作ってくれたのです」

アルゴリズムの影響がますます肥大していく新しい時代について、キャスターが話し始めた。今や、単純な労働は機械によって取って代わられたが、これからは高度な判断を要する作業までもがボットによってカヴァーされる時代が来る。そこは、彼のような一部の特殊な才能を持った者が水を得た魚のように泳いでいける一方、今まで普通に生きてきた多くの人にとって過酷な世界になるのではないか、という懸念《けねん》を呈《てい》した。

そんな中、我々人間には何が求められるのかがこれからの課題であるとして、番組は締めくくられた。

月光は自室へ行くと、パソコンの前に座り、念のためＤＶＤを取り込み、冬花と杉田に「見たら至急電話ください」とメッセージを書いて大容量ファイル転送サービスを使って送信した。

「お母さん、ＤＶＤ見たの？」

いきなり背後から、幸太郎の声がした。

「ええ、見たわよ」

ちょっと迷ったが、幸太郎がこのビデオを見たところで、特に支障はないだろうと思い、ＤＶＤを渡した。

しばらくして、冬花から電話がかかってきた。

「お姉ちゃん、最初の五分だけ見た」

「どう、びっくりした？」

「びっくりしたわ。あれ、卓ちゃんやないの。いったいどういうことなん？　すらすら話してはるやん。なんでやのん？」

「彼はずっと世間を欺き続けていたってことよ。杉田さんにも、ビデオを送ったから、感想を聞かせて欲しいと伝えておいてね」

「ええ、これから会うことになってる。彼からお姉ちゃんに連絡してもらうよう頼んどく」

「私はてっきり犯人は……」

「え、犯人は？」

「いえ、なんでもないの。杉田さんによろしくね」

月光は、ミカの手紙の続きを読んだ。

P.S／ビデオに映っているのが誰だか、もうおわかりですね。
そう、卓ちゃんです。

卓ちゃんのことを軽く見ていた世間の人たちの浅はかさを逆手に取って、彼はものの見事に逆転ホームランを打ってくれたのです。そう思うと、不謹慎かもしれませんが、私は爽快《そうかい》な気分になりました。

彼の相続した財産を、欲の皮の突っ張った彼の実父や片川が思い通りにするよりは、ITの世界に貢献してくれた方が遥かに有意義だと思うのです。

それに、彼は冬花の家が燃える前に喜代を殺しました。彼は喜代の計画を先回りするために、彼女の情報を全てハッキングしていたと思うのです。ですから、町屋を燃やす計画のことも知っていたのでしょう（もちろん私は燃やすつもりはありませんでしたが）。

いくら冷酷な彼でも、冬花と雪子ちゃんには、情を感じていたのです。ですから、二人を見殺しにはしなかった。そうなる前に喜代の息の根を止めたのです。

卓ちゃんに対する欲目で、私がそう考えるのだと思われますか？　そうかもしれません。しかし、ずっと彼のお世話をしていた私としては、少なくとも、私や冬花、雪子ちゃんのことを今でも彼は覚えていて、思いやりの気持ちを持ってくれているのだと、そう信じたいのです。

長文になってしまいましたが、どうしても月光さんにはこのことをお伝えしたくて、手紙を書かせていただきました。

最後に、冬花に私の気持ちを伝えてください。

冬花、ごめんなさい。あなたは、何も悪くなかった。そのことに気づくのが少し遅すぎました。

もしあなたが許してくれるのなら、いつか会えることを願っています。

あの頃のように、二人でとりとめのないおしゃべりをすれば、私たちの奪われた青春時代を取り戻すことができる、そんなふうに私は夢想するのです。

どうか雪子ちゃんと幸せになってください。

ミカ

月光さん、最後まで、読んでくださって、ありがとうございます。

高田ミカ

手紙を読み終わって、しばらく事件のことを考えた。

よく考えてみれば、卓隆には全ての殺人が可能だった。まず片川の父親についてだが、病院のシステムをハッキングすることだって、彼にとっては容易なことだったに違いない。

卓隆は、喜代と片川が連絡を取り合って、父親を殺す計画を立てていることを知っていた。

片川には父親を殺すことができないことも、彼は、見越していた。だから、もし、彼が失敗したら、病院に侵入して、配線用遮断器を切って、片川の代わりに、自分が殺害を実行しようと考えていた。

計画の日、彼は片川の後をつけるか、あるいは病院で彼を待ち伏せするかしたのだろう。片川は、病院に現れたが、予想していた通り、父親を殺すのに怖《お》じけづいて逃げ出した。卓隆は、病院を停電させて混乱を招いている隙《すき》に、父親の病室にこっそり侵入した。睡眠薬で眠っている父親を病室の窓から落とすのに、それほどの時間は、有しなかっただろう。

卓隆にアリバイがあるのは、母親の亜由美殺しの時だけだ。彼は冬花の住んでいた町屋で、多くの人に目撃されている。しかし、冬花の話だと、彼は二階に一時間以上いたということだったはずだ。

喜代が亜由美を殺すのに失敗したことを知った彼が、あらかじめ用意してあった縄か何かを使って二階から抜け出したとしたらどうだろう。墨染まで行って、亜由美をブロックで殴り殺して、帰ってくる時間が、彼にはあったのではないか。

他の者ならともかく、彼がいないことを気に留める人間が当日の会場にはいただろうか。いなかったに違いないと月光は思った。

彼に実の母親を殺せたかどうかだが、月光は彼の目を見て、彼は人を殺すのに一切の良心の呵責《かしゃく》を感じない人間なのではないかと感じた。たとえそれが母親であったとしても。保険金が欲しかったのではない。彼が狙っていたのは、そんなちっぽけなものではないのだ。喜代の莫大《ばくだい》な財産を相続することを考えていたとしたら、母親の亜由美は卓隆にとって邪魔でしかなかったのだろう。

彼は、普通の人間を相手にすることを時間の無駄だと考えていた。取るに足らない、会話するに値しない、だから自分の親でさえ無視して、自分の世界に閉じこもっていたのだ。自分の利益と母親の命を天秤《てんびん》にかけて、当然のこととして自分の利益を優先させたのだ。

そして、彼が喜代の犯罪を陰で助けたことには、もう一つ別の狙いがあったのではないだろうか。

ミカの文面にあるように、喜代は自分の実力以上の力が自分にはあると過信するようになった。欲望と客観的思考のバランスをなくした喜代は、何かがフェイクであるにもかかわらず、それを直視し、分析する能力を失ってしまった、とあった。

これこそ、彼の狙いだったのだ。

彼こそが喜代の人生に潜んでいた、大きなフェイクだったのだ。彼が成長するに従い、喜代はそうとは気づかないまま、追い詰められていった。ついには、彼女の身体を突き破って、世界へ羽ばたいて行ったのだ。

自分が失敗した殺人計画を陰で誰かが実行している。そのことで、喜代に与える心理的打撃は、どんなものだっただろう。

誰かが自分の行動を監視していることを知った喜代は、その人物が敵か味方かわからない得体の知れなさに、さぞかし怯《おび》えたことだろう。脅迫メールまで届き、怒りと恐怖心から理性を失っていったのだ。

人間の非合理的な行動を予測したり、分析したりするのは、アルゴリズムの苦手とするところだと卓隆はテレビで言っていた。だが、彼は、あえてそれに挑戦した。喜代の心に揺さぶりをかけるという方法で、彼女の最大の武器だった、冷徹な判断力を奪ったのだ。

喜代にはまだ激しい感情があった分だけ、彼より人間味があったのかもしれない。そんなふうに思った自分に月光は苦笑した。

あの喜代にすら人間味があったことに今頃気がつくなんて、なんとも皮肉な話だ。喜代は、その人間的な欲望によって、卓隆に弱みを握られ、自ら破滅の道を辿ってしまったのだ。

月光は、ミカが言うように、卓隆が冬花や雪子に対して思いやりの気持ちを持っていたとは思えなかった。

あの町屋へ時々来ていたのは、情報を得て、なんらかの形で二人を利用するつもりだったのだ。現に冬花を犯人にしたてあげるのに、うまく使われてしまった。雪子と仲良しを装《よそお》っていた彼だったら、冬花の家のタンスにベルトを隠すことも容易にできたはずだ。

冬花を保険に加入させるきっかけとなった、石段からの転落事故。その現場に居合わせた杉田は、誰かが、冬花にぶつかったのを目撃している。

確証はないが、それも卓隆の仕業だったのかもしれない。条件が揃《そろ》えば、喜代の会社が冬花にかけた保険金を手に入れることも、彼は計算に入れていただろう。

ミカには冬花と雪子を殺す気はなかった。彼はそのことも知っていた。だから、ミカの代わりに自分があの町屋に火をつけて、冬花と雪子を殺すことも考えていたかもしれない。

ところが、喜代が急に片川と結婚することになったので、予定を早めて喜代を殺したのだ。

自分が二十歳になるタイミングも見計らっていたのだろう。

冬花の保険金を手に入れ損ねたこと以外は、喜代殺しは絶妙のタイミングで行われた。

彼は、まさに良心のない天才。喜代を更にパワーアップしたような冷酷な人間だ。

誰ともコミュニケーションを取らずに引きこもり、独学で着々と新しいアプリを開発するのと同時に、その資金源をどこから捻出《ねんしゅつ》するかも正確に計算していたのだ。

彼のコンピューターのような頭脳に、喜代は負けた。


DVDを見終わった幸太郎は珍しく何も言ってこない。居間に行ってみると、幸太郎はテレビの前に座ったまま呆然《ぼうぜん》としていた。

月光と目が合うと「宿題してくる」と言って、自分の部屋へいそいそと消えていった。

月光はしばらく夕刊に目を通していたが、自分の部屋へ行き、会社の資料の整理に取りかかった。

その時、幸太郎が入ってきた。

「宿題、もう終わったの？」

「この『ネオボイス社』のこと調べてみたんだ。どうやら会社はシリコンバレーにあるらしい。この人、アメリカに住んでいるみたいだよ。すごいよな」

幸太郎の目が輝いている。

「あなた、こういう人のことすごいって思うの?」

「この人の気持ち、僕にはよくわかるよ。宿題やってると退屈して、ついつい他のことにエネルギーを使ってしまうんだ。この間の期末試験なんて、きっと僕には簡単すぎて、だからできなかったんだよ。そういえば、友達との会話も間怠くて……」

「簡単すぎて、できないなんて……、呆《あき》れる言い訳ね。授業中、友達と楽しそうにしゃべってばっかりいて、ちっとも勉強に身が入らない様子だって、通知表に書いてあったわよ」

そう言ってから、息子のそんな人間らしい部分が大好きだと気づき、嬉しさのあまり、目頭《めがしら》が熱くなった。

その時、杉田から電話がかかってきた。

「DVD見ました。驚きました」

月光は深呼吸して、平静を取り戻してから返事した。

「ええ、全く。よくもまあ堂々とテレビに出ますね。捕まらない自信があるのかしら」

「警察の捜査はそんなに甘くはないと思いますよ」

「そう願っています」

アルゴリズムで、彼は、警察の捜査を、いったい何手先まで予測して切り抜けるつもりなのだろう。

「杉田さん、私、あなたに謝らないといけないことがあるんです」

「何ですか？」

「私、あなたが犯人なのではないかと疑っていたんです。Taro Takigawa は、あなただと」

「僕が？　しかし、僕には動機がありません」

「あなたは今でも、ミチルさんを愛している。だから……」

「復讐のために殺したと？　僕はそこまで執念深い人間じゃない。だいたい、殺すほど恨んでいたのだったら、もっと早くに殺しています。それに、たとえ喜代を殺したとしても、亡くした人は帰ってきませんから」

「確かに、動機としては弱いですね。あなたが、私たちに近づいたのには、他に目的があるのではないかとずっと疑っていたのです」

「あなたに怪しまれるなんて、我ながら不器用だなあ」

杉田がわざと情けない声を出したので、月光は笑いそうになった。

「杉田さん、冬花のこと、どうかよろしくお願いします。あの子のこと見守ってやってください」

月光は、はじめて心から二人を応援したい気持ちになった。

「そう言ってもらえると心強いです。犯人が明らかになって、本当に良かった。それはそうと、僕のほうでも、一つ気がついたことがあります。今、ミカさんの手紙の内容を聞いて繋《つな》がりました。もう一人のTaro Takigawaの正体です。僕はミカさんだと思っていましたが、違いました」

「どうしてミカさんだと？」

「彼女が喜代のために贋作を描いていると、疑っていたからです」

ミカの店の帰りに、杉田が言っていた、不可解な言葉を思い出した。まだ、憶測の段階なので話せない、と彼は言っていた。

「意味がわかりません」

「Taro Takigawaを漢字に直して、『滝川太郎』でパソコンで検索してみてください。答えが見つかりますから」

電話を切ってから、パソコンのキーボードで『滝川太郎』、と打ってみた。検索して出てきた内容を見て苦笑した。

滝川太郎（1903～1971）は明治生まれの日本の画家、美術鑑定士とある。月光が苦笑したのは、彼が西洋絵画の巨匠の贋作を大量に製作していたこと、またそのクオリティーの高さが評価されていることだった。

答えは最初から用意されていたのだ。

それでも、彼女は、敗北したのだ。それも、彼のアルゴリズムが予測したことなのだろうか。

パソコンの前に座っていると、先ほどのDVDの内容を思い出した。あの冷酷な目が脳裏に蘇《よみがえ》ってきて、何とも言えない嫌な気分になった。意識が遠のきそうになる。

人間の生きるエネルギーの源は、非合理的な感情の中にあるのだ。そこにアルゴリズムの入り込む余地などないと、月光は心の中で反発した。

月光はキッチンへ行き、届いたばかりの野菜をシンクの上に並べた。

タマネギ、ジャガイモ、トマト、ナス、ピーマン、キュウリ。夏野菜の美味《おい》しい季節だ。

窓辺に飾った写真を手に取ってみる。

そこには、ジャガイモを掘り当てて大喜びしている雪子と、それを見て静かに微笑《ほほえ》む冬花の姿が写っていた。色白でほっそりしたあの雪子が、きらめく太陽の光を浴びて、小麦色に日焼けし、見違えるほど逞《たくま》しくなっていた。月光は送られてくる写真を見る度に、姪《めい》っ子の成長に目を見張るのだった。

冬花の笑顔が自信に満ち溢《あふ》れていて頼もしいこの一枚を月光は気に入っていた。

野菜を手に取り、今夜のメニューを考えているうちに、先ほどの殺伐とした気分は消え、大地の恵みのエネルギーに満たされ、充足した気分になっていった。

参考文献

『アルゴリズムが世界を支配する』
クリストファー・スタイナー著／永峯　涼訳（角川書店）

解説

千街晶之

「エナジーヴァンパイア」という言葉を聞いたことがあるだろうか。他人のエネルギーを吸血鬼のように奪い取ることで、自分の活力と化すタイプの人間のことだ。ヴァンパイアなどという言葉が使われているからオカルト的な印象を受けてしまうけれども、こういう人間は案外身近にいる。そのひとに接し、会話をしていると妙に疲れてしまう相手がいたら、もしかするとエナジーヴァンパイアかも知れない。

岸田るり子のミステリ小説『月のない夜に』（初出《小説NON》二〇一四年十月号〜二〇一五年七月号に連載。二〇一五年十二月、祥伝社から単行本として刊行）を読んで、私はエナジーヴァンパイアという言葉を思い出していた。作中のある人物は、他人に寄生し、利用し、エネルギーを我がものとし、時には命さえ奪おうとするのだ。

　京都で生まれた月光《つきみ》と冬花《ふゆか》は二卵性双生児の姉妹だが、しっかり者で何事にも積極的な月光と、おとなしい冬花は正反対の性格だった。すべてにおいて他の子より数年遅れていて人間関係を築くのが苦手な妹の母親代わりとして世話をしてきた月光だが、いつしかそんな妹のことを負担と感じるようになり、別の高校に通い、やがて疎遠《そえん》な状態となっていた。

　成人した月光は東京で幸せな家庭を築いた。一方、冬花は一度結婚したものの離婚し、京都で娘の雪子《ゆきこ》と二人暮らしをしている。ある日、月光のもとに京都の実父から電話がかかってきた。冬花が、高校時代の同級生である川井喜代《かわいきよ》を殺害した容疑で逮捕されたというのだ。月光は被害者の名前に記憶があった――高校時代に冬花とその親友の仲を裂き、激怒した月光から妹に今後近づくなと宣告された女性が川井喜代だったのだ。それっきり冬花の人生とは無縁な存在になった筈《はず》だったのに、何故、喜代は冬花と交流を再開し、非業の最期を迎えるに至ったのか。

　冬花は喜代が経営する画廊で働いており、そこで死体を発見したのも冬花だった。喜代は画廊にあった彫刻で殴打《おうだ》され、ベルトのようなもので絞殺《こうさつ》されていたが、傍《そば》の床にあった灰皿から冬花の指紋が検出されたことや、冬花の額と手に傷があったことなどから、警察は彼女を犯人と見なし、彼女も取り調べを受けているうちに犯行を認めたという。果たして冬花は、そのような残虐性《ざんぎゃくせい》を秘めた人間だったのだろうか？　月光は京都へ向かい、真相を探りはじめる。

この小説は、月光、冬花、そして喜代という三人の女性の視点で描かれてゆく。冒頭で触れたエナジーヴァンパイアとは、もちろん喜代のことだ。物語自体は喜代の殺害から始まるので、彼女視点のパートはもちろん事件から過去に遡《さかのぼ》ることになる。

ミステリ小説に登場する被害者には、本人には何の落ち度もないのに殺されてしまうタイプと、殺されるべくして殺されたと読者に感じさせるタイプがいるけれども、喜代は明らかに後者である。支配欲と金銭欲が異常に強く、蜘蛛《くも》の巣のようにアンテナを張って利用できそうな人間を常に探し求めており、これぞと思った相手にはすかさず近づき、甘言《かんげん》や色仕掛けなどあらゆる手を使って籠絡《ろうらく》し、自分に都合のいい駒に変えてしまう。その邪悪な天性は、作中で次のように描かれている。

幸い喜代には、会った瞬間、自分の手のひらで簡単に転がせる人間とそうでない人間を見分ける嗅覚《きゅうかく》があった。同じ空間を共有した時、それがわかるのだ。

こちらが食い物にできる人間、奪うことのできる人間。喜代は、人間関係においては、男女を問わず、ひたすら、それだけを追求していた。もちろん、同等で、利用しあえる関係もなくはないが、より多くの利益をこちらが取れる関係が望ましかった。（第二章）

しかも喜代は、自分の損得のためなら人間の命すら何とも思わない性格である。実際、彼女の周囲では過去に二件の不審死《ふしんし》事件が起きている。一人目の死者は交際相手の富裕な父親、二人目は喜代自身の姉。だが、常に彼女には確かなアリバイが存在するのがかえって怪しいことこの上ない。

アガサ・クリスティーの小説『ゼロ時間へ』（一九四四年）では、殺人が起きる瞬間「ゼロ時間」は事件の発端ではなく結末であり、そこに至る経緯こそが重要である……という独自のミステリ観が披露《ひろう》されている。本書においても、喜代の殺害そのものは結末であり、何故そこに至ったかこそが解くべき謎であるとも言い得る。どこまでも計算ずくで良心を持たない喜代は、確かに殺人の被害者としてはうってつけのキャラクターだ。しかし、彼女に目をつけられた人々は言葉巧《たく》みに籠絡されており、善人だと信じて疑ってはいなかった筈だ。ならば、どうして喜代は殺されたのか。犠牲者たちのうち誰かの洗脳が解けたのか、それとも、彼女の正体を最初から見抜いていた人物がいたのだろうか。月光・喜代と並ぶ本書のもうひとりの視点人物。それが、喜代から利用し甲斐のある駒として選ばれた冬花だ。

冬花は、ある時から、人が感じていることを自分は感じていないことに気づいた。みんなは、言葉にしなくても、テレパシーのようなもので連絡し合っていて、暗黙のルールがわかるのに、自分のところにはそのテレパシーが届かないのだ。ぷつんと切れて、たった一人、輪の外側にいるようだった。（第三章）

子供の頃から、どうしても人情の機微《きび》が理解できなかった冬花。その性質は大人になっても変わらず、結婚生活は破綻《はたん》した。他人からは……いや、肉親からさえ無神経なタイプと思われてしまう冬花だが、彼女自身は自分が何故《なぜ》ひとの気持ちを理解できず、ひとを傷つけてしまうのか、ずっと悩み続けてきた。しかし悲しいことに彼女は、その悩みをひとに表現することもできないのだ。

世界と自分との断絶に苦しんできた冬花にとって、優しくしてくれる喜代は救いの神だった。その結果、喜代に依存し、さんざん利用された挙げ句《あく》、彼女の目論見《もくろみ》を疑うこともなく二億円もの生命保険に加入してしまう。自分の孤独を理解してほしいと長いあいだ渇望《かつぼう》してきた彼女には、喜代の邪悪な本性は決して見えない。

恐らく、『月のない夜に』というタイトルは、そんな冬花の孤独を示しているのだろう。自分の力で人生を切り拓いていける姉の月光はその名の通り、月のように光を放ち、周囲を照らし出す存在である。冬花はそうではない。月の光がなければ、冬に咲く儚《はかな》い花のような彼女の存在は夜の闇に沈んでしまう。

冬花がその性格故に前夫や義母から疎《うと》まれたのとは反対に、月光は一生恋愛はしないと頑《かたく》なに誓った時期はあったものの、勇太《ゆうた》という思いやり深い男性と巡り合って結婚し、幸太郎《こうたろう》と恵子《けいこ》という子供たちにも恵まれた。勇太の母親との関係も良好であり、今の月光は目映《まばゆ》い光に包まれた環境にいる。そんな彼女が事件を機に、再び自らが光となって闇に沈んだ妹を救わなければならないと行動を開始する。それは一度は失われかけた姉妹の絆の再生の過程でもあるのだが、そこで意外な活躍を見せるのが勝手に実家からやってきた息子の幸太郎だ。事件関係者視点のパートがドロドロしがちな中、彼の存在は清涼剤の趣がある。

もうひとり、月光の協力者となるのが、冬花に思いを寄せる男・杉田基晴《すぎたもとはる》である。本書の登場人物としては、月光同様に喜代の本性を早くから見抜いていた数少ない存在であり、冬花の無実を証明するため弁護士をつけるなど献身的に動くが、冬花が何者かに石段から突き落とされた現場にいち早く駆けつけるなど、その行動にはタイミングが良すぎる面も見受けられる。月光の身近な家族を別として、他の登場人物には誰も油断できないところがあるのだ。

喜代の視点で描かれるパートでは、彼女のもとに謎めいたメールがしばしば届いていたことが語られる。何もかも計算ずくのしたたかな喜代すら動揺させるこのメールの主は何者なのか。このあたりから、作中で暗躍する悪人は喜代ばかりではないらしいことが示され、ただの悪女小説ではない本書の構造が浮上してくる。この物語で誰が一番の悪だったのか、果たして貴方は見抜けただろうか。

著者の岸田るり子は一九六一年、京都府京都市生まれ。二〇〇四年、『密室の鎮魂歌《レクイエム》』（応募時のタイトルは「屍の足りない密室」）で第十四回鮎川哲也賞を受賞して作家デビュー。その後、『天使の眠り』（二〇〇六年）、『めぐり会い』（二〇〇八年）、『Fの悲劇』（二〇一〇年）などの長篇や、『味なしクッキー』（二〇一一年）、『パリ症候群　愛と殺人のレシピ』（二〇一四年）といった短篇集を発表している。濃密な心理描写と、トリッキーな謎解きを融合させた作風はデビュー当時から一貫していて揺るがない。本書は二〇二〇年十月時点での著者の最新長篇であり、その作風の特色がたっぷり味わえる作品に仕上がっている。

二〇二〇年十月

本書は２０１５年12月に祥伝社より刊行されたものに加筆・修正をいたしました。なお、本作品はフィクションであり実在の個人・団体などとは一切関係がありません。

徳間文庫

月《つき》のない夜《よる》に

2020年12月15日 初刷

著者 岸《きし》田《だ》るり子《こ》

発行者 小宮英行

発行所 株式会社徳間書店

東京都品川区上大崎三—一—一 〒141—8202
目黒セントラルスクエア

電話 編集〇三(五四〇三)四三四九
販売〇四九(二九三)五五二一

振替 〇〇一四〇—〇—四四三九二

印刷
製本 大日本印刷株式会社

ISBN978-4-19-894613-5 (乱丁、落丁本はお取りかえいたします)